Michael Rusch
Das Hochhaus
Band 2

Michael Rusch

Das Hochhaus

Band 2

Im U-Bahnschacht

Roman

Bibliografische Information der Deutschen Nationalbibliothek: Die Deutsche Nationalbibliothek verzeichnet diese Publikation in der Deutschen Nationalbibliografie; detaillierte bibliografische Daten sind im Internet über dnb.dnb.de abrufbar.

© 2023 Michael Rusch
Neuauflage 2023
Covergestaltung: Michael Rusch
Coverbild: Michael Rusch
Printed in Germany
ISBN: 9783757803322

Herstellung und Verlag: BoD – Books on Demand, Norderstedt

Für

Antje Huckriede und
Bianca und Lars Thamm

Inhalt

Prolog

Das Monster wurde besiegt. Torsten und sein Freund Patrick konnten glücklicherweise gerettet werden. Damit fanden die Bewohner des Hochhauses am Hans-Duncker-Platz 23 endlich wieder ihre Ruhe. Seit damals gab es keine Angriffe mehr von Ratten, Käfern, Spinnen oder ähnlichem Getier. Andere Katastrophen blieben zum Glück für die Bewohner des Hauses ebenso aus. Überhaupt hatte der Bestand an Ungeziefer im Haus weit abgenommen und sich dem der anderen Hochhäuser dieses Wohnkomplexes, in denen ebenfalls eine Müllschluckeranlage installiert worden war, angepasst.

Die dramatische Rettungsaktion der Jungen fand im letzten Jahr in den Sommermonaten statt. Und der diesjährige Sommer hielt, was die Jahreszeit versprach. Die Tage waren sonnig und heiß.

Herr Waldbusch und Herr Weber wurden nur wenige Tage nach ihrer Bergung beerdigt, und das junge Ehepaar Michel und Natalie Bartsch zog vom Hans-Duncker-Platz in einen anderen Stadtteil. Bisher hielten Torsten und Patrick ihr Wort, sich vom unterirdischen Stollensystem fernzuhalten.

Bekanntlich stiegen die Jungen damals in das Kellergeschoss hinab, wo sie in einer Wand ein mit einer Plane abgedecktes Loch fanden, durch das sie in einen weiteren Raum gelangten. Danach passierten sie eine Stahltür. So fanden sie ihren Weg über eine Treppe direkt ins unterirdische Stollensystem.

Die Wohnungsgesellschaft, die für den Hochhauskomplex auf dem Hans-Duncker-Platz verantwortlich war, hatte nach den dramatischen Ereignissen den Hausmeister beauftragt, die Türen dieser Räume sorgfältig zu verschließen. Niemand sollte das unterirdische Tunnel- und Stollensystem jemals wieder aufsuchen können. Außerdem verfolgte Herr Fritsche, der Chef der Abteilung Vermietung, das Ziel, das Monster aus dem Stollensystem vom Haus fernzuhalten, falls es denn überhaupt noch lebte. Er bezweifelte nämlich die Aussage des Institutsdirektors für Forschung an unbekannten Lebensformen, dass das Monster den Verletzungen erlegen sei, die ihm Phil Neumann und Michel Bartsch zugefügt hatten. Mochte es vielleicht eine verschlossene Holztür bezwingen können, aber eine Stahltür bestimmt nicht.

Außerdem sollte das Loch in der Kellerwand zugemauert werden, hinter dem sich der Zugang zu den Stollen befand. Damit beauftragte Herr Fritsche eine Baufirma. Ein ihm unterstellter Mitarbeiter sollte die Ausführung des Auftrages kontrollieren.

Nachdem Michel Bartsch und seine junge Frau in einem anderen Stadtteil eine neue Wohnung fanden, zogen auch Ingrid Weber mit ihrem Sohn Torsten und die Eheleute Niebel mit ihrem Sohn Patrick aus dem Haus, das im Volksmund das Hochhaus des Schreckens genannt wurde. Der Umzug ihrer Eltern war wohl eher der wahre Grund dafür, warum es Torsten und Patrick leichtfiel, das besagte Stollensystem zu meiden.

Die Abfallschächte des Hochhauskomplexes wurden auch heute noch betrieben. Torsten und Patrick hatten bereits im letzten Jahr festgestellt, dass sich die Luken des Müllschluckers im Haus 23 nicht verschließen ließen. Und so war es auch heute noch. Deshalb verbreitete sich der intensive und ekelerregende Geruch der Abfälle auch noch in diesem Jahr im gesamten Haus. Es war eine große Schande, dass die

Zugangsklappen des Abfallschachtes noch immer nicht repariert worden waren! So jedenfalls sahen das die Bewohner. Denn damit hatten Patricks und Torstens Abenteuer im letzten Jahr begonnen, die dann leider auf tragische Weise endeten und drei Menschenleben gefordert hatten.

Schnell sprach sich in der Wohnanlage herum, was damals geschehen war. Aber nachdem der Hausmeister die Tür zum unterirdischen Stollensystem verschlossen hatte und die Menschen erfuhren, dass das mit der Plane abgedeckte Loch in der Kellerwand zugemauert werden sollte, fühlten sich die Bewohner in ihrem Haus wieder sicher.

Doch wäre es zu schön, um wahr zu sein, wenn alle Maßnahmen von Erfolg gekrönt wären, die Herr Fritsche von der Wohnungsgesellschaft veranlasst hatte, um den Frieden im Haus 23 des Hans-Duncker-Platzes wieder herzustellen. Der Hausmeister hatte zwar die Türen zum Stollensystem verschlossen, aber der Chef der Baufirma ließ den Auftrag, das Loch in der Kellerwand zu zumauern, nicht erledigen. Sein Unternehmen hatte zu viele andere Aufgaben abzuarbeiten, sodass ausgerechnet dieses problembehaftete Loch in der Kellerwand in Vergessenheit geriet, durch die das Grauen des letzten Jahres erst möglich wurde. Auch Herr Fritsches Mitarbeiter vergaß, die Ausführung des Bauauftrages zu kontrollieren.

Wie wir wissen, sah das Monster damals den übrig gebliebenen Männern der Gruppe von Phil Neumann mit geiferndem Maul nach, als diese sich dem Ausgang des Stollensystems näherten. Das Untier war mit seinen lebensgefährlichen Verletzungen, die ihm seine Kräfte geraubt hatten, nicht mehr fähig, Menschen zu jagen. Außerdem erlitt es kaum zu ertragende Schmerzen. Trotzdem erholte es sich in den darauffolgenden Wochen und Monaten. Dabei ernährte es sich von seinen Vorräten, die noch aus der Zeit vorhanden waren, bevor das Stollensystem verschlossen wurde. Bis dahin gab es immer wieder neugierige Kinder und Jugendliche, die leichtsinnigerweise die Stollen erkundeten und dem Monster dabei teilweise in die Falle gerieten.

Doch jetzt waren die Verletzungen des Ungeheuers verheilt. Es war wieder gesund. Und es hatte Hunger! Seine Vorräte hatte es aufgebraucht! Das ist der Beginn einer weiteren Geschichte um das Monster aus dem Stollensystem des Hans-Duncker-Platzes.

Geräusche

Erwin Fischer, ein Mann in den besten Jahren, hatte sich in seinem Keller eine kleine Werkstatt eingerichtet, weil er in seiner Freizeit gern bastelte. Besonders hatte es ihm der Modellbau von Segelschiffen angetan. Fernsehen mochte er nicht, weil ihn die viele Werbung störte. Aber am Abend sah er sich gemeinsam mit seiner Frau gerne mal einen Film an, den sie werbefrei online als Stream abrufen konnten. Aber in seiner kleinen Werkstatt fühlte er sich immer noch am wohlsten. Hier hatte er einen Kühlschrank, in dem er seine Getränke verwahrte und die er, wie er stets sagte, beim Basteln und Herumwerkeln benötigte. Auch seinen Gästen bot er großzügig davon an, wenn sie ihn in seiner kleinen privaten Werkstatt besuchten. Das hatte sich im Haus herumgesprochen und deshalb ergab es sich oft, dass ihm eine helfende Hand zur Verfügung stand, wenn er sie beim Zusammensetzen seiner Schiffsmodelle benötigte.

Wie jeden anderen Tag in der Woche ging Erwin Fischer auch heute am frühen Nachmittag in den Keller zu seinem neuesten Projekt. Er arbeitete an einem Modell des russischen Großseglers „Mir", das er beinahe fertiggestellt hatte. Heute wollte er die Arbeit daran beenden. Außerhalb des Hauses herrschten schon seit mehreren Tagen hochsommerliche Temperaturen, denen er entfliehen wollte. Im Kellergeschoss war es noch angenehm kühl, hier ließ es sich gut aushalten.

Er trug eine bequeme alte Trainingshose aus grauem Baumwollstoff und ein blau-rot kariertes Flanellhemd, das ihm locker über die Hose hing. Das waren seine Lieblingssachen, die er stets anzog, wenn er im Haus blieb, und wenn seine Frau sie ihm nicht weggenommen hatte, weil sie dringend gewaschen werden mussten. Die Ärmel seines

Hemdes hatte er hochgekrempelt, weil er glaubte, so mehr Bewegungsfreiheit zu haben. Seine Füße steckten in alten ausgelatschten gelben Schlappen mit einem schwarzkarierten Muster. Diese Leisetreter hatten früher einmal kräftige Farben besessen, wurden aber heute von einem fleckigen Grau überdeckt. Sie waren in den letzten Jahren von ihrem Besitzer während seiner Bastelarbeiten einigem Schmutz ausgesetzt worden. Ihre Sohlen hatten bereits erste kleine Löcher. Erwin Fischer nahm sich vor, neue Hausschuhe zu kaufen, wenn sich die Temperaturen im Freien wieder etwas normalisierten. Doch noch sollte es in den nächsten Tagen hochsommerlich warm bleiben.

„Gustav, halte das doch bitte mal fest, damit ich den Rumpf des Schiffes ordentlich bemalen kann", sagte er zu Gustav Holz. Der Angesprochene war einer seiner Freunde, die ihn immer wieder gern in seiner Werkstatt besuchten.

Am heutigen Tage war er sein einziger Gast. Sie waren nicht nur Freunde, sondern auch Nachbarn auf der gleichen Etage. Die beiden Männer rauchten eine Zigarette. Erwin Fischer legte sein Modellschiff auf die Seite, und wartete darauf, dass Gustav Holz es endlich festhielt. „Komm, Gustav, nun mach doch mal!", forderte er seinen Gast nochmals ungeduldig auf.

Gustav Holz drückte seine Zigarette im Aschenbecher aus und murrte: „Immer mit der Ruhe, alter Freund."

„Wenn ich für die Bilder zu viel Zeit verbrauche, dann trocknet die Farbe doch aus. Dann war die ganze Arbeit umsonst."

„Ja, ja, ich weiß, Erwin." Mit diesen Worten ergriff Gustav Holz das Schiff. Mit ruhiger Hand, die er gut unter Kontrolle hatte, hielt er das Modell fest, sodass es sich nicht einen Millimeter bewegte. Überhaupt besaß Gustav Holz eine große Selbstbeherrschung, von der andere Menschen nur träumen konnten.

Stets war er korrekt angezogen. In solch abgetragenen Sachen wie Erwin Fischer, auch wenn dieser sie nur in seiner Kellerwerkstatt oder in seiner Wohnung trug, würde Gustav Holz nie herumlaufen. Er trug gerne Hemden, die stets gebügelt sein mussten. Heute hatte er ein einfarbiges, beiges Hemd angezogen. Seine Bluejeans saß wie angegossen. Solch schlabbrige Hosen wie sie viele Jugendliche in der heutigen Zeit trugen, mochte er überhaupt nicht. Darüber machte er sich oft genug lustig, wenn er mit seiner Frau oder Freunden spazieren ging und einen Teenie in einer, wie er fand, solchen unmöglichen Hose sah. Dann sagte er: „Nun guck dir doch den mal an. Der hat auch so eine blöde Hose an. Diese Dinger finde ich einfach nur zum Kotzen. Dem willst du in den Arsch treten und der knickt in den Knien ein. Ganz klar warum. Hast dem auf den Arsch gezielt, aber du triffst nur die Kniekehlen!"

Da er sich zurzeit nicht in seinem Wohnzimmer aufhielt, sondern im Keller seines Kumpels, trug er ordentliche schwarze Schnürschuhe.

Erwin Fischer hatte seine Zigarette in einen Mundwinkel geschoben und rauchte, während er mit seinem Freund gemeinsam das Modell der „Mir" bemalte. Dabei bewies er ein erstaunliches Geschick. Die Farben entsprachen dem Original und die Linien am Rumpf zog er freihändig ohne Schablone so gerade, als hätte er ein Lineal benutzt. Als er damit fertig war, gönnte er sich noch einen letzten Zug von seiner Zigarette, die danach in dem halb vollen Aschenbecher landete. In der Zeit, in der er den Rumpf bemalte, rauchte er drei Zigaretten. Er war froh und auch ein bisschen stolz darauf, die Arbeiten an seinem Modellschiff noch heute beenden zu können, nahm es seinem Freund aus den Händen und hing es in zwei Schlaufen, die er an der Decke angebracht hatte. Danach überzeugte er sich davon, dass seine „Mir" nicht herunterfallen konnte. In den nächsten Stunden würde das Modell unter der Decke zum Trocknen hängen bleiben. „So, und jetzt trinken wir ein Bier."

Erwin Fischer öffnete die Tür des Kühlschrankes, holte daraus zwei Flaschen hervor, öffnete sie und reichte eine davon seinem Nachbarn. „Prost, Gustav."

„Prost Erwin".

Sie unterhielten sich und tranken dabei auch noch ein zweites Bier. Zwei Stunden später schien die Farbe des Schiffes endlich trocken zu sein. Nun stellte Erwin Fischer das Modell in den dazugehörenden Ständer und besah sich sein Kunstwerk in allen Einzelheiten. Zufrieden lächelte er vor sich hin. „Super, jetzt brauche ich nur noch die Segel anzuschlagen, die ich auch schon zusammengefügt habe, dann ist es fertig, Gustav. Wenn du morgen wieder zu mir kommst, siehst du das fertige Schiff."

„Wie du das immer so machst, Erwin, ich hätte für so eine Fummelei keine Ausdauer und vor allem nicht die Fingerfertigkeit."

„Na, ja, etwas Geduld muss man für so einen Kram schon haben", meinte Erwin Fischer. Mit vor Stolz vorgewölbter Brust stand er vor seinem Freund.

Einige Augenblicke schwiegen sie. Doch dann ging Erwin Fischer zu seinem Kühlschrank. „Komm, Gustav, wir trinken noch ein schönes kühles Bierchen. Das haben wir uns redlich verdient."

Dankbar nahm Gustav Holz eine Flasche aus der Hand seines Freundes entgegen. Sie tranken einen Schluck und suchten auf der Werkbank einen freien Platz, auf dem sie ihre Flaschen abstellen konnten. Dafür räumte Erwin Fischer einige Werkzeuge in einen Werkzeugkasten.

„Und hast du schon ein neues Projekt, Erwin?"

„Klar, du kennst mich doch. Als nächstes Schiff kommt die „Gorch Fock" an die Reihe, und danach die „Kruzenshtern", die auch schon in meinem Wohnzimmerschrank liegt."

Erwin Fischer liebte die Seefahrt und ganz besonders liebte er Segelschiffe. Überall in seiner Wohnung standen Modelle der bekanntesten Segelschiffe, die er selbst gebaut hatte. Dabei handelte es sich um historische Modelle, aber auch um solche, die noch heute auf den Weltmeeren ihre verschiedenen Ziele ansteuerten. Noch nie in seinem Leben hatte er fertige Modellbausätze gekauft, die er nur noch zusammensetzen musste. Stattdessen besorgte er sich das notwendige Material in dem Baumarkt, der sich nur drei Straßen von seiner Wohnung entfernt befand. Er berechnete alle Einzelteile maßstabsgetreu und begann danach, die Bauteile sorgfältig herzustellen und zu bearbeiten. Anschließend bekamen sie ihren Farbanstrich und wurden zusammengesetzt. Am Ende wurde alles noch einmal gestrichen. Manchmal benutzte Erwin Fischer Abziehbilder, die er am Computer selbst erstellte und danach bemalte und zuschnitt. Wenn er sich für ein neues Modell interessierte, recherchierte er manchmal tage- und wochenlang im Internet, um zu erfahren, welche Bauteile er für ein neu geplantes Modell benötigte. Alle Details des Originals, die man mit bloßem Auge sehen konnte, mussten auch auf Erwin Fischers Miniaturen vorhanden sein. Es durfte keine Abweichungen geben. Kein Wunder, dass er in solch ein Modell sehr viel Zeit investierte, oft monatelang seine gesamte Freizeit.

„Das ist ja…", Gustav Holz unterbrach sich und lauschte. Dann fragte er: „Sage mal, hast du das eben auch gehört?"

„Was soll ich gehört haben?"

„Weiß nicht, jetzt ist es weg." Er spürte, dass sein Körper Adrenalin ausschüttete. „Da…, da war es wieder!"

„Ja, ich habe es auch gehört. Es hat gepoltert!"

„Genau, Erwin!"

„Wo das wohl herkommen mag? Und was ist das überhaupt für ein komisches Poltern?" Erwin Fischer sah seinem Freund fragend ins Gesicht.

„Ob wir mal nachsehen sollen?" Wie ein kleiner Junge verspürte Gustav Holz, wie ihn auf einmal eine Abenteuerlust überkam.

Erwin Fischer sah zu seiner „Mir" und danach wieder zu seinem Kumpel. „Schaden kann es nicht!"

Sie verließen den Keller. Auf beiden Seiten des Ganges befanden sich die Abstellräume der anderen Hausbewohner, die mit Erwin Fischer in derselben Etage wohnten. Da es im Haus zwölf Etagen gab, existierten folglich zwölf solcher Gänge im Kellergeschoss. Die Abstellkammern waren zum größten Teil mit Wänden in Leichtbauweise voneinander getrennt, nur die äußeren Kellerräume wurden teilweise von tragenden Wänden begrenzt.

Die Männer erreichten den nächsten Gang. Immer noch polterte es irgendwo. Aber sie konnten nicht herausfinden, woher die Geräusche kamen, da verschieden lange Pausen dazwischen lagen. „Hat es aufgehört oder ist es hier leiser geworden?", fragte Gustav Holz, der sich im gleichen Alter wie Erwin Fischer befand. Plötzlich klopfte es erneut, doch das hörte schnell wieder auf.

„Nein, von hier kommt es nicht", sagte Erwin Fischer.

Sie gingen zurück und schlugen den Weg zur anderen Seite des Hauses ein. Mehrmals riefen sie: „Hallo, ist da jemand? Ist bei Ihnen alles in Ordnung?" Aber niemand antwortete den beiden Männern. Plötzlich vernahmen sie das Geräusch erneut.

Erwin Fischer rief: „Hier, von der rechten Seite kommt das, Gustav!"

„Ja, ich höre es jetzt auch ganz deutlich. Lass uns dort mal nachsehen!"

Doch als sie den Kellergang betraten, aus dem sie das dumpfe klopfende Geräusch hörten, wurde es wieder still. Niemand befand sich darin. Da es dort keine Fenster gab und deshalb kein Tageslicht in den Raum hereinschien, schaltete Gustav Holz die Deckenbeleuchtung ein. Gemeinsam gingen sie weiter an den mit Holzlatten versehenen Verschlägen der Mitbewohner vorbei. Vor allen Kellerräumen hingen Vorhängeschlösser. Doch trotzdem hörten die Männer deutlich ein dumpfes Pochen, das nach einigen Schlägen wieder verstummte. Am Ende des Ganges fanden sie an der Wand eine Plane. Erneut klopfte es dreimal kurz hintereinander. Dieses Mal konnten es die Männer sehr deutlich hören.

„Das kommt doch von hier", meinte Erwin Fischer.

„Wie von hier? Hier ist doch aber nichts." Gustav Holz' Gesicht drückte Unglaube aus.

„Ich glaube, es kommt von der Plane", meinte Erwin Fischer und verbesserte sich sofort. „Also von dahinter!"

„Es hört sich so an, aber das hier ist doch eine Wand." Verständnislos schaute Gustav Holz' seinen Freund an.

Erwin Fischer griff zur Plane und hob sie an. Überrascht rief er: „Das kann doch nicht wahr sein, hier ist ein Loch!"

Jetzt ahnte Gustav Holz, was das Geräusch bedeutete. „Erinnerst du dich noch an die Geschichte vom letzten Sommer? Davon hat doch fast jeder hier im Haus erzählt. Demnach verschwanden zwei Jungs. Der Alte aus der neunten Etage soll mit seinem Hund den Vätern geholfen haben, sie zu suchen. Der Vater des einen Bengels starb dabei, auch der Alte und sein Hund. Die sollen unter der Erde gewesen und dort von einem Monster gejagt worden sein."

„Klar erinnere ich mich. Die Bengels, so sagt man, sollen durch ein Loch in der Kellerwand gegangen sein. Das Loch war mit einer Plane verhängt." Erwin Fischer erinnerte sich an die damaligen Geschehnisse.

„Genau!"

Mit großen Augen fragte Erwin Fischer: „Und du meinst, dass es sich dabei um dieses Loch handelt?"

„Es ist mit einer Plane verdeckt, stimmts?" Gustav Holz suchten viele böse Vorahnungen heim.

„Ja, aber das Loch sollte doch schon längst zugemauert sein." Auch Erwin Fischer wurde unruhig.

„Und wenn nicht? Wenn es tatsächlich dieses Loch ist, durch das die Kinder im letzten Jahr hindurch geschlüpft sind?" Plötzlich fühlte sich Gustav Holz nicht wohl in seiner Haut.

Erwin Fischer überlegte einige Augenblicke. Ungläubig legte er seine Stirn in Falten. Mit zunehmender Zeit wurde sein Gesicht immer länger. Schließlich erwiderte er: „Du meinst, das Klopfen hört sich so an, als wenn jemand gegen eine Stahltür klopft. Und du glaubst, dass das Monster das macht?"

„Möglich wäre es doch, oder etwa nicht?"

„Hm..., dann sollten wir die Wohnungsgesellschaft darüber informieren. Oder wenigstens den Hausmeister!"

„Genau das glaube ich auch, Erwin."

Notarzteinsätze

Toni Kaus war ein alleinstehender Mann im Alter von fünfundvierzig Jahren. Als Lehrer hatte er einen Beruf mit einem guten Einkommen und brauchte sich um seine Zukunft keine Sorgen zu machen. Seine Freunde schätzten ihn als einen hilfsbereiten und freundlichen Menschen, der stets fröhlich wirkte und zu jeder Zeit einen Scherz auf den Lippen hatte.

Aber in der letzten Zeit glaubte er, Stimmen zu hören. Manchmal glaubte er sogar, nicht ganz richtig im Kopf zu sein. Diese Stimmen hörte er jedoch nur zu Hause. Hielt er sich außerhalb seiner Wohnung auf, egal ob in der Schule oder bei Freunden oder beim Einkaufen, schwiegen sie. Manchmal glaubte er, dass sie ihn nur in seiner Wohnung aufsuchen konnten.

Deshalb ging Toni Kaus in diesen Minuten spazieren, er hatte das dringende Bedürfnis, sich an der frischen Luft zu bewegen. Es war bereits nach zweiundzwanzig Uhr, als er sich fragte, wohin er gehen sollte. Dank der Sommerzeit war es noch recht hell, denn die Dämmerung setzte gerade erst ein, außerdem war es noch sehr warm. Ohne Ziel schlenderte er unschlüssig durch die Straßen seines Stadtteils. Dabei überlegte er, dass er sich nicht die ganze Nacht auf der Straße herumtreiben konnte. Jedoch wollte er nicht nach Hause zurückkehren, denn dort hörte er immer wieder diese hässlichen Stimmen, die von ihm verlangten, sich umzubringen.

Warum sollte er das tun? Es ging ihm doch gut! Er hatte keinen Grund sich selbst zu töten. Alles, was er sich vom Leben erhoffte, hatte er bekommen oder erreicht. Er war nicht reich, hatte aber eine finanziell gesicherte Existenz. Als verbeamteter Lehrer hatte er ausgesorgt. Zu seinen

Schülern hatte er ein gutes Verhältnis. Er war fähig, seinen Unterricht interessant zu gestalten. Regelmäßig traf er sich mit seinen Freunden auf ein Bier, manchmal wurden es auch zwei oder drei. Zweimal im Jahr fuhr er in den Urlaub. Er wollte allein leben, eine Frau brauchte er nicht.

Das Einzige, was er brauchte, war eine andere Wohnung, um die Stimmen in seinem Kopf zum Schweigen zu bringen. Dabei war er erst vor wenigen Wochen an den Hans-Duncker-Platz gezogen. Seine alte Wohnung existierte nicht mehr, das Haus, in dem sie sich befunden hatte, war abgerissen geworden. Es war schon sehr alt und baufällig gewesen. Da es in Hamburg so gut wie unmöglich war, in kurzer Zeit eine neue Wohnung zu finden, war er froh, dass ihm seine Wohnungsgesellschaft eine Wohnung im Haus 23 angeboten hatte, die ihm gefiel. Und der Mietpreis war mehr als angemessen. Wenn er es sich genau überlegte, war die Miete sogar ziemlich niedrig. Jetzt wusste er, warum die Mieten in dem Haus so günstig waren. Mit diesem Haus stimmte etwas nicht, das war ihm bewusst geworden.

Schon seit etwa drei Wochen hörte er diese vermaledeiten Stimmen. Sie wurden immer unverschämter und drohender. Was sollte er bloß tun? Das fragte er sich verzweifelt. Und vor einigen Tagen kam das viele Ungeziefer auch noch dazu! Spinnen und schwarze Käfer tummelten sich in seiner Wohnung, gerade so, als wäre sie ein Urwald.

Die Stimmen hörte er nicht ständig. Aber sie sprachen zu verschiedenen Zeiten zu ihm. Nie konnte er sich sicher sein, dass sie ausblieben. Immer dann, wenn er nicht mit ihnen rechnete, begannen sie, ihn zu quälen. Er hatte bereits seinen besten Freund eingeladen, ihn zu besuchen, um zu prüfen, ob sie sich meldeten, wenn er sich nicht allein in der Wohnung befand, oder ob auch andere Menschen die Stimmen hören konnten. Einen Grund für eine Einladung gab es immer. Diesmal sagte er zu seinem Freund, dass die neue Wohnung doch noch gefeiert werden müsse. Schließlich wohnte er noch nicht sehr lange in ihr.

Als sein Freund ihn an dem darauffolgenden Wochenende besuchte, unterhielten sie sich bis weit nach Mitternacht. Während der gesamten Zeit blieben die Stimmen stumm. Kaum war Toni Kaus wieder allein, verlangten sie von ihm, sich selbst zu töten.

Toni Kaus war müde. Er konnte doch nicht die ganze Nacht durch die Stadt laufen. Irgendwann musste auch er einmal schlafen. Aber wo nur konnte er das tun? Ließen die Stimmen ihn wenigstens in dieser Nacht endlich einmal in Ruhe? Resigniert ging er zurück zum Hans-Duncker-Platz. Als er das Haus betrat, in dem er wohnte, störte ihn als gesundheitsbewusster Mensch der Gestank, den der Müllschlucker im Haus verbreitete. Angenehm war etwas anderes, etwas ganz anderes. Er hatte das Gefühl, dass der Gestank sogar noch intensiver geworden war.

Mit dem Fahrstuhl fuhr er in die neunte Etage. Dort befand sich seine Wohnung. Als er die Wohnungstür öffnete, lief eine kleine Maus vor ihm davon. Sie flüchtete ins Treppenhaus. Einige schwarze Käfer krabbelten im Flur auf dem Boden und auf den Möbeln herum. Als er sie sah, packte ihn die Wut und er zertrat sie. Unter seinen Schuhen knackte es laut, sodass ihn ein unangenehmes Gefühl beschlich. Aber er wollte, dass seine Wohnung sauber blieb.

Aus der Küche holte er sich eine Flasche Bier und öffnete sie. Nachdem er es sich auf der Couch im Wohnzimmer gemütlich gemacht hatte, griff er sich die Fernbedienung und schaltete das Fernsehgerät ein. Gerade wurden die Nachrichten übertragen. Der Sprecher verlas eine Meldung, danach strahlte der Sender einen Kurzfilm aus, der den Menschen das Grauen des Krieges in Afghanistan zeigte.

„Toni Kaus, du musst dein Leben beenden!" Eine Stimme flüsterte ihm diese Worte leise in sein linkes Ohr.

„Nein", rief er, „Lasst mich endlich in Ruhe!"

Eine andere Stimme meldete sich. „Du hast so ein schönes Seil in deinem Schrank. Benutze es!"

Eine dritte Stimme in seinem Kopf rief: „Du hast für dein Seil einen wunderbaren, stabilen Haken in deinem Schlafzimmer, der trägt dein Gewicht!"

Toni Kaus ertrug das nicht mehr und hielt sich die Ohren zu. Wie ein kleines Kind wimmerte er. „Ich will doch nur meine Ruhe haben. Lasst mich doch endlich in Ruhe. Ich will noch nicht sterben, aber so kann ich auch nicht weiterleben. Jeden Tag geht das so, ich halte das nicht mehr aus."

*****

Mathias hatte sich in seiner Firma gut eingelebt. Er war zwanzig Jahre alt, arbeitete im Rettungsdienst und fuhr nur noch selten den Kassenärztlichen Notdienst. Er hatte sich vor einer Minute in der Mikrowelle seiner Rettungswache etwas Gemüse, einige Kartoffeln und eine Scheibe Krustenbraten aufgewärmt. Dieses Mahl hatte er von zuhause mitgebracht und sehnte sich nun nach dem Essen, um seinen knurrenden Magen endlich zu beruhigen.

Er schnitt sich ein Stück von dem Fleisch ab. Dabei freute er sich schon auf seinen Geschmack. Plötzlich sendete der Notfallpieper ein nervtötendes akustisches Signal aus.

„Ach, das kann ja gar nicht anders sein! Immer wenn wir essen wollen, piept das Scheißding", schimpfte er laut und sprang auf.

In dieser Woche versah er seinen Dienst gemeinsam mit seinem Kollegen Ali, der nicht älter war als er selbst. Während sich die beiden jungen Männer mit eiligen Schritten zum Rettungswagen begaben, fragte dieser: „Wo geht es denn hin?"

„Zum Hans-Duncker-Platz 23. So ein Scheiß!"

„Was erwartet uns dort?"

„Eine nicht ansprechbare Person!"

Ali startete den Motor des Fahrzeugs und mit eingeschaltetem Blaulicht und Martinshorn fuhren sie zum Notfallort.

„Eine nicht ansprechbare Person! Eigentlich ist der Ausdruck blödsinnig. Jede Person ist ansprechbar. Nur einige antworten nicht, weil sie bewusstlos oder schon tot sind", sagte Mathias.

Ali sah kurz zu ihm hin, aber dann konzentrierte er sich schnell wieder auf den Verkehr. „Wenn sie tot sind, sind es keine Personen mehr, sondern Leichen."

„Dann sollte es vielleicht besser leblose Person heißen."

Ali dachte kurz nach. Dann erwiderte er: „Bewusstlose sind ja nicht leblos."

„Da hast du auch wieder recht!" Mathias brach das Thema ab.

Trotz der späten Stunde – es war bereits gegen Mitternacht – waren die Straßen noch sehr belebt. Sie kamen trotzdem zügig voran. Dank der Sirene und des Blaulichtes hatten sie freie Fahrt. Nach nur acht Minuten erreichten sie das Hochhaus. Zeitgleich mit ihnen kam der Notarztwagen an. Doktor Smollenko stieg aus und nahm von seinem Fahrer einen Notfallkoffer entgegen. Mathias hatte seine beiden Notfallkoffer auf die fahrbare Trage gelegt und beeilte sich, mit seinem Kollegen dem Notarzt zu folgen. Als sie ihn erreichten, erkannte Mathias den Arzt und freute sich, nach langer Zeit endlich wieder mit Doktor Smollenko zusammen arbeiten zu können.

„Mathias, wir haben uns ja lange nicht gesehen", sagte der Arzt.

„Das ist richtig, aber ich hätte es vorgezogen, Sie an einem anderen Einsatzort zu treffen", antwortete Mathias.

„Wie meinst du das?"

„Wo sollten wir uns sonst treffen als hier im Hochhaus des Schreckens. So heißt es nämlich im Volksmund. Abgesehen davon, dass wir hier unseren ersten gemeinsamen Notfall hatten, haben wir uns hier öfter getroffen, als uns lieb sein kann."

„Ja, da hast du tatsächlich recht." Der Arzt, ein Kardiologe, erinnerte sich, wie er den jungen und überaus wissbegierigen Sanitäter vor einem Jahr kennengelernt hatte. Der junge Mann hatte ihm Löcher in den Bauch gefragt. Und er hatte sich im Laufe der Zeit prächtig entwickelt. Er gehörte zu den besten Rettungssanitätern der Stadt, auf ihn war immer und zu jeder Zeit Verlass. Wenn er im Rettungsdienst blieb, würde Mathias eine großartige Zukunft vor sich haben.

Als sie den Fahrstuhl betreten hatten, schlossen sich die Türen mit einem lauten Knall. Dann ächzte, quietschte und ruckelte das altersschwache Gerät in die neunte Etage hinauf. Die Männer hatten das Gefühl, als würde der Boden beben. Mathias erkannte an Alis Gesichtsausdruck, dass er sich nicht wohlfühlte. Trotzdem blieb er ruhig. „Der Fahrstuhl ist immer noch der Alte!"

„Das Haus ist es ja auch immer noch. Ich bin mal gespannt, was uns heute erwartet. Aber es ist wieder die gleiche Etage, in der wir schon so oft waren." Mathias ahnte Schlimmes.

Der Fahrstuhl blieb stehen. Die Tür bewegte sich zwar, blieb aber verschlossen. Plötzlich gab es nochmals einen lauten Knall und die Fahrstuhltür öffnete sich ruckartig. Schnell verließen die Männer dieses alte Wunderwerk der Technik. Als sie im Flur um eine Ecke bogen, sahen sie vor einer offenen Wohnungstür einen uniformierten Polizisten, der seinen Oberkörper nach vorn beugte. Der Mann erbrach sich.

„Brauchen Sie Hilfe?" Doktor Smollenko sah dem Polizisten mit einem besorgten Blick in sein blasses Gesicht.

„Nein, es ist alles wieder in Ordnung, aber Sie sollten da nicht reingehen", erwiderte der Polizist.

„Ich muss aber da rein, sonst kann ich dem Patienten nicht helfen."

„Glauben Sie mir, der braucht ihre Hilfe nicht mehr."

„Okay, aber dann muss ich den Totenschein ausfüllen, und dazu muss ich den Toten untersuchen."

Der Polizist, dessen Gesichtsfarbe sich allmählich normalisierte, ging einen Schritt zur Seite. „Natürlich müssen Sie das. Guten Abend erst einmal, Herr Doktor. Ich bitte um Entschuldigung. Es ist nicht meine Art, einfach in den Hausflur zu kotzen. Ich mache das gleich wieder sauber, aber wenn Sie ins Wohnzimmer kommen, wissen Sie, warum ich es tat."

„Ist schon gut, wir wissen ja beide, wo wir uns hier befinden. Guten Abend, Herr Kraft." Doktor Smollenko verstand den Polizisten, den er schon seit Jahren kannte. Die freundlichen Worte des Arztes quittierte dieser mit einem dankbaren Lächeln. Gemeinsam mit Mathias und seinem Kollegen Ali betrat der Notarzt die Wohnung. Der Fahrer des Notarztwagens folgte ihnen mit einem zweiten Notfallkoffer.

Sie erreichten das Wohnzimmer. Obwohl er erst seit einem Jahr als Rettungssanitäter arbeitete, war Mathias, auch durch die Einsätze in diesem Haus, schon ziemlich abgehärtet. Er hatte bereits viele schlimme Dinge erleben müssen, und deshalb konnte ihn kaum noch etwas aus der Fassung bringen.

Aber das, was er heute sehen musste, ließ auch ihn nicht kalt. Übelkeit überkam ihn beim Anblick des Toten, der in einem Sessel saß. Sein Kopf, oder besser: die Reste seines Kopfes, die noch übrig waren, hingen auf seine Brust herab. Vom rechten Fuß hatte er sich, bevor er sich erschoss, den Schuh und die Socke ausgezogen. Eine Schrotflinte stand zwischen seinen Beinen. Der Sessel befand sich etwa zwei Meter von der Wand entfernt. Der Mann musste sich den Lauf der Schrotflinte ungefähr dreißig Zentimeter vor das Gesicht gehalten haben, als er den Abzug mit dem großen Zeh betätigte. Mit brachialer Gewalt drang die Schrotladung in seinen Kopf ein und richtete verheerenden Schaden an. Es riss mehr als den halben Hinterkopf weg. Blut und Hirnmasse spritzten hinter ihm an die Wand, aber auch links und rechts neben dem Sessel und um ihn herum verteilten sich Blutlachen und Reste des Gehirns. Die an der Wand befindliche Hirnmasse glitt sogar noch in diesen Augenblicken an den Tapeten herab. Das Blut daneben war aufgrund seiner dünneren Konsistenz bereits bis zum Boden geflossen und trocknete nun an der Tapete. Vom Gesicht des Toten existierte so gut wie nichts mehr.

Doktor Smollenko schaute zu den Sanitätern. Aus Alis Gesicht verschwand die Farbe. Er würgte und versuchte sichtlich, sich zu beruhigen. Mathias hatte sich vom Tatort weggedreht und zitterte am gesamten Körper. Sein Gesicht konnte der Kardiologe nicht sehen. Er ging zu den beiden jungen Männern und legte jedem mitfühlend einen Arm um die Schulter. Leise fragte er: „Na, ihr zwei, geht's oder braucht ihr meine Hilfe?"

Mathias schaute dem Notarzt in die Augen. „Danke, Doktor, ich komme schon klar."

Ali schluckte und stöhnte auf. „Scheiße!"

Doktor Smollenko drückte sie kurz an sich, danach zog er seine Arme wieder zurück. „Hört ihr? Für euer Alter habt ihr euch gut gehalten. Das hier ist wirklich kein schöner Anblick. Wenn ihr könnt und Zeit habt, fahrt etwas durch die Gegend und schnappt frische Luft. Ich danke euch für eure Einsatzbereitschaft. Ich brauche euch hier nicht länger. Ihr könnt nach Hause fahren."

Mathias und Ali verabschiedeten sich. Sie waren froh, diesen Ort des Grauens verlassen zu dürfen, und dankten Doktor Smollenko für sein Verständnis und sein Mitgefühl.

Als sie das Treppenhaus betraten, lief aus der angrenzenden Wohnung ein Mann heraus. Panisch warf er die Tür ins Schloss und rannte zur Treppe. Pflichtbewusst rief ihm Mathias hinterher: „Hallo, Sie, ist mit Ihnen alles in Ordnung? Kann ich ihnen helfen?"

Der Mann drehte sich zu ihm um, sah ihn mit irren Augen an und antwortete nicht. Plötzlich lief er die Treppe herunter und stöhnte laut auf. Mathias sah auf das Namensschild neben dem Klingelknopf. Toni Kaus stand darauf.

„Komischer Kauz, aber das passt ins Bild dieses Hauses", dachte Mathias.

*****

„Mann, Erwin, ist das Schiff schön geworden. Jetzt wo du die Segel daran befestigt hast, sieht es super aus. Ob du mir auch mal ein Schiff basteln könntest? Ich bezahle dir das natürlich." Gustav Holz besuchte Erwin Fischer auch heute wieder in der kleinen Werkstatt. Der Modellschiffbauer bemerkte die Begeisterung seines Nachbarn und Freundes.

„Du brauchst mir nur das Material zu bezahlen, denn ansonsten wäre es natürlich fast unbezahlbar. Ich sitze doch viele Stunden daran. Die kann ich dir unmöglich in Rechnung stellen. Klar Gustav, ich kann dir ein Schiff bauen, aber du musst viel Geduld haben. Das kann schon einige Monate dauern. Legst du Wert auf ein bestimmtes Schiff oder ist dir das egal?"

„Ich weiß es nicht, so ein Schönes wie dieses vielleicht." Gustav Holz stand immer noch vor dem Modell der „Mir" und bestaunte es von allen Seiten. Er ging um die Werkbank herum, und bewunderte ehrfürchtig alle Details des kleinen Segelschiffes.

„Ich habe so viele Schiffe und weiß langsam nicht mehr, wohin mit ihnen", dachte Erwin Fischer. „Willst du dieses Schiff haben? Dann brauchst du nicht so lange zu warten und kannst es dir gleich mitnehmen. Ich schenke es dir."

„Nein, das kann ich nicht annehmen, du hast es für dich gebaut, willst es doch immer wieder einmal ansehen."

„Quatsch, Gustav, das kann ich mir bei dir auch ansehen. Nimm es mit, damit machst du mir eine Freude. Ich weiß, bei dir ist das Schiff in guten Händen."

Gustav Holz stand in Erwin Fischers Werkstatt wie vom Blitz getroffen. Tränen der Rührung standen ihm plötzlich in den Augen. Dagegen konnte er nichts tun. „Mann, Erwin, so ein tolles Geschenk willst du mir machen? Da fällt doch mein Geburtstag und Weihnachten auf einen Tag. Aber dafür werde ich dir eine schöne Flasche Whisky kaufen. Das werde ich auf jeden Fall tun, gleich morgen, Erwin!"

„Nun ist es doch gut, beruhige dich mal wieder." Einerseits freute sich Erwin Fischer über die Anerkennung, die sein Freund ihm zollte. Vor allem freute es ihn, dass er ihm mit dem Modell seiner „Mir" solch eine große Freude bereitete. Aber sein Gefühlsausbruch war ihm irgendwie peinlich. Deshalb änderte er schnell das Thema. „Sag mal, Gustav, hast du das gestern auch mitbekommen? Der Jäger aus der neunten Etage hat sich mit seinem Jagdgewehr selbst das Hirn weggeblasen. Es soll sogar an der Wand hinter ihm runtergerutscht sein!"

„Ja, ich habe den Notarzt gesehen. Den kenne ich, er ist eine Koryphäe auf seinem Gebiet. Aber warum muss so etwas immer in der neunten Etage passieren?"

„Ich muss so etwas nicht auf unserer Etage haben, Gott bewahre! Aber weißt du was, Gustav, ich glaube, das geht schon wieder so los wie im letzten Jahr. Ich sage dir, das geht nicht mit rechten Dingen zu."

„Du meinst...", Gustav Holz verstummte. Wenn er daran dachte, was vor einem Jahr geschah, fühlte er sich in seiner Haut nicht mehr wohl.

Erwin Fischer sah ihn an und wartete darauf, dass er weitersprach. Aber Gustav Holz schwieg. Schließlich sagte Erwin Fischer: „Ja, Gustav, das Monster ist wieder da, es wird noch mehr Tote geben."

*****

„Töte dich, Mann, dein Leben ist doch ohnehin nichts mehr wert."

Toni Kaus hörte schon wieder diese verdammten Stimmen. Er konnte nicht schlafen, weil sie ihn schon seit einer Stunde belästigten. Ständig forderten sie seinen sofortigen Tod. Aber Toni Kaus wollte nicht sterben. „Seid doch endlich still! Ich kann nicht mehr, ich muss schlafen!"

Laut hallten seine Schreie durch die Wohnung. Doch plötzlich wurde er ruhig. Hoffentlich hatten ihn die Nachbarn nicht gehört. Neben seinem Schlafzimmer befand sich das der alten Frau, die in der Nachbarwohnung lebte. Die würde glauben, dass er nicht ganz richtig im Kopf sei. Schließlich wohnte er allein und nicht mit einer Hammelhorde zusammen. Er war Lehrer und sollte Kinder und Jugendliche erziehen, ihnen wertvolles Wissen vermitteln.

Dann plötzlich glaubte er, wahrscheinlich an Burn-out erkrankt zu sein.

Einige Minuten herrschte Ruhe in seiner Wohnung, doch dann war diese Stimme wieder da. Deutlich hörte er sie, obwohl er allein war und niemanden sehen konnte. „Dein Nachbar war mutiger als du." Die Stimme hörte sich beinahe verständnisvoll an. Dann wurde sie energischer. „Du bist ein alter Feigling, Toni Kaus! „Los, nun mach schon!"

Der Lehrer war am Ende seiner geistigen Kräfte. Er warf sich in seinem Bett auf die andere Seite. Seine Augen hatte er weit aufgerissen, sie verrieten, dass er allmählich dem Wahnsinn verfiel. Er sprang aus seinem Bett heraus, lief ins Wohnzimmer und warf dort den Tisch um.

Toni Kaus' Nachbarn vernahmen aus seiner Wohnung einen plötzlichen und lauten Knall. Danach begann es in der gleichen Lautstärke in kurzen, aber unregelmäßigen Zeitabständen zu poltern. Glas klirrte, eine Fensterscheibe zerbrach. Laute Schreie hallten durch das Haus. Der Mieter, der unter Toni Kaus wohnte, klopfte mit einem Besenstiel an die Decke. „Ruhe da oben, du Arschloch. Es gibt noch Menschen, die arbeiten und früh aufstehen müssen!"

Doch immer wieder vernahmen Toni Kaus' Nachbarn aus seiner Wohnung laute Geräusche. Auch andere Mieter beschwerten sich auf ähnliche Weise, wie es der Mann unter der Wohnung des Lehrers tat. Eine Frau klingelte sogar an seiner Wohnungstür, doch diese wurde ihr nicht geöffnet. Zunächst nahm der Lärm sogar an Lautstärke und Intensität zu. Toni Kaus' Nachbarn glaubten, dass er seine gesamte Wohnungseinrichtung zertrümmerte. Plötzlich trat nach etwa einer halben Stunde Stille ein. Zufrieden und erleichtert atmeten die Nachbarn auf und versuchten erneut zu schlafen.

Am nächsten Tag erschien der Lehrer Kaus nicht in der Schule, in der er arbeitete. Die Schüler freuten sich über den Ausfall seines Unterrichts. Der Schulleiter war ratlos, denn seine Anrufe blieben unbeantwortet. Toni Kaus ging weder ans Handy, noch nahm er einen Anruf auf seinem Festnetzanschluss an.

Als der Schulleiter am nächsten Tag seinen Mitarbeiter wieder nicht erreichte, informierte er die Polizei. Toni Kaus war stets ein zuverlässiger und motivierter Lehrer. Ohne Entschuldigung war er noch nie seiner Arbeit ferngeblieben. Der Schulleiter befürchtete, dass mit ihm etwas nicht in Ordnung war. In den letzten Tagen hatte er sich manchmal etwas merkwürdig benommen. Teilweise schien er, geistig wie weggetreten zu sein.

Die Kommissare Ralf Stiefelknecht und Erich Steiner, die den Auftrag erhielten, Toni Kaus' Verschwinden aufzuklären, befragten zunächst den Hausmeister Frank Zabel. Im Beisein der Polizisten öffnete dieser die Wohnungstür des Lehrers.

*****

Mathias hatte auch heute wieder Dienst. Er befand sich im Rettungswagen auf dem Weg zurück in seine Wache, die er gemeinsam mit seinem Kollegen in einigen Minuten erreichen würde. Das im letzten Einsatz verbrauchte Material musste dann wieder aufgefüllt werden. Doch dazu kamen die beiden Sanitäter nicht. Sie wurden vorher über Funk zu einem weiteren Einsatz gerufen.

Als der Disponent ihnen den neuen Einsatzort mitteilte, rief Mathias aus: „Oh, nein, nicht schon wieder der Hans-Duncker-Platz 23. Und dann auch noch Kaus!"

„Kennst du den Mann denn?", fragte sein Kollege. Ali hatte heute dienstfrei, deshalb arbeitete Mathias mit einem anderen Kollegen zusammen.

„Nein, ich kenne ihn nicht, aber als wir neulich bei dem Selbstmörder waren, stürzte er wild aus seiner Wohnung heraus. Er machte auf mich einen ziemlich irren Eindruck."

Als sie Toni Kaus' Wohnung betraten, erblickten sie ein Schlachtfeld. Sämtliche Möbel waren zertrümmert, zerbrochene Gläser und zerschlagenes Geschirr lagen auf dem Boden zerstreut. Dazwischen fand sich zerrissene Wäsche. Ein Polizist in Zivil wies ihnen den Weg ins Schlafzimmer. In dem Raum sah es genauso schlimm aus wie in den anderen Zimmern auch. Auch hier hatte wohl der Bewohner die gesamte Einrichtung zerschlagen.

Aber das war noch nicht alles. Unter der Decke hing Toni Kaus. Vermutlich musste er auf eine Leiter gestiegen sein. Danach hatte er ein Seil an einem Haken befestigt, an dem normalerweise eine Lampe hängen sollte. Das andere Ende des Seiles band er um seinen Hals. Danach sprang er von der Leiter, die dabei umgestürzt war. Die Schlaufe hatte Toni Kaus vorher falsch geknotet, sodass sich das Seil um seinen Hals langsam zuzog und ihm nicht das Genick brach.

Er musste furchtbare Qualen ausgestanden haben, denn sein Kopf war dunkel angelaufen, weil er allmählich keine Luft mehr zum Atmen bekam. Außerdem konnte das Blut nicht mehr aus seinem Kopf ablaufen, aber die Blutzufuhr funktionierte noch. Der Druck in seinem Kopf stieg dabei an, sodass darin mehrere Adern geplatzt sein mussten. Toni Kaus starb einen furchtbaren und qualvollen Tod.

Als Mathias mit seinem Kollegen die Leiche sah, wusste er, dass hier jede Hilfe zu spät kam. Als er sich vorstellte, wie der Lehrer starb, überkam ihn in der Magengegend ein ungutes Gefühl.

In diesem Augenblick erschien der Notarzt. Nachdem sie die Leiche vom Haken abgenommen und auf den Boden gelegt hatten, durften sie zu ihrer Rettungswache zurückkehren.

Ein Versäumnis

„Das ist eine Ungeheuerlichkeit, Kaschinski! Vergessen? Vergessen, hä…? Wie kann man einen Auftrag seines Chefs vergessen?" Der Abteilungsleiter Vermietung Jürgen Fritsche war stinksauer und sprang bildlich gesprochen seinem Angestellten beinahe ins Gesicht. Jedoch befand sich Jan Kaschinski in seinem Büro in relativer Sicherheit vor seinem Chef, der aus seinem eigenen Büro heraus mit ihm telefonierte und in seinem Chefsessel am Schreibtisch saß, wenn er nicht gerade wegen eines Ärgernisses aufgeregt durch den Raum stapfte.

Der Angestellte besaß nur wenig Selbstbewusstsein, und ging deshalb verunsichert durch das Leben. Als Sachbearbeiter der Wohnungsgesellschaft war er dem Abteilungsleiter Vermietung unterstellt. Er war stets sauber und korrekt gekleidet, heute mit einer hellgrauen Stoffhose, einem hellblauen Hemd und einem dunkelblauen Blazer. Es fehlte nur noch die Krawatte. Mit seiner Kleidung versuchte er, die Unzulänglichkeiten seines Körpers zu kaschieren, denn er hatte einen leicht verwachsenen Rücken. Beim Gehen zog er sein rechtes Bein etwas nach und ohne seine dicke Brille sah er so gut wie nichts. Außerdem gab sein Körper das Wachstum auf, als er eine Größe von nur einem Meter und fünfundfünfzig Zentimetern erreicht hatte.

Nach der sehr energischen Zurechtweisung seines Chefs, oder besser, nach dessen Wutausbruch, wurde Jan Kaschinski noch nervöser, als er es ohnehin schon war. Wie ein kleiner Junge begann er, auf seinem Stuhl hin und her zu rutschen. Es war ihm peinlich, vom Chef dermaßen gemaßregelt zu werden. Wenigstens hatte er ihn nicht zu sich bestellt, sondern ihn lediglich angerufen. Leise begann Jan Kaschinski, sich zu verteidigen. Je mehr Worte dabei seine

Lippen verließen, desto mehr Selbstwertgefühl entwickelte er. „Sie, Herr Fritsche, hatten mir den Auftrag gegeben, mich darum zu kümmern, das ist richtig. Das war vor etwa einem dreiviertel Jahr, daran erinnere ich mich genau. Zu diesem Zeitpunkt waren drei Mitarbeiter krank und die restlichen hatten Sie in den Urlaub geschickt. Für acht Tage war ich der einzige Mitarbeiter dieser Abteilung, der sich um alle Probleme kümmern musste, egal, ob sie zu meinem Aufgaben- oder Zuständigkeitsbereich gehörten oder nicht. Also habe ich Prioritäten setzen müssen, denn ich habe in diesen acht Tagen, wohlgemerkt acht Arbeitstage, jeden Tag mehr als zwölf Stunden gearbeitet, um wenigstens die dringendsten Tagesaufgaben zu erledigen. Wenn ich das nicht getan hätte, wäre auf unsere Abteilung jede Menge Ärger zu gekommen. Außerdem habe ich in dieser Zeit nur noch die wichtigsten Vorgänge meiner eigenen Aufgaben bearbeiten können. Darf ich daran erinnern, dass ich mehrere Vertragsstrafen in diesen acht Tagen verhindert habe, die uns schwer getroffen hätten? Die Türen sind im Keller des Hauses am Hans-Duncker-Platz sofort verschlossen worden, die Baufirma hatte von mir einen entsprechenden Auftrag bekommen. Mehr konnte ich damals nicht tun. Ich musste mich außerdem auch noch um die anderen wichtigen Dinge kümmern, die Sie mir persönlich übergeben hatten und mir nahelegten, diese unbedingt zu erledigen. Es waren insgesamt achtzehn zusätzliche Aufgaben, die ich für Sie erledigen sollte. Ich habe alles getan, was Sie mir aufgetragen haben, so gut ich es konnte! Außerdem gehört der Hans-Duncker-Platz nicht in meinen Zuständigkeitsbereich. Den habe ich zusätzlich zu meinen eigenen Aufgaben und den von Ihnen zusätzlich übertragenen Arbeiten übernehmen müssen. Da ich in diesem Zeitraum der einzige Mitarbeiter war, blieb mir nichts Anderes übrig. Es war niemand da, dem ich das hätte übergeben können. Nachdem die zuständige Sachbearbeiterin wieder im Dienst war, habe ich ihr diesen Vorgang übergeben und sie über die Dringlichkeit des Problems informiert."

Jan Kaschinski hatte sich soeben selbst überrascht. Woher hatte er den Mut genommen, dies alles seinem Chef so unverblümt, und im wahrsten Sinne des Wortes, ins Ohr zu sagen? Für so viel Mut bewunderte er sich beinahe selbst.

Jürgen Fritsche wusste nun, dass er dem kleinen Mann Unrecht getan hatte, nur deshalb ließ er ihn ausreden und zeigte sich einsichtig. „Okay, ja, jetzt wo Sie es sagen, erinnere ich mich auch. Das war eine harte Zeit für uns alle. Ich werde mich jetzt trotzdem selbst darum kümmern. Danach werde ich diesen Vorgang Frau Frosch zur Kontrolle übergeben."

Nachdem er den Hörer aufgelegt hatte, rief er seine Sekretärin zu sich. „Bevor ich es vergesse. Der Kaschinski hatte uns nach der Sache mit dem Monster den Arsch gerettet. Allein die ganzen Vertragsstrafen, die er abgewendet hat, hätten uns in die Insolvenz getrieben. Bitte schauen Sie doch mal nach, ob er damals eine Gehaltserhöhung bekommen hat. Wenn nicht, bereiten Sie bitte alles dafür vor."

Als er wieder allein war, griff er erneut zum Telefon. Wenn sich Jürgen Fritsche aufregte, zog er sich stets seine dunkelbraune Anzugjacke aus und lockerte den blauen Schlips, der zu seinem blauen Hemd passte. Sein Outfit wurde durch glänzend schwarze Schuhe komplettiert. In diesem Moment befand sich Jürgen Fritsche wieder in Aufregung. Er schrie in das Telefon hinein, als hätte er am anderen Ende der Leitung Jan Kaschinski am Apparat, der so unsagbar verunsichert war, dass man mit ihm tun konnte, was man wollte. Jürgen Fritsche war nicht unbedingt ein guter Chef. Auch war er ein sehr unangenehmer Zeitgenosse, den man nicht kennen musste, und schon gar nicht unterstellt sein wollte. Mit seiner cholerischen Art hatte er schon viele Menschen verprellt. Das bekam in diesen Augenblicken der Chef der Baufirma zu spüren, den Fritsche mit der Reparatur der Kellerwand im Haus 23 des Hans-Duncker-Platzes beauftragt hatte. „Aber Sie haben doch den Auftrag angenommen. Dann hätten Sie ihn auch ausführen müssen. Aber jetzt müssen Sie das nicht mehr tun, ich wollte Ihnen nur mitteilen, dass sich das für Sie erledigt hat. Außer Ihrem Betrieb gibt es noch viele andere Baufirmen, die bereit sind, diese Sache zu erledigen."

Wütend beendete er das Gespräch und wählte danach eine weitere Nummer. Das Freizeichen ertönte, danach nahm jemand das Gespräch an. „Institut für Forschung an unbekannten Lebensformen, Neumann, guten Tag. Was kann ich für Sie tun?"

„Und hier ist die hiesige Wohnungsgesellschaft, Fritsche mein Name. Vor einem Jahr haben Sie uns im Haus 23 am Hans-Duncker-Platz geholfen."

„Ja, das Monster im Stollensystem, ich erinnere mich gut daran. Der Einsatz hat uns einen neuen Mitarbeiter eingebracht."

„Nun, wie soll ich es Ihnen sagen, also, das Loch in der Kellerwand wurde trotz Anweisung immer noch nicht zugemauert. Dafür hörten Bewohner des Hauses an der Stahltür dahinter ein klopfendes Geräusch."

„Okay, ich kümmere mich darum und werde Ihnen zwei Mitarbeiter schicken, die sich dort mal umsehen sollen. Der Hausmeister soll auf sie warten, damit er ihnen die Tür öffnen kann. Dann werden wir sehen, was das zu bedeuten hat. Ich schicke die beiden gleich los."

*****

Jürgen Fritsche war froh darüber, dass sich dieser Herr Neumann der Sache vom Hans-Duncker-Platz annahm. Vor einigen Minuten hatte er den Hausmeister Frank Zabel darüber informiert, dass zwei Mitarbeiter des Institutes für Forschung an unbekannten Lebensformen in Kürze in seinem Büro eintreffen würden. Außerdem sollte er dafür sorgen, dass kein Monster in das Haus eindringen und niemand den Wissenschaftlern folgen konnte, nachdem die beiden sich ins Stollensystem unter dem Haus begeben hatten. Auch sollte er sicherstellen, dass die Forscher zu jeder Zeit die Möglichkeit hatten, ins Haus zurückzukehren.

Jetzt saß Frank Zabel vor seinem Computer und rief die eingegangenen E-Mails von den Bewohnern des Hochhauskomplexes ab, für den er zuständig war. Bekleidet war er mit einer blauen Jeans und einem alten Hemd, das früher einmal weiß gewesen sein musste. An den Füßen trug er braune verschlissene Schuhe. Über dem Hemd trug er einen blauen Arbeitskittel.

Insgesamt betreute er mit seiner Vollzeitstelle fünf Gebäude. Normalerweise war er damit mehr als ausgelastet, wenn er seine Arbeit ordentlich erledigen wollte. Er fragte sich, wie er sicherstellen sollte, dass kein Monster aus dem Stollensystem heraus- und kein Mensch dort hineinkam. Ihm fiel keine beruhigende Lösung ein. Abschließen konnte er die Stahltür nicht, sonst kämen die Leute vom Institut nicht wieder heraus. Wache halten konnte er auch nicht, dann musste er seine anderen Aufgaben vernachlässigen. Die Tür erst wieder verschließen, wenn ein Monster erschien? Dann hätte er doch Wache halten müssen und vor allem schneller als das Monster sein. Der Chef stellte sich immer alles so einfach vor!

Während er scheinbar tatenlos am PC saß, klopfte es an der Bürotür, die sogleich geöffnet wurde. Es traten zwei

41

lässig gekleidete Männer mittleren Alters ein, der eine etwas größer als der andere.

Der Hausmeister stand von seinem Stuhl auf, um mit den Neuankömmlingen auf Augenhöhe zu sein, aber auch, weil er sie als höflicher Mensch anständig begrüßen wollte.

„Mein Name ist Herbert Krabowski, mein Kollege Arne Leber, wir kommen vom Institut für Forschung an unbekannten Lebensformen", stellte der größere der beiden Fremden sich und seinen Begleiter vor.

„Mein Name ist Frank Zabel, ich bin hier der Hausmeister. Herr Fritsche hat mich bereits über Ihr Kommen informiert. Ich habe aber ein Problem. Ich kann nicht vor der Tür auf Sie warten, habe einfach zu viel zu tun. Andererseits will ich die Tür nicht abschließen, weil Sie dann nicht wieder ins Haus zurückkommen."

„Das ist kein Problem, Sie werden sicherlich einen Zweitschlüssel haben, den Sie uns mitgeben können, wenn die Tür von beiden Seiten verschließbar ist", antwortete Arne Leber freundlich.

„Oh, ja, das ist eine gute Idee, daran habe ich gar nicht gedacht." Frank Zabel ging zu einem Stahlschrank, der mit einem Sicherheitsschloss versehen war. Als er ihn öffnete, konnten die Monsterjäger einen Blick in sein Inneres werfen und entdeckten darin ein riesiges Schlüsselbrett. So viele Schlüssel auf einen Haufen hatten Herbert Krabowski und Arne Leber noch nie in ihrem Leben gesehen.

Trotzdem griff der Hausmeister entschlossen zu einem bestimmten Schlüssel und reichte diesen Herbert Krabowski. Der nahm ihn mit einem erstaunten Gesichtsausdruck entgegen. „Das ist erstaunlich, dass Sie auf Anhieb den richtigen Schlüssel finden, wo Sie doch eine solch riesige Auswahl haben."

Frank Zabel lachte kurz auf. Sein Lachen war nicht boshaft oder überheblich, sondern eher belustigt, aber nicht beleidigend. Danach schaute er seine Gäste abwechselnd mit einem freundlichen Lächeln nacheinander ins Gesicht, während er zu ihnen sprach. „Das ist nicht schwer. So viele Schlüssel, die ich für meine Arbeit benötige, gibt es nicht. Die wichtigsten davon habe ich sowieso an meinem Schlüsselbund. Die vielen Schlüssel, von denen Sie sicherlich nur einen Teil gesehen haben, sind die Ersatzschlüssel der Bewohner der fünf Häuser, aus denen diese Wohnanlage besteht. Es kommt ab und zu vor, dass jemand seinen Wohnungsschlüssel verloren hat und dann zu mir kommt. Dann habe ich einen Ersatzschlüssel und kann den rausgeben. Selbstverständlich prüfe ich vorher, wer zu mir kommt und ob er tatsächlich hier wohnt. Ich kann schließlich keinem Einbrecher die Wohnungsschlüssel geben."

„Da haben die Leute aber viel Vertrauen zu Ihnen", stellte Herbert Krabowski fest.

„Ja, natürlich, als Hausmeister muss ich absolut vertrauenswürdig sein. Sonst funktioniert hier das alles nicht. Außerdem kommt die Polizei sowieso zuerst zu mir, wenn tatsächlich einmal in eine Wohnung eingebrochen wurde, ist alles schon vorgekommen. Und außerdem riskiere ich doch nicht meinen Job. Nicht für einen Bruch. Das habe ich nicht nötig. Und schon gar nicht für Verbrecher!" Frank Zabel machte eine kurze Pause und eine beinahe wegwerfende Handbewegung. „Aber Sie sind ja wegen etwas ganz Anderem zu mir gekommen. Wollen wir ins Nachbarhaus in den Keller gehen, damit ich Ihnen zeigen kann, wohin Sie müssen? Übrigens, ich habe mir die Stahltür angesehen. Sie ist verbeult. Das war im letzten Jahr noch nicht."

„Von außen oder von innen?", fragte Arne Leber.

„Da geht niemand hin, außerdem ist der Raum durch eine Wand vom Keller getrennt. Nur durch das Loch in der Wand kommt man dahin. Eigentlich sollte das schon längst zugemauert worden sein. Aber irgendein Depp, oder besser gesagt zwei Deppen, haben das versaubeutelt. Aber um Ihre Frage zu beantworten, die Tür wurde vom Stollen aus eingebeult. Das ist eine Stahltür! Das muss man sich mal vorstellen, was da für Kräfte wirken müssen, die so eine Stahltür eindellen zu können!"

Unter der Erde

Arne Leber und Herbert Krabowski befanden sich auf der Treppe, die ins Erdreich hinunterführte. Beide hatten sich ein Gewehr über ihre Schultern gehängt. Mit diesen Gewehren konnten sie Projektile vom Kaliber 12 x 99 verschießen, die drei Meter nach ihrem durch Druckluft ausgelösten Austritt aus dem Lauf mit einem Miniaturraketenantrieb ihrem Ziel entgegenflogen. Durch einen elektrischen Impuls wurde im Inneren des Projektils eine Zündstrecke aktiviert. Damit das Geschoss nicht von seiner gewünschten Flugbahn abkam, richteten sich nach Verlassen des Laufes Stabilisatoren an seinem hinteren Ende auf. Drang es ins Ziel ein, wurden brennende Magnesiumpartikel freigesetzt, die so im Inneren des Zieles zu Verbrennungen führten.

Die Waffen sahen etwas klobig aus, waren dafür aber sehr wirkungsvoll. Die Schulterstütze war in den Holzschaft integriert, auf den ein etwa 60 Zentimeter langer Lauf, der samt elektrischer Zündvorrichtung abnehmbar war, aufgesetzt wurde. Das zehn Schuss fassende Magazin wurde von unten eingesetzt. Seitlich rechts am Schaft befand sich ein Schraubgewinde für eine CO2-Patrone die den inneren Tank füllte, der den nötigen Luftdruck zum Abschuss des Projektils bereitstellte. Auf dem Lauf konnte ein holografisches Laservisier aufgeschraubt werden. Außerdem befand sich am vorderen Ende des Schaftes eine Abschussvorrichtung für einen Taser. In der Schulterstütze befand sich noch ein größerer Lithium-Akku, der zum einen den Zünder und zum anderen den Taser mit Strom versorgte. Ein Sicherungsschalter und ein zweiter Schalter, mit dem man einstellen konnte, ob der Taser oder ein Projektil zum Einsatz kommen sollte, befanden sich seitlich am Schaft. Wollte man das Lebewesen nicht töten, sondern nur betäuben, wurde der Taser eingesetzt. Das Geschoss wurde mit einem Repetierhebel in die Abschusskammer befördert. Einen Hülsenauswurf gab es nicht, da das Projektil komplett verschossen wurde.

Arne Leber trug daneben noch einen LED-Handscheinwerfer, mit dem er einen Bereich von etwa 200 Metern vor sich ausleuchten konnte.

Herbert Krabowski sagte: „Phil hatte im letzten Jahr darum gebeten, noch einmal hierher zu gehen, um das Monster zu töten. Aber der große Chef wollte mal wieder Geld sparen und meinte, es könne seine Verletzungen ohnehin nicht überleben. Dabei war der Chef noch nicht einmal dabei, als Phil das Monster gejagt hat. Da sollte er sich doch lieber auf Phils Meinung verlassen. Na, ja, Phil soll es wohl vier- oder fünfmal getroffen haben. Eigentlich kann tatsächlich nichts mehr in seinem Inneren heilgeblieben sein. Aber wenn es eine stabile Stahltür so stark einbeulen kann, wie die, durch die wir eben gegangen sind, dann muss das Ding nicht nur sehr schmerzunempfindlich, sondern auch noch sehr kräftig sein."

„Okay, Herbert, ich habe dich verstanden." Arne Leber wusste bereits alles, was ihm sein Kollege soeben erzählt hatte. Auch er war dabei gewesen, als Phil Neumann von seinen Erlebnissen aus dem letzten Jahr berichtet hatte. Manchmal glaubte er, dass Herbert Krabowski sein Wissen nur deshalb zur Schau stellte, um seine Mitmenschen damit zu beeindrucken. Doch bei ihm musste er das nicht tun, denn auch er hatte seine Hausaufgaben gemacht.

„Der Hausmeister jedenfalls hat auch nicht schlecht gestaunt, als er die Stahltür gesehen hat. Sein Gesicht werde ich so schnell nicht vergessen. Wie der aber auch geguckt hat! Ha, ha, ha… Als wäre ihm des Teufels Großmutter über den Weg gelaufen." Herbert Krabowski amüsierte sich gern über andere Menschen. Dass sein Humor in diesem Fall unangebracht war, sollte er etwas später noch zu spüren bekommen.

„Deshalb musst du dich jetzt nicht über ihn lustig machen. Der kennt doch keine Monster oder in unserem Fachjargon: unbekannte Wesen." Arne Leber war von seinem Kollegen genervt. „Behalte lieber unsere Umgebung im Auge. Und die Hautabschürfungen, die sich an der Innenseite der Tür befinden, sollten wir besser noch einmal untersuchen, damit wir wissen, mit was für einem Monster wir es hier überhaupt zu tun haben. Ob es außerirdischen Ursprungs ist, wie Phil vermutet?", fragte Arne Leber.

„Das kann uns egal sein. Wir sollen es aufspüren und töten. Dabei ist es egal, woher das Ding kommt."

Diese Einstellung gefiel Arne Leber überhaupt nicht. Es konnte doch nur Nutzen bringen, wenn man über seinen Gegner möglichst viele Informationen sammelte. Je mehr sie über das Monster wussten, desto besser konnten sie sich dagegen wehren oder es sogar bezwingen. Ihre Mission war eindeutig definiert. Sie sollten das Untier töten, wenn sie von ihm angegriffen werden sollten.

Schweigend gingen sie weiter und erreichten die erste Kreuzung des Stollensystems, dabei sah Herbert Krabowski seinem Kollegen fragend ins Gesicht, als wollte er von ihm wissen, wohin sie sich wenden sollten.

„Oh, ja, es wurde davon erzählt, dass dieses Stollensystem ziemlich groß und verzweigt sein soll. Die Frage ist nur, wie gehen wir weiter vor?" Damit stellte Arne Leber die gleiche Frage, die ihm Herbert Krabowski auf stumme Weise auch schon gestellt hatte.

„Ist das nicht egal?", fragte dieser in einem aggressiven Ton.

„Nein, ist es nicht! Wollen wir die Stollen nach dem Ding systematisch absuchen, oder wollen wir sie mit Seilen absperren?"

„Aber Arne, du hast doch gesehen, welche Kräfte dieses Monster hat. Zum Absperren nützen unsere Seile hier gar nichts. Das Monster lacht sich höchstens tot darüber!"

Herbert Krabowski fühlte sich seinem Kollegen überlegen und das ließ er ihn deutlich spüren. Um ein Monster zu jagen und zu töten, waren das wirklich nicht die besten Voraussetzungen. Beide Männer waren zwar hervorragende Fachleute, allerdings kamen sie nicht besonders gut miteinander aus. Herbert Krabowski war etwas älter als Arne Leber und glaubte oft, den jüngeren Kollegen fachlich berichtigen oder ihn gar beschützen zu müssen. Beide hatten bereits Situationen erlebt, in denen Herbert Krabowski die Meinung Arne Lebers überging und sogar dessen Warnungen vor Gefahren missachtete. Das sorgte regelmäßig für Streitigkeiten und brachte sie in vermeidbare Gefahrensituationen.

Mehrmals musste Phil Neumann schlichtend eingreifen und in einem Fall sogar Herbert Krabowski disziplinarisch zur Verantwortung ziehen. Trotzdem oder vielleicht gerade deshalb hatten sie sich zu einem sehr guten Team entwickelt und konnten viele gemeinsame Erfolge vorweisen.

„Auch nicht schlecht, dann müssen wir es nicht töten, wenn es sich selbst totlacht!" Arne Leber konnte seinen Missmut nicht länger zurückhalten.

„Ich glaube, wir gehen rechts weiter und passen auf, dass uns das Ding nicht angreift. Wenn wir es sehen, schießen wir sofort. Gar nicht erst lange fackeln. Dann sollte es schon klappen", sagte Herbert Krabowski.

„Warum rechts?"

„Weil ich mich daran erinnern kann, dass der Chef damals davon sprach, dass der linke Stollen eingestürzt sei und dort niemand mehr durchkomme."

„Also los, dann rechts weiter!"

Herbert Krabowski und Arne Leber bemerkten nicht, dass sie beobachtet wurden.

*****

Frank Zabel informierte Jürgen Fritsche darüber, dass die beiden Monsterjäger sich nach ihrer Ankunft unverzüglich in das Stollensystem begeben hatten und er ihnen einen Ersatzschlüssel für die Stahltür mitgegeben hatte.

„Trotzdem möchte ich Sie bitten, kurz vor Feierabend noch einmal nachzusehen, ob sich in dieser Sache etwas ergeben hat."

„Ja, das hatte ich mir sowieso vorgenommen, Herr Fritsche!" Nach diesem Gespräch überlegte Frank Zabel, was als Nächstes anlag. Er fühlte sich müde und glaubte, dass ihm frische Luft guttun werde. So beschloss er, noch einmal ins Nachbarhaus zu gehen. Am Hauseingang blieb er auf dem Treppenpodest stehen und streckte sich. Frank Zabel war heute nicht nur müde, sondern hatte auch keine Lust mehr auf die Arbeit. Ein Blick auf seine Armbanduhr zeigte ihm, dass er noch zwei Stunden zu arbeiten hatte. Einfach nach Hause gehen konnte er nicht, denn die Männer des Forschungsinstituts mussten ihm den Schlüssel für die Stahltür zurückgeben können. Jetzt noch eine Reparatur zu beginnen, nein, dazu hatte er erst recht keine Lust.

Im Haus 23 befand sich nicht nur die Stahltür, sondern dort wohnte auch Erwin Fischer. Der Hausmeister hielt ihn zwar für etwas kauzig, aber auch für einen netten Kerl. Die Bastelwerkstatt, die sich der Herr Fischer im Keller eingerichtet hatte, suchte ihresgleichen. Verglichen mit seiner

Hausmeisterwerkstatt, setzte Erwin Fischers kleine Werkstatt ganz eigene Maßstäbe.

Zu den Aufgaben des Hausmeisters gehörten regelmäßige Kontrollgänge in den Häusern, für die er verantwortlich war. Da lag es doch nahe, jetzt im Haus 23 einen sicherlich dringend erforderlichen Kontrollgang durchzuführen. Dafür begab sich Frank Zabel direkt in das Kellergeschoss. Ob sich Erwin Fischer vielleicht wieder in seiner Werkstatt befand?

Tatsächlich hatte er Glück. Schon als er den Kellergang erreichte, hörte er Erwin Fischer, wie dieser in seiner Werkstatt ein Liedchen vor sich her pfiff. Normalerweise beschmutzte sich der Modelschiffbauer während seiner Bastelarbeiten nicht, weil sie nicht viel Dreck verursachten. Aber heute hatte er Bauteile aus Spanplatten ausgesägt und klebte diese zusammen. Dafür hatte er sich bequeme Arbeitsbekleidung angezogen. Er trug bequeme Freizeitschuhe, eine Arbeitshose und über einem hellblauen T-Shirt einen blauen Arbeitskittel.

Die Männer begrüßten sich. „Na, welcher Wind weht Sie denn zu mir?" Erwin Fischer reichte seinem Besucher die Hand zum Gruß.

„Wenn ich ehrlich sein soll, es sind nur noch zwei Stunden bis zum Feierabend und es lohnt sich nicht mehr, eine größere Reparatur zu beginnen." Frank Zabel schüttelte die ihm dargebotene Hand.

„Ich verstehe, Sie haben keine Lust mehr, heute noch etwas zu tun!"

„Oh, nein, so dürfen Sie das nicht sehen! Nur werde ich mit etwas Neuem heute nicht mehr fertig", versuchte Frank Zabel sich herauszureden.

„Warum denn nicht, da ist doch nichts Schlimmes dabei. Das ergeht uns allen doch ab und zu mal so, dass wir keine

Lust zum Arbeiten haben", beschwichtigte Erwin Fischer den Hausmeister.

„Ach, so meinen Sie das." Frank Zabel gab sich bedeckt. Er wollte vor Erwin Fischer nicht als faul dar stehen. Deshalb schwieg er. Auch Erwin Fischer sagte nichts weiter dazu.

Als der Hausmeister erneut das Wort an den Bastelfreund richten wollte, hörte er ein dumpfes, klopfendes Geräusch. Sogleich fragte er: „Haben Sie das eben auch gehört?"

Erwin Fischer nickte bestätigend. Sie verständigten sich wortlos und begannen, die Kellerräume und anderen Gänge abzusuchen. Das Klopfen wurde lauter.

„Das ist ja komisch", sagte der Hausmeister.

„Was ist daran komisch? Das wird wieder das Monster sein", meinte Erwin Fischer.

„Und wenn es die Wissenschaftler vom Institut sind, die das Monster um die Ecke bringen sollen? Die sind nämlich vorhin da reingegangen. Ich habe denen doch einen Schlüssel mitgegeben, damit sie wieder rauskommen können."

Das Klopfen verstummte und begann nach einigen Sekunden erneut. Das wiederholte sich in unregelmäßigen Abständen immer wieder.

„Ach, sind die jetzt tatsächlich gekommen, um das Ungeheuer zu töten?", fragte Erwin Fischer.

„Ja, ich habe Sie vor etwa zwei Stunden in die Stollen gelassen. Die Tür muss ständig abgeschlossen bleiben, niemand darf dort rein oder raus kommen."

„Aber vielleicht wollen die jetzt wieder raus und haben den Schlüssel aus Versehen verlegt?"

„Gut möglich! Meinen Sie, wir sollten einmal nachsehen gehen?" Frank Zabel fühlte sich unsicher. Was sollte er tun? Aber vielleicht hatte Erwin Fischer recht. Und wenn er als Hausmeister den Forschern vom Institut nicht helfen würde, säßen sie möglicherweise noch in einer Woche hinter der Stahltür fest.

„Na, ja…, bevor da einer verletzt ist und nicht wieder rauskommt!", meinte Erwin Fischer.

*****

Herbert Krabowski und Arne Leber drangen tiefer in den Stollen vor. Nach einiger Zeit verbreiterte er sich und wurde zu einem lang gezogenen hallenähnlichen Raum, der aber durch ihren Scheinwerfer beinahe vollständig ausgeleuchtet wurde.

„Diese Dinger sind einfach eine Klasse für sich", sagte Arne Leber mit Bewunderung zu seinem Kollegen und deutete mit dem Kopf auf den LED-Strahler in seiner rechten Hand. „Der Akku hält ewig und leuchtet den Raum vor dir mindestens 200 Meter aus. Und außerdem ist der Scheinwerfer leicht wie eine Feder!"

„Jetzt übertreibst du aber. Auf jeden Fall ist so ein LED-Scheinwerfer ziemlich handlich", bestätigte Herbert Krabowski.

„Herbert, siehst du da vorne auf der rechten Seite den Stollen?" Arne Leber entdeckte den Gang, aus dem vor einem Jahr Torsten und Patrick herausgestürmt kamen, als das Monster sie verfolgt hatte. Die beiden Jungen liefen damals nach rechts und hatten nicht bemerkt, dass Patricks Vater und Phil Neumann mit anderen Hausbewohnern links von ihnen standen. Als Ronny Niebel die Knaben rief, war es schon zu spät gewesen. Das Ungeheuer hatte ihnen den Weg abgeschnitten.

„Ja, ich sehe ihn. Wenn ich mich an Phils Bericht richtig erinnere, sind sie hier damals auf die Kinder gestoßen und mussten mit dem Ding kämpfen." Herbert Krabowski verstummte für einen Augenblick und sah seinem Kollegen

fragend ins Gesicht. „Sage mal, hast du das eben auch gehört?"

„Und riechst du auch, wie es auf einmal stinkt?"

Langsam drehten sie sich um. Arne Leber leuchtete dabei
mit dem Scheinwerfer den Stollen aus. Der Schreck fuhr
den Männern in die Glieder. Etwa vierzig Meter von ihnen
entfernt stand es: verschwommene Umrisse, schwarz, sehr
groß! Das Monster! Obwohl das Licht ihres Scheinwerfers
den Stollen gut ausleuchtete und die Jäger das Monster eigentlich gut sahen, konnten sie absolut keine Einzelheiten
erkennen. Hatte es einen Kopf? Es mussten die Augen dieses fremdartigen Geschöpfes sein, die das Licht des Scheinwerfers widerspiegelten. An der oberen Hälfte des Körpers
befanden sich wohl so etwas wie Arme, die sich hektisch
hin und her bewegten. Aber Beine konnten Arne Leber und
Herbert Krabowski nicht erkennen. Ein ungeheurer Gestank verbreitete sich, der den Männern beinahe den Atem
nahm.

Plötzlich stürmte das Wesen nach vorn, den Männern
entgegen. Herbert Krabowski überlegte nicht lange. Blitzschnell richtete er sein Gewehr auf das bestialisch stinkende Wesen, das bei seinen flinken Bewegungen kratzende,
schabende Geräusche verursachte. Gerade so, als ob es gie-
rig auf seine Beute war, schmatzte es und hinterließ durch
seinen tropfenden Sabber eine feuchte Speichelspur. Herbert Krabowski schoss. Wie in Zeitlupe sah er das Projektil
aus dem Lauf seines Gewehres austreten. Die Stabilisatoren
am hinteren Ende klappten aus. Der Miniaturraketenantrieb wurde aktiviert. Das Geschoß flog dem Ungeheuer
entgegen und drang in seinen Körper ein. Wenigstens
glaubte Herbert Krabowski, das gesehen zu haben.

Ein grauenvoller, unmenschlicher Schrei brach aus dem
Monster hervor. Augenblicklich blieb es stehen. Das war

Zeit genug für Arne Leber, seinen Scheinwerfer auf den Boden zu stellen. Auch er richtete sein Gewehr nun auf das Monster vor ihnen. Ihr Auftrag lautete, das Ungeheuer zu töten. Als er den Abzug betätigen wollte, verspürte er einen harten Schlag in seinem Rücken, wo sich die Nieren befanden. Anschließend wurde sein Oberkörper nach hinten gerissen und damit das Gewehr nach oben. Der Schuss löste sich und das Projektil schlug in einen morschen Deckenbalken ein. Brennende Magnesiumpartikel traten aus dem Geschoss aus und setzten das Holz in Brand.

Aber Arne Leber hatte gerade ganz andere Sorgen. Ein Riesenschreck fuhr ihm in die Glieder und lähmte ihn förmlich. Eben noch stand er nahezu bewegungslos neben seinem Kollegen, doch dann wurde er gewaltsam von ihm fortgerissen und blickte dabei dem Monster direkt in die Augen und roch seinen stinkenden Atem. Wie war das möglich? Das Monster stand doch gerade noch vor ihm. Es wurde doch vor nur einem Augenblick von einem Schuss seines Kollegen getroffen. Das hatte er genau gesehen. Wie konnte es ihn plötzlich von hinten angreifen?

Entsetzt und von einer panikartigen Angst erfüllt, begriff er, dass es ein zweites Monster geben musste. Sie hatten es nicht bemerkt, als es sich von hinten an sie heran geschlichen hatte. Selbst wenn er nun aus der Starre des Entsetzens frei käme, könnte er sich nicht mehr verteidigen. Sein rechter Arm hing leblos an seinem Körper herunter. Die höllischen Schmerzen, die er erlitt, konnte er nicht ertragen. Das Gewehr war ihm entglitten und auf den Boden gefallen. Dort lag es nun für ihn unerreichbar.

Das Monster schlug ein weiteres Mal zu. Seine linke Schulter splitterte mit einem lauten Krachen. Arne Leber spürte, wie die Knochen darin brachen, und stieß einen gellenden Schrei aus. Das Monster ließ nicht von ihm ab. Noch einmal durchzuckte ihn ein grausamer Schmerz. Sein Hemd war blutgetränkt. Dort, wo sich noch vor wenigen Augenblicken sein linker Arm befunden hatte, existierte jetzt nur noch ein kurzer Stumpf, aus dem das Blut intervallartig hervorschoss. Arne Leber verspürte noch einen letzten Schmerz, diesmal an seinem Kopf, als er in sich zusammen sackte.

*****

Plötzlich merkte Herbert Krabowski, dass hier etwas nicht in Ordnung war. Vor sich sah er das bewegungslose Monster stehen. Es tat nichts, um ihn nochmals anzugreifen. Eigentlich wollte er noch einmal auf das ihm unbekannte Wesen schießen, aber dann blickte er sich doch noch einmal voller böser Vorahnungen um. Sehen konnte er den Angriff auf Arne Leber nicht, aber er hörte seinen Kollegen neben sich sterben, als dieser von dem zweiten Ungeheuer überfallen und brutal und stückchenweise getötet wurde.

Erst jetzt begriff er, dass sie es mit zwei Monstern zu tun hatten. Das zweite griff Arne Leber an. Ein abgrundtiefes Entsetzen zeigte sich in seinem Gesicht, als er seine Augen auf die grausame Szene richtete. Was er mit ansehen musste, ließ ihn in ohnmächtiger Panik erstarren. Sein Verstand setzte schier aus, denn Arne Lebers Körper wurde direkt vor seinen Augen auseinandergerissen. Der Monsterjäger versuchte, sich tapfer zur Wehr zu setzen, hatte jedoch keine Chance. Das alles ging für Herbert Krabowski viel zu schnell, als das er zu einer Reaktion fähig gewesen wäre.

Er konnte seinem Kollegen nicht mehr helfen. Auch er wurde schließlich ein Opfer dieser grausamen Bestien. Zu einem zweiten Schuss kam er nicht mehr. Die Chance dafür hätte er gehabt, konnte sie aber, gelähmt durch die entstandene Panik, nicht nutzen. Dafür zahlte er nun mit seinem

Leben. Eines der Ungeheuer entriss beinahe beiläufig auch ihm sein Gewehr. Das zweite Monster schlug blitzschnell seine Klauen in den Körper des Monsterjägers und riss ihm die Gedärme heraus. Das war das Letzte, das Herbert Krabowski wahrnahm.

Monsteralarm

Erwin Fischer und Frank Zabel kletterten durch das Loch in der Wand. Das dumpfe Klopfen verstummte. „Wie lange geht das schon so?", fragte sich der Hausmeister, dem das Geräusch Sorgen bereitete. Die Neugierde trieb die Männer voran. Bisher begann das Klopfen nach kurzer Unterbrechung immer wieder aufs Neue. Frank Zabel glaubte, dass die beiden Monsterjäger bald wieder aus dem Stollensystem zurückkehren würden, da auch sie sicherlich irgendwann Feierabend machen wollten. Die Zeit verging wie im Fluge. Erwin Zabel besaß eine kleine LED-Taschenlampe. Die konnte er praktischerweise überall hin mitnehmen, außerdem spendete sie ein sehr helles Licht.

Als sie die Stahltür erreichten, holte er aus der Hosentasche sein Schlüsselbund und wählte den passenden Schlüssel aus. Erwin Fischer klopfte spaßeshalber an die Stahltür. Nach einem kleinen Augenblick klopfte es von innen zurück. „Das werden die beiden vom Forschungsinstitut sein. Haben sie es sich doch noch überlegt und reagieren auf unser Klopfen", meinte Frank Zabel, als er den Schlüssel ins Schloss steckte und umdrehte.

Plötzlich wurde die Tür von innen aufgestoßen. Sie flog den beiden Männern förmlich entgegen. Frank Zabel musste sogar etwas zurückweichen. Im letzten Moment konnte er die Tür noch festhalten, sonst wäre sie gegen seinen Kopf geprallt und hätte ihm wahrscheinlich das Bewusstsein geraubt. Ein dicker schwarzer Arm mit einer ledrigen Haut kam hinter der Tür zum Vorschein. Die Männer erkannten die Klaue eines Tieres mit langen scharfen Krallen daran. Ein unmenschlicher Schrei wurde ausgestoßen. Mit großer Kraft stieß der Handwerker die Tür wieder zu. „Schnell, helfen Sie mir!", rief er Erwin Fischer zu.

Der warf sich mit seinem gesamten Körpergewicht gegen die Tür. Die nichtmenschliche Extremität geriet zwischen Tür und Zarge. Dabei wurde sie eingeklemmt. Ein weiterer, jetzt etwas lauterer Schrei folgte, der sich für die um ihr Leben kämpfenden Männer gruselig anhörte. Mit aller Kraft stemmten sie gemeinsam ihre Körper gegen die Tür. Der Widerstand auf der anderen Seite wurde noch kraftvoller, das Monster brüllte nochmals laut auf und jagte den Männern einen furchtbaren Schrecken ein. Das führte dazu, dass sie alle Kräfte mobilisierten, um dem Ungeheuer Paroli zu bieten. Aber auch das furchtbare Wesen sammelte seine Kräfte und drückte die Tür einen Spalt breit weiter auf. Dann verschwand die Klaue hinter der Stahltür. Die Männer spürten den nachlassenden Gegendruck und endlich gelang es ihnen, die Tür ins Schloss zurückzuwerfen. Geistesgegenwärtig drehte der Hausmeister den Schlüssel sofort um. „Oh, Mann, Glück gehabt!", presste er außer Atem hervor.

„Mann, war das knapp", antwortete Erwin Fischer keuchend.

Die Männer blickten sich an und sahen, dass der andere durch Angst und Anstrengung ebenso schweißgebadet war, wie er selbst. Erwin Fischer atmete tief ein und zeigte auf die Stelle an der Tür, an der sie die Klaue der Bestie eingeklemmt hatten. „Es ist verletzt, sehen Sie hier das Blut, Herr Zabel."

*****

Jürgen Fritsche regte sich auf wie selten zuvor. Beinahe drohte ihm ein Herzinfarkt. Fassungslos drückte er den Hörer des Festnetztelefons an sein rechtes Ohr. Seine Stimme verriet dem Teilnehmer am anderen Ende der Leitung, dass er kurz davor war, die Nerven zu verlieren. Sie klang zittrig wie die eines alten Mannes. „Herr Neumann, wenigen Augenblicken hat mich der Herr Zabel, der Hausmeister vom Hans-Duncker-Platz, angerufen. Er habe gemeinsam mit einem Hausbewohner an der Stahltür das Monster aufgehalten und in die Stollen zurückgedrängt. Dass ihnen das gelang, grenzt an ein Wunder."

Mit solch einer Nachricht hatte Phil Neumann nicht gerechnet. Sorgenvoll fragte er: „Und wo sind Leber und Krabowski?"

„Die sind vorher in die Stollen heruntergestiegen."

„Was heißt vorher? Wie lange denn vorher?"

„Ich weiß es nicht so genau. Zwei Stunden vielleicht."

„Sind sie zurückgekehrt?"

„Herr Zabel gab Ihren Kollegen einen Schlüssel für die Stahltür, damit sie die von innen verschließen konnten. Als es an der Tür klopfte, glaubte er, dass es die beiden seien, die ihren Schlüssel nicht fanden. Aber es war das Monster."

„Okay, das muss aber noch nicht heißen, dass sie dem Monster in die Arme gelaufen sind. Wir warten noch eine Stunde. Dann ist ohnehin Feierabend. Wenn die beiden bis dahin nicht zurück sind, rufen Sie mich bitte noch einmal an. Besser ist es sogar, wenn der Hausmeister das tut, dann kann ich direkt mit ihm sprechen. Vielleicht kann er mir nähere Auskünfte geben."

„Gut, Herr Neumann, ich rufe Herrn Zabel an und richte ihm das aus."

*****

Da der Institutsdirektor, Phil Neumanns Vorgesetzter, sich nicht im Haus aufhielt, berichtete ihm sein Abteilungsleiter telefonisch, was er vor wenigen Sekunden vom Abteilungsleiter Vermietung der Wohnungsgesellschaft erfahren hatte. Danach informierte er Ronny Niebel, der ihm ein guter Mitarbeiter und Freund geworden war. Er machte sich große Sorgen um Arne Leber und Herbert Krabowski. „Das Monster wurde in deinem ehemaligen Wohnhaus gesehen."

„Es wurde was?" Das konnte Ronny Niebel nicht glauben.

Jetzt erzählte Phil Neumann ihm die ganze Geschichte.

„Oh, mein Gott, hoffentlich ist Arne und Herbert nichts passiert. Sicherheitshalber werde ich mich zu dir auf den Weg machen."

*****

Phil Neumann und Ronny Niebel saßen sich schweigend gegenüber. Es war bereits 17 Uhr. Frank Zabel hatte noch nicht angerufen. Jetzt nahm Phil Neumann das schnurlose Festnetztelefon in die Hand und rief den Hausmeister an. Nur wenige Augenblicke später fragte er: „Also, sie sind noch nicht zurück?" Etwas später stellte er fest: „Sie haben bestimmt schon längst Feierabend. Es dauert ungefähr eine halbe Stunde, bis wir bei Ihnen sein können. Gibt es eine Möglichkeit, dass wir uns von jemandem einen Ersatzschlüssel holen können, ohne Sie dafür bemühen zu müssen?" Kurze Pause. „Okay, dann melden wir uns bei Herrn Fischer im Keller. Vielen Dank, Herr Zabel. Ich wünsche Ihnen einen schönen Feierabend und machen Sie sich, bitte, deshalb keine Sorgen mehr."

Nachdem er das Telefon auf seinen Tisch gelegt hatte, sah er Ronny Niebel ins Gesicht. Dieser bemerkte, wie sehr Phil Neumann besorgt war. Ihm selbst erging es nicht anders. „Ich habe alles gehört. Was wollen wir jetzt tun?"

„Ich hatte Arne und Herbert gesagt, dass sie nur mal sehen sollen, was da los ist. Töten sollten sie das Monster nur dann, wenn sie direkt mit ihm zusammenstoßen oder von ihm bedroht werden. Zum Feierabend sollten sie wieder hier sein. Ich frage mich, ob sie mich falsch verstanden haben. Es ist doch unsinnig, schon heute auf Monsterjagd zu gehen. Du kennst dich dort unten gut genug aus, um zu wissen, dass es nicht das Schlechteste ist, schon heute einige Informationen zu bekommen. Diese sollten sie uns beschaffen und Morgen hätten wir nach einer guten Vorbereitung auf die Jagd gehen können", antwortete Phil Neumann.

„Ja, du hast recht, aber jetzt sollten wir uns auf die Suche nach ihnen machen. Vielleicht ist ja gar nichts Schlimmes passiert. Vielleicht haben sie das Monster überhaupt nicht gesehen. Du weißt doch selbst, wie viele Stollen es da unten gibt. Sie waren womöglich in dem einen und das Monster in einem anderen."

„Genau, so könnte es gewesen sein. Trotzdem mache ich mir Sorgen, weil sie nicht zum Feierabend zurück sind."

Die Suche

Phil Neumann und Ronny Niebel befanden sich bereits auf der Treppe, die sie hinab ins Stollensystem führte. Wie Herbert Krabowski und Arne Leber, waren auch sie mit ihren für die Monsterjagd entwickelten Spezialgewehren und einem tragbaren LED-Scheinwerfer ausgerüstet. Außerdem führten sie in ihrem Gepäck einen zweiten Scheinwerfer mit, damit sie nicht in der Finsternis weiter gehen mussten, falls der andere ausfiel. Zwei volle Ersatzmagazine, die schnell mit dem im Gewehr befindlichen Magazin ausgetauscht werden konnten sowie etwas zu Essen und Trinken hatten die Männer eingepackt, denn sie wussten nicht, wie lange sie im Stollensystem bleiben würden. Beide nahmen auch noch einen Spaten mit, falls sie auf einen verschütteten Stollen stoßen oder hinter ihnen einer einstürzen sollte. An alles hatten sie gedacht.

Ein leichter Brandgeruch schwebte in der Luft. Als die Monsterjäger das Ende der Treppe erreichten, folgten sie dem Stollen bis zur Kreuzung. Dort bogen sie nach rechts ab, weil sich der Brandgeruch in diese Richtung allmählich verstärkte. Heute standen Phil Neumann und Ronny Niebel wie unter Strom. Ihre Wachsamkeit ließ nicht nach. Ständig achteten sie darauf, ob sich in ihrer Nähe etwas bewegte. Auch das leiseste Geräusch, egal, ob es irgendwo raschelte, oder knisterte oder knackte, erhielt ihre Aufmerksamkeit. Sie wussten aus ihren Erfahrungen des letzten Jahres, dass sie fehlende Vorsicht und Aufmerksamkeit mit ihrem Leben bezahlen konnten. Ronny Niebel beobachtete den rückwärtigen Raum, Phil Neumann sicherte sie nach vorn ab.

Beide Männer hofften, ihre Kollegen lebend wiederzufinden. Je weiter sie vordrangen, desto deutlicher nahmen Phil

Neumann und Ronny Niebel den Brandgeruch war. „Das gefällt mir hier überhaupt nicht, Ronny, ich glaube, es hat hier unten irgendwo gebrannt. Sonst würde es hier nicht so sehr nach Rauch riechen."

„Wir müssen aufpassen, dass wir nicht verschüttet werden. Sollte es zu gefährlich werden, kehren wir um und lassen einen Bautrupp kommen, der die Wände und Decken stabilisieren muss. Langsam bin ich davon überzeugt, dass wir Herbert und Arne nicht lebend wiedersehen werden."

„Wie kommst du denn darauf, so etwas will ich lieber nicht hören!"

„Phil, sei einfach realistisch! Was glaubst du, woher dieser Brandgeruch kommt?"

„Was weiß ich? Dafür gibt es bestimmt eine Erklärung." Phil Neumann wollte nicht daran denken, dass seine Mitarbeiter Opfer des Monsters geworden sein könnten. Es war etwas anderes, ob man fremde Menschen suchte, oder Kollegen oder Freunde, die man gut kannte und schätzte. Der Bezug zur Realität kann dabei schon einmal verloren gehen. So erging es in diesen Augenblicken auch Phil Neumann, der sich sonst aber zu einem sehr rational denkenden und realitätsnahen Menschen entwickelt hatte. Außerdem wusste er in diesem Moment noch nicht, dass es wenigstens ein zweites Monster in diesem Stollensystem gab.

„Klar gibt es die. Herbert und Arne sind auf das Monster getroffen." Mit einem ernsthaften Gesichtsausdruck sah Ronny Niebel ihn an.

„Quatsch, Ronny", unterbrach Phil Neumann seinen Kollegen, „ich will davon nichts hören!" Und doch wusste er instinktiv, dass Ronny Niebel recht hatte. Aber sein Verstand weigerte sich, den Tod Arne Lebers und Herbert Krabowskis in Betracht zu ziehen.

64

„Nein, ich auch nicht, aber wir müssen den Tatsachen ins Auge sehen!", sagte Ronny Niebel leise. Er hasste solche Gespräche, denn auch er wollte seine Kollegen lebend antreffen.

„Die da sind?", fragte Phil Neumann. Auch ihn quälten böse Vorahnungen. Aber er wollte sie nicht bestätigt bekommen. Dennoch wusste er, dass er Ronny Niebel zuhören sollte. In dem einen Jahr ihrer gemeinsamen Zusammenarbeit hatte er ihn schätzen gelernt. Ronny Niebel hatte bewiesen, dass er ein zuverlässiger, kluger und vorsichtiger Mitarbeiter war. Außerdem war er verantwortungsbewusst und hilfsbereit, und auch und gerade deshalb bei seinen Kollegen sehr beliebt.

„Arne und Herbert sind bisher nicht aus diesen Stollen zurückgekehrt. Sie sind uns auch noch nicht begegnet. Es riecht hier nach Rauch. Also muss es irgendwo gebrannt haben. Da das Monster den Brand nicht verursacht haben wird, bleibt nur eine Möglichkeit. Vielleicht haben sie auf das Ungeheuer geschossen und es verfehlt. Die brennenden Magnesiumteilchen können trockenes Holz mit Leichtigkeit in Brand setzen. Und nachdem unsere Kollegen in die Stollen herabgestiegen sind, hat das Monster die Stahltür beinahe überwunden. Gut, dass der Hausmeister zu diesem Zeitpunkt nicht allein war und er mit dem anderen Mann gemeinsam die Tür zuwerfen konnte, sonst wäre das Monster tatsächlich ins Haus entwischt und von dort ins Freie. Nicht auszudenken, was dann passiert wäre." Bei diesen Gedanken wurde Ronny Niebel unruhig.

„Ach, Ronny, ich fürchte du hast recht. Natürlich weiß ich das auch alles, aber ich will es noch nicht an mich heranlassen." Trotzdem dachte auch Phil Neumann immer wieder darüber nach. Letztendlich sagte er sich, dass sie nicht darüber zu spekulieren brauchten, am Ende würden sie ohnehin von den Tatsachen eingeholt werden.

Schweigend gingen sie weiter. Der Brandgeruch nahm allmählich mit jedem Schritt zu. Auch verbreiterte sich der Stollen, sie kamen der Halle näher. Als sie diese erreichten, sahen sie sofort, was hier geschehen war. Fassungslos und voller Wut, aber auch sehr traurig blieben sie stehen. Ihren Kollegen konnten sie nicht mehr helfen, das war nicht zu übersehen. Phil Neumann standen die Tränen in den Augen, Ronny Niebel fluchte: „Dieses elende Mistvieh, schon wieder sind zwei gute Menschen tot. Ich schwöre hier und jetzt feierlich, dass ich nicht eher ruhen werde, bis dieses Scheißmonster endlich krepiert ist!"

„Das schwöre ich auch!", schloss sich Phil Neumann an. In diesem Augenblick beherrschte ihn ein unstillbarer Hass auf das Monster. Doch dann sagte er sich, dass sein Hass in diesem Stollensystem nicht hilfreich sein konnte, denn es bestand die Möglichkeit, dass sein Urteilungsvermögen dadurch beeinträchtigt würde und sie somit in eine gefährliche Situation geraten konnten. Also konzentrierte er sich wieder auf seine Umgebung.

„Sollen wir zu ihnen gehen?" Ronny Niebel fühlte Trauer um Arne Leber und Herbert Krabowski.

„Nein, ich kann das nicht. Helfen können wir ihnen nicht mehr und bergen können wir sie auch nicht."

„Was machen wir jetzt?"

„Leuchte mal den Raum aus, insbesondere die Holzkonstruktion, die hier alles zusammenhält. Es hat in der Halle gebrannt. Da es hier nur Holz, Sand und Gestein gibt, kann nur das Holz gebrannt haben! Also müssen wir aufpassen, dass nicht alles zusammenbricht."

Ronny Niebel richtete das Licht des Scheinwerfers in die Höhe. Langsam schwenkte er den Lichtkegel nach rechts und drehte sich dabei um seine eigene Achse. Das helle Licht schälte nach und nach die Wände dieses hallenähnlichen Stollens aus der Finsternis heraus. Die Männer schauten sich aufmerksam die Stützkonstruktion an. Brandspuren konnten sie nicht entdecken. Sobald die Wände nicht mehr vom Licht angestrahlt wurden, entschwanden sie erneut in der Dunkelheit. Nachdem Ronny Niebel sich einmal um die eigene Achse gedreht hatte, richtete er den Scheinwerfer auf die Decke und leuchtete sie ab. Am Ende einer Wand entdeckte er etwas, ehe es wieder in die Dunkelheit eintauchte. Nochmals leuchtete er dort hin und nun konnten sie es erkennen. Mehrere Balken waren verkohlt, zwei von ihnen hingen frei aus dem Rest des Gebälks heraus. Hier herrschte akute Einsturzgefahr.

„Wir sollten von hier verschwinden. Wenn einer der Balken ins Rutschen kommt, stürzt die ganze Halle ein."

Schweigend gingen sie zur Treppe zurück, die sie ins Kellergeschoss heraufführte. Schließlich war es Ronny Niebel, der fragte: „Und jetzt? Was willst du jetzt veranlassen?"

„Wenn ich wüsste, dass das Ungeheuer sich genau zu der Zeit in der Halle aufhält, wenn dort alles zusammenbricht und es dabei verschüttet wird und umkommt, würde ich den Dingen ihren Lauf lassen. Aber du weißt auch, wie so etwas geht. Wenn du darauf wartest, dass etwas geschieht, passiert gar nichts. Außerdem müssen wir Arne und Herbert bergen lassen. Davor muss der Stollen gesichert werden."

„Oh Scheiß, so ein großer Aufwand vielleicht um Nichts."

„Nein, Ronny, um Nichts ist nicht richtig. Unsere armen Kollegen haben ein anständiges Begräbnis verdient. Sie zu bergen ist nicht Nichts. Und wir haben kein Recht, die Leute vom Bestattungsinstitut einer vermeidbaren Gefahr auszusetzen. Wir müssen die Kollegen des Bestattungsunternehmens begleiten und würden uns auch unnötig gefährden. Das Monster kann ja überall stecken. Also brauchen wir wenigsten zwei bis drei Zimmerleute, die den Schaden in der Halle beheben. Die können wir selbstverständlich nicht allein lassen." Phil Neumann wusste, dass diese Maßnahmen sehr viel Geld verschlingen würden. Aber was sollte er tun? Er sah keine andere Möglichkeit. Das Begräbnis seiner Kollegen hatte Vorrang. Also musste der Stollen vorher gesichert werden. Noch mehr Tote durfte es nicht geben. Wenigstens nicht, wenn es sich vermeiden ließ.

„Du hast recht, dies hier wird ein Dauereinsatz."

Aufgaben

Sie machten sich auf den Weg zurück ins Kellergeschoss des Hochhauses. Bis auf einige Spinnen und Käfer, die sie aber nicht belästigten, erreichten Phil Neumann und Ronny Niebel ihr Ziel ohne Probleme. Es schien ihnen beinahe, als gäbe es keine menschenfressende Bestie im Stollensystem. Nur einige harmlose Insekten kreuzten ihren Weg. In einem Nebengang entdeckten sie einige hundert Wolfsspinnen, die dort ihre Netze gewebt hatten. Da die Männer einen anderen Weg benutzten, wurden sie dadurch nicht behindert. In den Spinnennetzen befanden sich gefangene und teilweise eingesponnene Insekten, die von den Spinnen als Vorrat in der Mitte der Netze zurückgelassen wurden. Zum Glück mussten Phil Neumann und Ronny Niebel diese nicht aus dem Weg räumen, denn das hätten sie als lästig und eklig empfunden. Außerdem wollten die Monsterjäger die Tiere nicht stören, denn diese ließen die Männer auch unbehelligt.

Nachdem sie die Stahltür passiert und das Kellergeschoss hinter sich gelassen hatten, fuhr Phil Neumann zurück ins Institut. Die jetzt zu erledigenden Aufgaben, hatte er in seinem Gedächtnis sicher gespeichert. Sie besaßen für ihn oberste Priorität und er wollte sie noch an diesem Tag nacheinander abarbeiten. Weil er dabei keine Hilfe benötigte, schickte er Ronny Niebel in seinen wohlverdienten Feierabend.

Nachdem er sein Büro betrat, wusch er sich die Hände. Dabei dachte er daran, dass er sich einen schönen, starken Kaffee aufbrühen sollte, bevor er sich an seinen Schreibtisch setzte. Als er es sich in seinem Chefsessel bequem machte, stellte er zum gefühlt tausendsten Male fest, wie gut er in ihm sitzen konnte. Das Ding hatte ja auch genug Geld gekostet. Dann startete er den Computer und schrieb über die Ereignisse im Stollensystem einen Bericht und schickte ihn an seinen Chef, der gegebenenfalls weitere übergeordnete Stellen wie den Bürgermeister informieren würde.

Phil Neumann reckte sich in seinem Schreibtischsessel. Mit Grauen dachte er daran, dass er den deutschen Amtsschimmel noch befriedigen musste. „Scheiß Anträge, scheiß Bürokratie", dachte er. Schweren Herzens und mit großer Unlust erledigte er, was erledigt werden musste.

Das war vor allem deshalb wichtig, wenn, wie hier zu erwarten, von außen Hilfe angefordert werden musste. Seine verunglückten Kollegen durften nicht endlos lange dem Monster unter der Erde ausgesetzt bleiben. Auch wenn sie tot waren, wollte sie Phil Neumann nicht als Futter für dieses Monster zurücklassen. Sie hatten ein anständiges Begräbnis verdient. Auch ihre Angehörigen wollten sicherlich einen Platz haben, an dem sie ihren toten Angehörigen von Zeit zu Zeit nahe sein konnten.

Trotzdem ging Sicherheit vor. Es hätte Arne Leber und Herbert Krabowski nicht geholfen, wenn er sich mit Ronny Niebel in Gefahr gebracht hätte. Es war nicht auszudenken, was alles hätte geschehen können. Außerdem empfand Phil Neumann es als schlimm genug, dass das Institut gleich zwei gute Männer an dieses Ungeheuer verloren hatte. Das waren schon jetzt zwei Tote zu viel. Vier tote Mitarbeiter konnte das Institut kaum verkraften, nicht nur, weil es nur selten und sehr wenig Nachwuchs gab. Wer würde sich auch freiwillig solch einer Arbeit stellen? Erst recht in dem Wissen, dass sie gefährliche Monster jagen mussten und dabei ihr Leben verlieren konnten.

Dann kehrten seine Gedanken zu Arne Leber und Herbert Krabowski zurück. Eine tiefe Traurigkeit befiel ihn. Es wollte nicht in seinen Kopf hinein, dass die beiden erfahrenen Männer dem Ungeheuer vom Hans-Duncker-Platz zum Opfer gefallen waren. Hier stimmte etwas nicht, aber was konnte das bloß sein? Zwei so abgeklärte und mit allen Wassern gewaschene Monsterjäger hätten doch mit der Bestie fertig werden sollen. Was war da unten in diesem verfluchten Stollensystem geschehen? Irgendetwas übersah er, aber was? Phil Neumann zerbrach sich darüber den Kopf, aber eine Lösung für diese Problem fand er nicht.

Er hasste es, Todesnachrichten zu überbringen. Arne Leber und Herbert Krabowski waren verheiratet. Arne Lebers Frau erwartete sogar ein Kind. Das hatte er ihm erst vor ein paar Tagen erzählt. Doch nun war er tot und seine Frau Witwe. Und was noch schlimmer war, sein ungeborenes Kind wurde schon jetzt zu einer Halbwaise. Schlimm, ja, furchtbar war das, ganz furchtbar. Das arme Kind, die arme Witwe, ja, der arme Arne. Und der arme Herbert. Scheiße! Und es war seine verdammte Aufgabe, den Angehörigen die schlimme Nachricht vom Tode seiner Kollegen zu überbringen.

Dann fiel ihm Michel Bartsch ein. Der wäre ein guter Mitarbeiter für das Institut geworden. Dass er als Monsterjäger hervorragende Qualitäten mitbringen würde, hatte er bereits im letzten Jahr bewiesen. Aber selbst das relativ hohe Gehalt, das er als wissenschaftlicher Mitarbeiter des Institutes verdienen konnte, hatte ihn nicht gereizt. Das bedauerte Phil Neumann in diesem Augenblick besonders. Aber er verstand den jungen Mann. Was würden ihm und seiner Frau das hohe Gehalt nutzen, wenn er vielleicht schon nach wenigen Monaten bei einem Betriebsunfall ums Leben käme. Dann wäre nicht nur das hohe Gehalt weg.

Phil Neumann sah auf seine Armbanduhr. Es war schon spät geworden. Seit mehreren Stunden hätte er bereits Feierabend gehabt. Trotzdem versuchte er, noch eine Zimmermannsfirma zu erreichen. Allerdings blieb der Versuch, wie zu erwarten war, ohne Erfolg. So schrieb er an drei verschiedene Unternehmen eine E-Mail und bat um eine baldige Antwort. Anschließend rief er ein Beerdigungsinstitut an und erkundigte sich, ob es zur Bergung von Toten aus unterirdischen Stollen qualifiziert und bereit war. Außerdem musste nach ihrer Bergung auch noch durch einen Arzt der Tod seiner beiden unglücklichen Mitarbeiter festgestellt werden. Trotzdem rief er den für sein Gebiet zuständigen leitenden Notarzt an und besprach die Angelegenheit mit ihm. Dieser riet ihm, die Polizei zu verständigen, da es sich genau genommen um eine gewaltsame Tötung handelte.

Einige Aufgaben hatte er zwar bereits erledigen können, doch dann kam der Zeitpunkt, an dem er einsehen musste, dass er heute nichts mehr erreichen konnte. Er räumte sein Dienstzimmer auf, wollte dann zur Polizei gehen, und danach in seinen wohlverdienten Feierabend. Als er sein Büro abschloss und das Institut verließ, war ihm bewusst, dass er wieder einmal auf Monsterjagd gehen musste. Das gefiel ihm nicht. Doch zunächst musste der Stollen gesichert werden, damit Arne Leber und Herbert Krabowski geborgen und beerdigt werden konnten. Danach musste das Monster aufgespürt und getötet werden, denn es stellte eine große Gefahr für die Menschen dar, nicht nur für die des Hochhauses, sondern überhaupt für die Menschen am und in der Nähe des Hans-Duncker-Platzes, wenn nicht sogar für alle Hamburger. Sicherheitshalber wollte er einen dritten Monsterjäger zum Hans-Duncker-Platz mitnehmen, wenn die Zimmerleute den wie eine Halle anmutenden Stollen sicherten. Neben Ronny Niebel sollte Holger Dombrowski ihn begleiten.

Holger Dombrowski, ein Mann in den Vierzigern, hatte Theologie studiert und als Pfarrer gearbeitet. Als er sich in eine Frau verliebte, die ihm wichtiger als seine Karriere war, wendete er sich von der Kirche ab und heiratete seine große Liebe. Er entwickelte sich zu einem sehr fähigen Kollegen und Monsterjäger, der stets gut gelaunt und deshalb bei allen Mitarbeitern des Institutes gleichermaßen beliebt war. Sein Humor kannte keine Grenzen, seine Scherze heiterten die Kollegen immer im richtigen Moment auf und für Gefahrensituationen entwickelte er einen siebenten Sinn. Phil Neumann war sich sicher, dass Holger Dombrowski zu ihm selbst und Ronny Niebel die richtige Ergänzung war, um Gefahren im Stollensystem optimal begegnen zu können.

*****

In der Nähe des Hans-Duncker-Platzes wurde eine Baustelle eingerichtet. Hier sollten in den nächsten Tagen umfangreiche Erdarbeiten ausgeführt werden, um die Fundamente für ein weiteres Hochhaus gießen zu können. In Hamburg wurde jede Baulücke genutzt, um Wohnraum für die Einwohner der Stadt zu schaffen. Der Wohnungsnotstand nahm kein Ende. Im Gegenteil, er nahm sogar zu, weil es genug Spekulanten gab, die die Mietpreise in die Höhe trieben. Besonders junge Leute litten darunter.

Schon am nächsten Morgen nahmen diverse Lastwagen und Baggerfahrzeuge innerhalb dieses abgesperrten Bereiches ihre Arbeit auf. Es entstand eine riesige Baugrube. Die daraus entnommenen Erdmassen wurden außerhalb der Stadt gelagert und aufbereitet.

*****

Phil Neumann, Holger Dombrowski und Ronny Niebel stiegen aus ihrem Dienstauto aus und gingen auf die drei Zimmerleute in ihrer typischen Berufsbekleidung zu. Nachdem sie sich begrüßt hatten, suchten sie das Büro des Hausmeisters der Hochhausanlage auf. Dort trafen sie auf Frank Zabel.

„Vielen Dank dafür, dass wir ihr Büro einen Moment nutzen dürfen." Phil Neumann machte eine kurze Pause und grinste Frank Zabel freundlich an. „Na, ja, für mehrere Momente."

„Ist schon in Ordnung. Meine Mutter sagte immer, man soll helfen, wenn man es kann." Frank Zabel grinste zurück.

„Ihre Mutter ist eine kluge Frau!", erwiderte Phil Neumann. Danach wendete er sich an die Zimmerleute, die sich gemeinsam mit den Monsterjägern in dem für so viele Menschen deutlich zu engen Büro einen Platz gesucht hatten. Phil Neumann schaute in die Runde. „Ich weiß nicht, was Ihnen Ihr Chef mitgeteilt hat, aber wir haben hier eine etwas delikate Aufgabe zu erledigen. Es kann dabei zu unangenehmen Situationen kommen. Sogar zu gefährlichen Situationen. Sie sollen einen Stollen vor dem Einstürzen bewahren. Dieser Stollen liegt unter dieser Hochhausanlage und wir kommen durch das Haus dreiundzwanzig dort hin. Wir müssen auf dem Weg zum Einsatzort einige andere Stollen passieren. Auch diese könnten eventuell einsturzgefährdet sein. Ihre Aufgabe ist es, die Stollen auf ihre Einsturzgefahr hin zu überprüfen, und wenn es sein muss, die notwendigen Maßnahmen zu ihrer Sicherung einzuleiten. Es hilft uns nicht, wenn wir den einen Stollen gesichert haben, aber nicht mehr zurückkehren können, weil ein anderer hinter uns eingestürzt ist."

Phil Neumann sah den Männern, einem nach dem anderen, ins Gesicht und machte eine kurze Pause, ehe er fortfuhr: „Und nun kommt das, was sie mir vielleicht nicht glauben werden, aber trotzdem sehr ernst nehmen sollten, da unser aller Leben davon abhängen kann."

Jetzt wurden die Zimmerleute aufmerksam und lauschten den Worten Phil Neumanns mit aufrichtigem Interesse, während dieser weitersprach. „Ich weiß nicht, ob Ihnen bekannt ist, dass wir vom Institut für Forschung an unbekannten Lebensformen kommen. Wie der Name schon sagt, haben wir es mit fremden Lebewesen zu tun, und in dem Stollensystem da unten gibt es so ein unbekanntes Wesen. Leider ist es sehr aggressiv. Ich gehe davon aus, dass es ein Tier ist, das in einem anderen Lebensraum zuhause ist, aber nicht in einem künstlich angelegten unterirdischen Stollensystem. Niemand weiß, wie es dorthin gelangt ist. Auf jeden Fall hatte es im letzten Jahr einige Menschen getötet und gefressen. Das wissen wir deshalb so genau, weil wir es schon im letzten Jahr bekämpft haben. Und erst vorgestern haben wir zwei Kollegen durch dieses Mistvieh verloren."

Einer der Männer, ein noch junger Bursche, verlor seine gesunde Gesichtsfarbe und stotterte: „Und da sollen wir hin? Uns mit einem Monster anlegen?"

Ehe Phil Neumann antworten konnte, sagte Holger Dombrowski: „Keine Angst, mein Junge, wenn das Vieh kommt, laufen wir beide weg und die anderen sollen zusehen, wie sie damit klarkommen. Sollen die ihr Leben riskieren, die das Ding kennen." Er zwinkerte dem jungen Mann zu und alle mussten lachen.

Phil Neumann übernahm wieder das Gespräch. „Unsere gemeinsame Aufgabe ist jetzt folgende: Sie sichern den Stollen, damit wir unsere Männer bergen können. Wir werden dabei ständig bei Ihnen sein und Sie beschützen. Herr Niebel und ich waren schon im letzten Jahr dabei und wir glaubten eigentlich, das Ding zur Strecke gebracht zu haben. Leider hat es sich aber wohl doch erholt und nun auf sich aufmerksam gemacht, sodass wir aktiv werden mussten. Ich weiß nicht, was da unten mit den Kollegen schiefgelaufen ist, aber eins weiß ich genau: Herrn Niebel und mir passiert das nicht. Und Herr Dombrowski ist nicht nur unser Scherzbold vom Dienst, sondern auch ein sehr erfahrener Mann. Wir drei werden Sie schützen und wenn jemand von uns Ihnen eine Anweisung gibt, werden Sie die unbedingt befolgen, egal, was passiert. Wir sind gut bewaffnet und sollte uns das Monster zu nahekommen, werden wir es erschießen."

Im Raum entstand eine Stille, in der man buchstäblich eine Stecknadel zu bodenfallen hören konnte.

Phil Neumann wartete einige Augenblicke, dann fragte er: „Nun, meine Herren, darf ich Ihr Schweigen als Zustimmung werten? Dafür, dass Sie dabei sind?"

Der junge Mann meldete sich als Erster: „Was mich betrifft, ich bin dabei, aber nur...", sein Blick wanderte von Phil Neumann zu Holger Dombrowski, „wenn Sie mit mir weglaufen, wenn das Ding kommt!" Jetzt hatte er die Lacher auf seiner Seite.

Ein anderer Zimmermann ergriff das Wort: „Ja, ich bin auch dabei, aber zunächst müssen wir uns die betreffenden Stollen ansehen und danach das benötigte Material besorgen, denn wir wissen ja nicht, was wir da unten brauchen."

Nachdem auch der dritte Handwerker seine Teilnahme an diesem Unterfangen zusagte, machten sich die sechs Männer in die unterirdischen Stollen auf. Die Zimmerleute untersuchten dort gründlich die Holzkonstruktionen, die die Stollen stützten. Dabei machten sie sich Notizen, wiesen sich gegenseitig auf Schwachstellen hin und besprachen den Materialbedarf. Die drei Monsterjäger beobachteten währenddessen ihre Umgebung. Ihre besondere Aufmerksamkeit widmeten sie den Kreuzungen. Wenn sich die Männer an einem Standort aufhielten, sicherte je ein Monsterjäger die Handwerker in eine Richtung ab, während der dritte bei den Zimmerleuten blieb. Die Anspannung war allen Beteiligten deutlich anzusehen. Ihre Sinne waren auf das Empfindlichste geschärft. Sollte ein Monster in ihre Nähe kommen, würde es nicht unbemerkt bleiben. Nachdem sie sich bis zur Halle vor gearbeitet hatten, in der die toten Kameraden der Männer vom Institut immer noch auf ihre Bergung warteten, sagte einer der Handwerker: „Weiter können wir nicht gehen. Wir müssen hier am Eingang der Halle erst das Gebälk abstützen. Wenn das zusammenstürzt, kommt niemand von uns lebend von hier weg."

*****

Am nächsten Tag gingen sie pünktlich um sieben Uhr morgens erneut in die Stollen. Jetzt hatten sie das notwendige Baumaterial dabei. Es war nicht einfach, alles zu transportieren. Mehrmals mussten sie dringend benötigtes Material nachholen. Die Arbeiten in den Stollen erwiesen sich jedoch nicht als sehr aufwendig. Trotzdem brauchten die Zimmerleute für die Arbeiten mehrere Tage, weil alle Materialien durch die Handwerker ohne Hilfsmittel zu den Baustellen geschleppt werden mussten. Für die Ausbesserungsarbeiten selbst benötigten die Männer nicht einmal einen Tag.

In der Halle bauten sie ein Gerüst aus großen Balken. Auch hier musste alles benötigte Material mit reiner Muskelkraft zur unterirdischen Baustelle gebracht werden. Deshalb beschloss Phil Neumann, nach den Arbeiten das Gerüst im Stollen zurückzulassen. Das würde weniger Zeit kosten, Zeit, die sie sowieso nicht hatten. Die Kosten, die dabei entstanden, waren ihm egal. Außerdem musste man den Wert des Gerüstes gegen die Personalkosten setzen, die man einsparte. „Am Ende wird sich das schon irgendwie ausgleichen. Und wenn nicht, ist es auch egal", dachte Phil Neumann.

Während der zwei Wochen, die die Arbeiten erforderten, blieben die Männer von einem Monsterangriff verschont. Die Zimmerleute begannen, die Gefahr eines Monsterangriffs zu verdrängen, sie wurden immer sorgloser. Die Achtsamkeit Phil Neumanns und seiner Männer ließ jedoch nicht nach.

*****

Paul Ahrens kannte Hamburg wie seine eigene Westentasche. Es gab Gegenden, in denen er jede einzelne Straße kannte. Teilweise wusste er genau, welche Hausnummern sich wo in den Straßen der Stadt befanden.

Er war ein Mann, der die Sechzig schon überschritten hatte. Die paar Jahre bis zur Rente wollte er auch noch schaffen. Mit seiner Frau lebte er gemeinsam seit dem Ende der Siebzigerjahre in Fuhlsbüttel. Er hatte den Stadtteil Barmbek mit aufgebaut und außerdem an vielen anderen Baustellen in Hamburg mitgewirkt. Überall wo Paul Ahrens sich in seinem Leben aufgehalten hatte, prägte er sich automatisch die Straßennamen und Hausnummern ein, auch welche Besonderheiten sich in den Straßen befanden.

Als es hieß, dass in der Nähe des Hans-Duncker-Platzes eine neue Baustelle entstand und er mit seinen Kollegen die Erdarbeiten dort erledigen sollte, wusste er sofort, wo sich sein zukünftiger Arbeitsplatz befand und wie er ihn mit dem Auto erreichte. Außerdem ahnte er, dass einige seiner jüngeren Kollegen das nicht wussten. Kurz vor Feierabend gesellten sich zwei von ihnen zu ihm. „Paul, du kennst dich doch in dieser Ecke gut aus. Wie kommen wir zur neuen Baustelle?"

„Fahrt ihr mit dem Bus oder mit dem Auto?"

„Mit dem Auto natürlich, Paul!"

Paul schilderte den beiden jungen Burschen detailliert den genauen Weg, den sie fahren mussten, rein aus dem Gedächtnis. Dabei nannte er alle Namen der Straßen, durch die sie fahren sollten, die Kreuzungen, an denen sie nach links oder rechts abbiegen mussten, und an welchen Geschäften und besonderen Häusern sie vorbeifahren würden, sogar welche Farben diese Häuser hatten.

Unvorhersehbare Ereignisse

Holger Dombrowski spähte zum Seiteneingang eines abzweigenden Stollens. Dort befand sich etwas, das ihm nicht gefiel. Er rieb sich die Nase. Es begann, nach Verwesung zu riechen.

„Chef, da ist was!", alarmierte er Phil Neumann.

Dieser warnte die Zimmerleute vor der drohenden Gefahr, die er und Ronny Niebel bereits aus dem letzten Jahr kannten. „Bitte, bleiben Sie am Gerüst stehen und bewegen Sie sich nicht. Egal, was passiert, Sie tun genau das, was wir Ihnen sagen!"

Die Zimmerleute sahen sich gegenseitig an. Der älteste von ihnen, wahrscheinlich trug er die Verantwortung für seine Kollegen, gab ihnen ein Zeichen, die Arbeit zu unterbrechen. Auch sie schauten jetzt dorthin, wohin sich die Augen der Monsterjäger richteten.

Die Männer vernahmen einen tierischen Laut. Er kam aus dem Seitenstollen. Dort schien auch die Quelle des Gestanks zu sein. Der junge Zimmermann fühlte sich in diesem Augenblick nicht wohl in seiner Haut. Er hatte Angst. Ob er vielleicht versuchen sollte, ins Kellergeschoss zurückzukehren? Schon machte er zwei Schritte zur Seite. Der ältere seiner Kollegen hielt ihn am Arm fest und schüttelte seinen Kopf. Er nickte ihm beruhigend zu und zwinkerte dabei. Danach sah er wieder zu den Monsterjägern hinüber.

Der junge Mann folgte dem Blick seines Kollegen. Wie in einem Halbkreis standen die Monsterjäger um ihr Gerüst herum. Sie waren hoch konzentriert und sahen gemeinsam in die gleiche Richtung.

Der Verwesungsgeruch steigerte sich zu einem beinahe nicht mehr zu ertragenden Gestank. Ein aggressives Brüllen erreichte die Männer. „Das sind Laute aus einer anderen

Welt", dachte der junge Mann. Panik befiel ihn. Gehetzt schaute er sich um. Doch dann blieb er plötzlich wie festgenagelt an seinem Platz stehen. Fassungslos, aber auch bewegungslos, starrte er ein riesiges, schwarzes Etwas an, das aus dem Seitenstollen hervorkam. Von ihm ging dieser unerträgliche, üble Gestank aus. Auch wenn er nur die Umrisse dieses unbekannten Wesens erkennen konnte, bemerkte er, dass es langsam auf die Männer zu kam. Damit verursachte es beinahe eine Panik unter den Zimmerleuten.

Ein weiterer Schrei ließ die Männer erzittern. Ronny Niebel reagierte als Erster. Er schoss mit dem Gewehr auf das Monster. Er musste es wohl getroffen haben, denn die Leuchtspur des Geschosses verschwand an der Stelle, an der das Wesen stand. Die undeutlichen Umrisse des Monsters bewegten sich hektisch. Es schnaufte laut und warf seinen Kopf hoch und plötzlich brüllte es erneut auf.

*****

Zur gleichen Zeit saß Paul Ahrens in seinem Bagger. Er hatte vor ein paar Tagen von seinen Enkelkindern ein Handy zum Geburtstag geschenkt bekommen. Sie hatten ihm erklärt, wie er es bedienen musste und welche Apps er mit seinem Handy verwenden konnte. Er wusste zwar, dass man mit diesem kleinen Gerät sehr komplexe Dinge erledigen konnte, aber viele Programme verstand er in seinem Alter nicht mehr.

Als Paul Ahrens begonnen hatte, sich mit dem Handy zu beschäftigen, verstand er zunächst nichts. Die Funktionen und die Arbeitsweise dieses Gerätes, mit dem man doch eigentlich telefonieren sollte, waren für ihn böhmische Dörfer. Doch allmählich verstand er, was ihm seine Kinder erklärt hatten. Und als sie ihm dann auch noch sagten, dass er damit in seinem Bagger Musik hören konnte, packte ihn die

Begeisterung. Sein Nachwuchs musste ihm seine Lieb-
lingsmusik auf das Handy laden und ihm zeigen, was er
tun musste, damit er sich diese anhören konnte.

Und jetzt saß er in seiner Arbeitskleidung und den
schweren Arbeitsschuhen in seinem Bagger. Er war seinen
Kindern dankbar und hörte seine Musik über kleine knopf-
artige Stöpsel, die direkt in die Ohren gesteckt wurden.
Paul Ahrens wirkte sehr glücklich und fröhlich und hob
mit der Baggerschaufel die Erde aus der Baugrube heraus.
Den Aushub warf er auf die Ladefläche eines Lastwagens,
der den Sand zu einer Kiesgrube brachte, wo er aufgearbei-
tet werden sollte.

Plötzlich entdeckte er vor sich etwas, das dort nicht sein
sollte. Es war aus Metall.

*****

Phil Neumann sah das Monster auf sich zukommen. Es
brüllte so laut, dass er schon befürchtete, der Stollen würde
einstürzen. Rechts von sich nahm er eine Bewegung wahr.
Aber die Zimmerleute konnten es nicht sein, denn die standen hinter ihm auf dem Gerüst. Ronny Niebel und Holger
Dombrowski hielten sich ebenfalls nicht an dieser Stelle
auf. Was also bewegte sich dort?

Eigentlich konnte sich dort nichts bewegen. Das war unmöglich, einfach nur ganz unmöglich. Eine furchtbare Ah-
nung befiel ihn. Wie konnte das nur sein? Und dann hörte
er den Schrei des zweiten Monsters.

Holger Dombrowski schien die Ruhe in Person zu sein.
Als er das zweite Monster erblickte, wandte er sich ihm zu
und schoss. Doch in dem Moment, als das Geschoss den
Lauf seines Gewehres mit einem leisen Plopp verließ, änderte das unbekannte Wesen seine Position. Das Projektil
verfehlte das Ungeheuer und schlug hinter ihm in eine

Wand ein. Die Holzkonstruktion des Stollens ächzte, aber sie hielt.

Doch die Monster warfen sich jetzt blitzschnell den sechs Männern entgegen. Nun befiel auch den ältesten Zimmermann eine panische Angst. In diesem Moment rief Ronny Niebel den drei Handwerkern zu: „Stehen bleiben, keine Bewegung!"

Der dritte der Zimmerleute fragte sich, warum er nur die Umrisse dieser unbekannten Wesen sah. In dem Moment geschah es…

*****

Paul Ahrens fragte sich, was das für ein metallisches Glitzern sein konnte. Er sah genauer hin und stoppte hektisch den Bagger. Die Schaufel kratzte trotzdem noch an dem grauen Metall entlang. Dort wo sie die Farbe an dem Metall entfernt hatte, begann es, in der Sonne zu glitzern. Endlich begriff der alte Baggerfahrer: Da liegt eine Bombe!

Er wollte seine Kollegen warnen und aus seinem Bagger aussteigen. Schon sah er sich wild gestikulieren, damit die Kollegen die Arbeit einstellen sollten. Aber es war bereits zu spät.

*****

Der Bauleiter erreichte mit seinem Dienstfahrzeug die Baustelle. Er suchte sich einen Platz, an dem er das Auto abstellen konnte. Endlich entschied er sich, es hinter der Hochhausanlage am Hans-Duncker-Platz zu parken. Er befand sich schon mehrere Meter von seinem Auto entfernt, als er es mit der Fernbedienung verriegelte. In diesem Moment erschütterte eine gewaltige Detonation die Erde! Die Luft schien in Bewegung zu sein. Sie flirrte vor den Augen des Bauleiters. Die Druckwelle riss ihn zu Boden. Glas split-

terte und schwirrte durch die Luft. Mehrere Fensterschei-
ben aus den umliegenden Häusern hielten dem Druck der
Explosion nicht stand.

Entsetzt verfolgte der Mann, dass sich die Vorderräder
eines Baggers vom Erdboden abhoben. Das sah er wie in
Zeitlupe. Der Bagger schwankte und neigte sich zur Seite.
Sein Führerhaus war durch die Detonation zerfetzt worden.
Der Lastwagen neben dem Bagger wurde ebenso empor
gehoben. Er zerbrach in mehrere Teile. Das Führerhaus
wurde vom Rest des Wagens abgerissen. Die Ladefläche
wurde weggeschleudert, außerdem brach das Chassis aus-
einander.

„Verflucht, was war das denn?", dachte der Mann. Dann
kam ihm ein zweiter Gedanke in den Sinn: „So eine verdammte Scheiße!" Ihm wurde bewusst, dass der Führer des
Baggers dieses Drama nicht überlebt haben konnte. Er hoffte, dass der Fahrer des Lastwagens nicht in seinem Wagen
gesessen hatte. Metall ächzte. Dicke Drahtseile rissen mit
einem lauten metallischen Knall. Menschen liefen aufgeregt
durcheinander. Eine gewaltige Erschütterung erfasste die
Baufahrzeuge, die sich in der Nähe der Detonation befanden.

Was der Bauleiter nicht sah, war, dass Paul Ahrens seine
Brille verlor. Der arme Mann rutschte von seinem Sitz her-
unter. Mit dem Kopf schlug er gegen die Tür, die auf-
sprang, weil sich das Gehäuse zu verbiegen begann. Paul
Ahrens war zu keiner Reaktion fähig. Sein Körper wurde
regelrecht zerrissen. Sein Blut verteilte sich im explodierten
Führerstand. Was vom Bagger noch übrig war, fiel auf die
Seite. Endlich kam die Erde wieder zur Ruhe. Aber Paul
Ahrens hatte sein Leben verloren.

*****

Phil Neumann wurde gewahr, dass sie tatsächlich von den Monstern angegriffen wurden. Zunächst war er entsetzt, als er begriff, dass es sich hier um zwei und nicht nur um eins von diesen Ungeheuern handelte. „Wie ist das nur möglich", fragte er sich. Gab es vor einem Jahr auch schon zwei von diesen Bestien? Das würde erklären, warum das Monster anscheinend nicht starb, obwohl es so oft getroffen wurde. Die Schüsse hatten sich auf zwei Monster verteilt. So konnten sie die Verletzungen überstehen. Aber nichts von dem, was damals geschah, hätte als Hinweis auf die Existenz eines zweiten Monsters angesehen werden können. Erst jetzt, als er das zweite Untier vor sich sah, wurde ihm auf unmissverständliche Weise bewusst, dass er die Lage falsch eingeschätzt hatte. Trotzdem wusste er, dass es nicht sein Fehler war. Nun galt es, das Richtige zu tun. Die Monster mussten zurückgedrängt oder getötet werden. Und in seinem tiefsten Innern hoffte er, dass es nicht noch mehr von diesen Ungeheuern gab.

Er richtete sein Gewehr auf das rechte Monster. Sein Finger am Abzugshebel krümmte sich. Noch hatte er den Schuss nicht ausgelöst. Das Monster kam schnell näher. Noch wartete er, er wollte das fremde Ding sicher töten. Er wusste, wenn sie von keinen bösen Überraschungen gestört würden, sollte es ihm auch gelingen. Ronny Niebel und Holger Dombrowski waren ebenso konzentriert wie er selbst.

Die Zimmerleute sahen sich entsetzt an. Die wichtigste Frage, die sie beschäftigte, schien förmlich in ihren Gesichtern geschrieben zu stehen. „Warum schießen die Monsterjäger nicht?" Aber diese Frage konnte durchaus mit reiner Logik beantwortet werden. Phil Neumann und seine Männer hatten in den vergangenen Jahren genug Erfahrungen im Kampf gegen solche Monster gesammelt, um die Situation richtig einschätzen zu können und um im richtigen Moment das Richtige zu tun. Außerdem hatten er und Ronny Niebel es bereits mit einem dieser Monster aufgenommen. Von der Existenz eines zweiten konnten sie nichts ahnen und erst recht nichts wissen.

Endlich wollte Phil Neumann den Abzug seiner Waffe durchziehen. Er war bereit, das mehrmals nacheinander zu tun. Das Monster musste sterben, unbedingt! Sein Artgenosse ebenso!

Plötzlich krachte es gewaltig, die Erde bebte. Das Gebälk knirschte gefährlich. Die Monster brachen ihren Angriff auf die Menschen ab und blieben ruckartig stehen. Der Angriff schien ihnen plötzlich nicht mehr wichtig zu sein. Die Männer nutzten das Innehalten der Monster und wichen zurück. Dabei drückten sich die Zimmerleute auf ihrem Gerüst an die sich hinter ihnen befindliche Wand. Ihre Mienen zeigten das blanke Entsetzen.

Auch Holger Dombrowski, Ronny Niebel und Phil Neumann kletterten, so schnell sie es vermochten, auf das Baugerüst und gesellten sich zu ihren Schützlingen. Mit ihren Körpern versuchten sie, die Handwerker abzuschirmen. Phil Neumann hatte mit seinen Männern die Aufgabe übernommen, das Leben der Zimmerleute zu beschützen. Obwohl die Monster keine Anstalten machten, ihren Angriff fortzusetzen, fiel ihnen diese Aufgabe zum jetzigen Zeitpunkt nicht leicht. Denn was hier in diesen Sekunden geschah, war unfassbar. Weder die Monsterjäger noch die Handwerker verstanden den plötzlichen und dramatischen Wechsel der Situation. Die Gefahr für ihr Leben durch die Monster wurde durch eine andere, nicht weniger große Gefahr ersetzt. Deshalb konnte niemand den Monsterjägern einen Vorwurf machen, weil sie die Gelegenheit versäumten, wenigstens eines der beiden Ungeheuer zu töten.

Die Männer blieben wie gebannt stehen. Auch die Monster verharrten wie in einer Schockstarre. Endlich begriff Phil Neumann, dass ihr Leben immer noch bedroht wurde, obwohl die Ungeheuer verunsichert vor ihnen standen. Er glaubte sogar, dass sie vor Angst zitterten.

Das Erdbeben war schnell vorüber. Aber wodurch war es ausgelöst worden? Das fragten sich die Menschen, die sich aus beruflichen Gründen in diesem Stollen befanden. Doch wer glaubte, dass sie sich nun in Sicherheit befanden, irrte sich.

Das Holz, das sie umgab, begann plötzlich leise zu ächzen. Danach gab es andere erschreckende Geräusche von sich. Bald knarzte, knackte und knirschte es recht laut überall um sie herum. Das versetzte die Menschen in Angst und Schrecken. Auch die Monster erkannten die Bedrohung, der sie sich plötzlich ausgesetzt sahen. Sie flohen und liefen in den Stollen zurück, aus dem sie vor wenigen Augenblicken gekommen waren, um die Menschen zu töten. Doch jetzt flohen sie, um nicht selbst getötet zu werden.

Noch nie hatten die Menschen solch schnelle Wesen gesehen. Selbst, wenn die Monsterjäger in diesem Moment die Ungeheuer erschießen wollten, hätten sie das nicht vermocht, weil sie von einer auf die andere Sekunde verschwanden.

Aus dem Knirschen und Ächzen, das nun nicht mehr nur aus den Stützbalken zu kommen schien, wurde ein lautes Knacken und Krachen. Holz splitterte. Die Stützbalken begannen unter der Last, die auf ihnen lag, zu bersten. Holz brach, es brach hier und es brach dort. Es herrschte ein ohrenbetäubender Lärm. Als sich die Decke senkte, wurden die ersten Stützbalken regelrecht zusammengedrückt und splitterten in sich auf. Spitze Holzsplitter flogen durch die Luft. Die Deckenbalken gaben unter lautem Getöse nach.

Von den Monstern ging in diesem Moment schon längst keine Gefahr mehr für die Männer aus. Die größte Gefahr für sie entstand durch herumfliegende Splitter, die sie wie ein Speer tödlich verletzen konnten. Eine weitere Gefahr stellten die Balken dar, die von der Decke zu Boden stürzten und die Menschen zu erschlagen drohten. Außerdem prasselten in riesigen Massen Erde und Gesteinsbrocken in verschiedenen Größen auf sie herab. Steine schlugen auf den Boden auf und wurden zurückgeschleudert. Sie bildeten gefährliche, todbringende Geschosse, vor denen die Männer auf dem Baugerüst Schutz suchten. Doch das war gar nicht so leicht. Noch nie standen die Zimmerleute und die Monsterjäger in ihrem Leben einer solch großen Bedrohung gegenüber. Noch nie hatten sie solche Erd- und Gesteinsmassen in Bewegung gesehen. Sie glaubten, ihrem Ende nahe zu sein. Hier stürzte zwar nicht der Himmel ein, aber diese Beschreibung schien dem tatsächlichen Geschehen sehr nahe zu kommen.

Das Krachen und Bersten von Holz, Erde und Gestein wollte scheinbar kein Ende nehmen. Als es doch endlich nachließ und es wieder ruhiger wurde, waren Phil Neumann und seine Männer zunächst froh, den Einsturz dieses Stollens überlebt zu haben. Gemeinsam schauten sich die Männer um. Überall um sie herum befand sich ein Chaos aus Erde, Sand, Steinen und Holz, soweit sie schauen konnten. Wenn der Einsturz nicht alle Stollen betraf, das wurde Phil Neumann und Ronny Niebel bewusst, weil sie das Stollensystem kannten, war soeben davon ein großer Teil verschüttet worden. Sie schauten sich nach allen Seiten um, danach sahen sie nach oben. Was sie erblickten, ließ sie allmählich das ganze Ausmaß des Geschehens begreifen, denn sie erblickten über sich den strahlend blauen Himmel. „Deshalb war es plötzlich auch ohne unsere Scheinwerfer so hell geworden, die sich nun unter dem Schutt befinden", schoss es Ronny Niebel in seinen Verstand. Aber was viel wichtiger war, sie alle erlebten heute einen gemeinsamen, zweiten Geburtstag. Wie durch ein Wunder überlebten sie diese Katastrophe. Aber auf dem Weg, den sie gekommen waren, konnten sie nicht in das Haus 23, das auf dem Hans-Duncker-Platz stand, zurückkehren. Der war verschüttet. Sie mussten zufrieden sein, dass ihr Baugerüst aus Gründen, die niemand erklären konnte, dieses Drama unbeschadet überstanden hatte. Von hier aus mussten sie versuchen, an die Erdoberfläche zu gelangen. Dabei war Vorsicht geboten, denn niemand konnte vorhersagen, wie sicher ihr Weg über den Schutt nach oben war.

Doch sie hatten Glück im Unglück und konnten auf unerwartete Hilfe hoffen, denn sie hörten Stimmengewirr, das von dort zu kommen schien, wohin sie aufbrechen wollten. Schließlich übertönte eine männliche Stimme alle anderen. Diese rief zu Phil Neumann und seinen Männern herab: „Ist da jemand?"

„Ja, wir sind hier unten!", rief Phil Neumann zurück.

Nach einem kurzen Zögern rief die Stimme: „Ja, ich kann Sie jetzt sehen. Sie sind nur ungefähr zwanzig Meter von uns entfernt. Warten Sie, wir holen Sie da raus!"

Eine Stunde später standen die Zimmerleute, Phil Neumann und seine Männer unversehrt neben ihren Rettern auf der Erde. Nicht weit von ihnen befand sich das Hochhaus, von dem aus sie vor einigen Stunden in das Stollensystem unter der Erde aufgebrochen waren.

Doch Holger Dombrowskis Blick wurde von etwas anderem angezogen. Er sah einen auf seiner Seite liegenden Bagger und einen in mehrere Teile zerbrochenen Lastwagen. Sein fragender Blick verriet alles. Der Mann neben ihm erklärte: „Eine Bombe! Ein Blindgänger aus dem Zeiten Weltkrieg. Der Baggerfahrer hatte sie nicht rechtzeitig gesehen. Sie ging sofort hoch."

„Und der Baggerfahrer?", fragte der Monsterjäger weiter.

„Das hat er nicht überlebt. Das konnte niemand überleben, der sich so dicht an dieser scheiß explodierenden Bombe befand wie er. Mit ihm verlieren wir einen unserer besten und zuverlässigsten Mitarbeiter. Zum Glück haben wir keine weiteren Toten zu beklagen. Aber leider gibt es schon einige Verletzte."

„Die Bombe hat bei uns alles zum Einsturz gebracht", ergänzte Phil Neumann und überlegte einen Augenblick. „Sind Sie der Bauleiter hier?"

„Ja, der bin ich", antwortete der Gefragte.

„Haben sie nach dem Einsturz oder noch während des Geschehens etwas Besonderes bemerkt?"

„Sie sind mir einer", antwortete der Bauleiter, „es gab eine Bombenexplosion! Dabei passieren viele ungewöhnliche Dinge!"

„Das ist mir durchaus bewusst. Ich meinte, haben Sie vielleicht zwei schwarze oder sehr dunkle Tiere gesehen? Sehr schnell und sehr groß, ungefähr zwei Meter."

„Nein, ich glaube auch nicht, dass sie mir aufgefallen wären, sie sehen doch, was jetzt noch für ein Durcheinander hier herrscht. Meine Aufmerksamkeit galt selbstverständlich den Menschen und nicht den Tieren."

Phil Neumann bedankte sich und ging mit den Zimmerleuten und seinen Mitarbeitern davon. Als sie das Hochhaus erreichten, sah er die Handwerker der Reihe nach an. „Tja, Sie sehen es selbst, Ihr Auftrag hat sich damit erledigt. Schicken Sie bitte, die Rechnung für alles ans Institut, Ihre Arbeitszeit, das Material und…, eben einfach alles."

Als die Zimmerleute in ihrem Firmenwagen fortfuhren, sagte Phil Neumann: „Ihr wisst, was dieses Unglück bedeu-

91

tet. Die Monster sind jetzt frei, wenn sie nicht erschlagen wurden. Und wir wissen nicht, wo wir sie suchen müssen. Die können inzwischen überall sein!"

Der Tod

„Wen muss ich unbedingt über die Ereignisse informieren? Zunächst den Direktor unseres Institutes. Soll der doch entscheiden, wie es weiter gehen soll! Das ist eigentlich nicht meine Baustelle", dachte Phil Neumann. Seine Kompetenzen als Abteilungsleiter hatten Grenzen, die er einhalten musste. Weiterhin dachte er: „Ich kann nicht ständig Aufgaben übernehmen, die in den Zuständigkeitsbereich des Direktors fallen, nur deshalb, weil ich ihn meist nicht erreichen kann, wenn ich ihn brauche. In den letzten Wochen macht er sowieso, was er will, aber seine Aufgaben erfüllt er nicht. Er kann froh sein, dass ich meinen Arsch so oft für ihn riskiere, aber in diesem Fall tue ich das nicht. Ich riskiere meinen Job nicht, weil der Trottel glaubt, sich nicht um uns kümmern zu müssen. Das Ding ist mir zu heiß, als dass ich dafür allein die Verantwortung übernehme."

Er griff zum Telefon und wählte die Nummer seines Chefs. Jedoch nahm dieser das Gespräch nicht an. Auf dem Anrufbeantworter konnte Phil Neumann auch keine Nachricht hinterlassen, weil das Gerät aus unbekannten Gründen nicht funktionierte. „Den hat er wohl nicht eingeschaltet", dachte er und wurde wütend. Seine Vermutung von eben hatte sich schneller bestätigt als ihm lieb war. Er musste handeln, und zwar schnell, noch bevor die Monster jemanden umbrachten. Also beschloss er, den Regierenden Bürgermeister der Stadt, Peer Holzer, zu informieren und sich mit diesem zu beraten. Der Chef wollte es doch offenbar nicht anders haben.

Phil Neumann rief Peer Holzer in seinem Büro an, um einen sofortigen Termin für ein Gespräch mit ihm zu vereinbaren. Die Sekretärin nahm das Gespräch an. „Tut mir leid, der Regierende Bürgermeister ist im Moment sehr beschäftigt, leider kann ich ihn jetzt nicht stören."

„Das sollen Sie auch nicht, aber ich muss ganz dringend mit ihm sprechen, es handelt sich um eine Angelegenheit von allerhöchster Wichtigkeit!"

„Wissen Sie, Herr Neumann, das sagen alle, die den Bürgermeister sprechen wollen!"

Mit solch einer schnippischen Antwort der Frau hatte er nicht gerechnet. Phil Neumann wusste, dass Peer Holzers Sekretärin ihrem Chef den Rücken freihalten wollte. Der Mann hatte bestimmt viel mehr zu tun als er selbst. Deshalb hatte er Verständnis für die Frau. Aber hier ging es um Leben und Tod. Deshalb ergriff er erneut das Wort und schlug einen energischen Ton an. „Liebe Frau, es handelt sich um die Sicherheit der Menschen in dieser Stadt! Wollen Sie dafür verantwortlich sein, dass vielleicht viele Menschen sterben müssen? Ich brauche sofort einen Termin beim Bürgermeister, und zwar den schnellsten, den Sie mir geben können! Sie sollten als seine Sekretärin doch wissen, womit sich das Institut für Forschung an unbekannten Lebensformen beschäftigt. Also beschaffen Sie mir sofort einen Termin mit Herrn Holzer, bevor es Tote gibt!" Seine letzten Worte sprach Phil Neumann mit großem Nachdruck aus.

Mit Toten wollte die Frau offenbar ihr Gewissen nicht belasten. Deshalb verschob sie die nächste Beratung ihres Chefs, um ihm etwas Zeit zu verschaffen. „Herr Holzer ist in einer wichtigen Besprechung, aber in einer halben Stunde sollte diese beendet sein. Wenn Sie dann hier sind, sollte er etwas Zeit für Sie erübrigen können."

Auf die Minute pünktlich erschien Phil Neumann im Büro des Regierenden Bürgermeisters der Stadt Hamburg. Er wurde sofort zu Peer Holzer durchgelassen. Nach einer freundlichen Begrüßung saßen sie sich gegenüber und der Wissenschaftler berichtete dem Politiker von den letzten Ereignissen, die er im Stollensystem unter dem Hochhaus des Hans-Duncker-Platzes erlebt hatte. Danach schwieg er einige Sekunden und beobachtete den Bürgermeister, der darüber nachdachte, was zu tun war. Phil Neumann beugte sich vor und sah ihm direkt in die Augen. Mit besorgter Stimme sprach er noch einmal zum wichtigsten Entscheidungsträger Hamburgs, damit dieser den Ernst der Situation erkannte. „Wir müssen die Menschen in Hamburg, vielleicht sogar die Menschen hinter den Landesgrenzen, vor diesen Monstern warnen, Herr Bürgermeister."

Peer Holzer blickte ihn nachdenklich an. Der Regierende Bürgermeister war ein Mann im Alter von etwa fünfundfünfzig Jahren. Er war etwas kurzsichtig und trug deshalb eine Brille mit einem sehr dünnen Titangestell von grauer Farbe. Nachdenklich schaute er einige Sekunden auf seinen Schreibtisch herunter, hob dann wieder seinen Kopf und sah Phil Neumann an. „Aber vor was sollen wir die Menschen denn warnen? Vor Monstern? Damit machen wir uns lächerlich und niemand wird uns glauben. Wir können keinen Monsteralarm auslösen."

„Das kann ich verstehen, vielleicht sollten wir davor warnen, dass aus dem Tierpark einige Löwen und Tiger ausgebrochen seien. Schließlich befindet der sich im Zentrum der Stadt. Raubkatzen sind gefährlich und können gelegentlich Menschen anfallen." Hoffnungsvoll blickte Phil Neumann zu Peer Holzer.

„Sind die Löwen in einem Tierpark nicht satt und träge?" Der Bürgermeister lächelte. Er schien nicht solch ein ignorantes Arschloch zu sein, wie Kommunalpolitiker in amerikanischen Filmen oft dargestellt werden. Aber sie befanden sich auch nicht in Amerika, sondern in Deutschland, und zwar in der Realität. Peer Holzer fuhr fort: „Aber das ist besser als gar nichts. Trotzdem frage ich Sie: Habe ich Sie richtig verstanden, dass diese Monster wesentlich gefährlicher sind als Tiger und Löwen?"

„Leider ja, sie sind etwa zwei Meter groß und schwarz oder wenigstens sehr dunkel. Nachts werden sie kaum zu sehen sein. Außerdem kann ich nicht einmal sagen, wie diese Ungeheuer tatsächlich aussehen. Jedoch weiß ich, wie diese Monster Menschen töten. Ich war dabei und habe viele Leichen gesehen. Männer, Frauen und auch Kinder. Zwei meiner Kollegen waren bisher die letzten bekannten Opfer. Ich hoffe, dass keine weiteren dazu kommen werden."

Der Bürgermeister hörte Phil Neumann aufmerksam zu. Dann dachte er einen Augenblick nach. „Gut, ich werde dafür sorgen, dass eine entsprechende Nachricht verfasst und ausgegeben wird. Eine weitere Frage ist: Welche Personen sollten die Wahrheit kennen?"

„Das müssen Sie entscheiden, Herr Bürgermeister."

„Das ist selbstverständlich richtig, aber trotzdem sollten wir uns darüber abstimmen, damit wir nicht auf gleiche Fragen unterschiedliche Antworten geben. Das wäre nicht nur peinlich, sondern auch gefährlich. Immerhin müssen wir vertrauenswürdig bleiben, auch wenn wir zu einer Notlüge greifen."

Phil Neumann wusste, dass Peer Holzer recht hatte. „Das verstehe ich, Herr Bürgermeister. Auf jeden Fall muss der Direktor des Tierparks Bescheid wissen, denn die Journalisten werden ihm die Türen einrennen!" Davon war er überzeugt. „Die wollen den Menschen doch einen Verantwortlichen für die entlaufenen Löwen präsentieren und nicht nur die Wahrheit herausfinden, sondern auch Skandale finden oder hilfsweise auch erfinden, damit dann medienwirksam Köpfe rollen! Er benötigt unbedingt Hilfe! Mittlerweile gibt es zu viele Zeitungen und Zeitschriften, die als erste die Leiche interviewt haben."

Die letzten Bemerkungen Phil Neumanns überging Peer Holzer, obwohl er ihm innerlich recht gab. „Der Polizeipräsident, der Sicherheitschef des Rathauses und meine Sekretärin sollten die Wahrheit auch kennen. Alle drei sind absolut vertrauenswürdig. Die Sekretärin muss Bescheid wissen, um auf eventuelle Anrufe aus der Bevölkerung reagieren zu können."

„Auf jeden Fall sollte der Kreis der Eingeweihten nicht zu groß werden. Je mehr Menschen davon wissen, desto eher entsteht ein Leck", wusste Phil Neumann.

„Das ist richtig. Ich werde alles Notwendige veranlassen."

*****

Der Bürgermeister hielt Wort. Nur eine Stunde nachdem der Monsterjäger Peer Holzers Büro verlassen hatte, hörte er eine Sondermeldung im öffentlich-rechtlichen Rundfunksender. Es wurde bekannt gegeben, dass ein technischer Defekt im Tierpark zum Ausfall der Sicherheitssysteme geführt habe und der Zoo deshalb geschlossen werden musste. Es seien mehrere Löwen und Tiger ausgebrochen. Die Bewohner der Stadt wurden zur äußersten Vorsicht aufgerufen. Es wurde den Menschen geraten, den Tieren unbedingt aus dem Weg zu gehen. Es bestehe Lebensgefahr.

*****

Drei Stunden nachdem die Meldung über die entlaufenen Löwen und Tiger im Rundfunk ausgestrahlt wurde, ging der siebzehnjährige Marcel Winter mit seiner Freundin Silke Freitag an der Alster spazieren. Es herrschte herrliches

Sommerwetter. Der Himmel strahlte in seinem schönsten Blau, nur vereinzelt bewegten sich an ihm kleine, weiße Schäfchenwolken. Ab und zu wehte ein sanfter Wind, der dem jungen Paar ein wenig Erfrischung brachte. Die Sonne heizte den Boden und die Gebäude auf, die ihrerseits die Luft erwärmten.

Die Jugendlichen schlenderten an der langsam und friedlich fließenden Alster entlang. Zwei Schwäne und einige Enten schwammen Kühlung suchend in Ufernähe hin und her, so als könnten sie sich nicht entscheiden, wohin sie sich begeben sollten. Das junge Paar hielt sich, wie frisch Verliebte das gern taten, an den Händen. Gerne hätte Marcel Winter seiner geliebten Silke einen Arm um die Schulter gelegt, aber dafür war es ihm heute viel zu heiß. Es würde ihnen dann nur noch wärmer werden und den Schweiß aus ihren Körpern treiben, mit der Folge, dass sie das Gefühl bekämen, aneinanderzukleben. Allein den Gedanken daran empfand der junge Bursche als sehr unangenehm. Marcel glaubte, dass auch seiner Silke das nicht gefallen würde.

Der Teenager war mit einer Jeans bekleidet, die in Kniehöhe beider Beine Risse aufwies. Außerdem hatte er ein beigefarbenes T-Shirt an, in Brusthöhe war ein Werbeslogan aufgedruckt. Seine Silke trug ein hellrosa Trägerkleid, das ihr bis über die Knie reichte. Ihre Schultern wurden durch die schmalen Bändchen des Kleides so gut wie nicht bedeckt. Deshalb hatte der junge Mann diese klebrigen Befürchtungen.

Er blickte auf das Wasser des Flusses und beobachtete die darauf schwimmenden Enten. Als er seine Freundin auf die Vögel aufmerksam machen wollte, blieb sie plötzlich von einem auf den anderen Schritt neben ihm stehen und begann am gesamten Körper zu zittern. Er drehte sich zu ihr und blickte ihr in die Augen, die mehrmals wie irre von links nach rechts und wieder zurücksprangen. Ihr Gesicht verlor plötzlich seine gesunde Hautfarbe. Zurück blieb eine todesähnliche Blässe. Marcel wollte fragen, was sie so sehr ängstigte, jedoch kam er nicht mehr dazu.

Aus seinen Augenwinkeln heraus bemerkte er etwas rundes durch die Luft fliegen. Es erinnerte ihn an einen Ball. Dieser kugelförmige Gegenstand traf ihn schmerzhaft an seinem linken Arm und fiel zu Boden. Es fühlte sich an, als wäre er von einem sehr harten Medizinball getroffen worden. An dem Arm blieb an der Aufprallstelle etwas Feuchtes und Klebriges zurück. Das konnte eben unmöglich ein Ball gewesen sein, wurde dem Teenager bewusst. Dafür war der Gegenstand viel zu hart. Marcel Winter senkte seine Augen und schaute zum Boden. Er wollte sehen, was ihn getroffen hatte. In diesem Augenblick begann Silke, panisch zu schreien.

Das verbesserte Marcels Situation nicht gerade, denn er begriff in diesem Augenblick, dass er einem abgetrennten, menschlichen Kopf in die Augen sah, an dem überall frisches Blut klebte. Plotzlich verspürte er einen Würgereiz.

*****

Vier Polizisten trafen am Tatort ein: Die Kommissare Erich Steiner und Ralf Stiefelknecht und zwei Kriminaltechniker, die die Spuren am Tatort sichern sollten. Sie machten sich sofort an die Arbeit. Zunächst nahmen sie einige Fotos vom im Gras liegenden Kopf am Wegesrand auf. Danach sperrten sie den Tatort ab und begannen mit der Spurensuche. Sie glaubten, die zum Kopf gehörende Leiche müsse irgendwo in der Nähe liegen. Aber sie rechneten auch damit, einzelne Leichenteile zu finden. Vielleicht würden sie auch keine weiteren Spuren finden.

Den Polizisten erschien dieses Tötungsdelikt nicht sehr logisch. Auch sie hatten die Meldung über die entlaufenen Löwen und Tiger aus dem Tierpark im Radio gehört. Aber sie wussten auch, dass ein menschlicher Kopf nicht so einfach von seinem Rumpf abgerissen werden konnte. Außerdem warfen Raubkatzen die Köpfe ihrer Beute den Menschen nicht vor die Füße. Die Männer von der Spurensicherung gingen von einem besonders brutalen Mord aus und meinten, dass der Mörder unbedingt gefasst werden müsse.

Die beiden Kommissare fanden ein verstörtes und in sich gekehrtes junges Paar vor. Es saß etwas abseits auf einer Parkbank. Der junge Bursche hatte seine Arme schützend um das Mädchen gelegt. Die Gesichter der beiden jungen Leute sahen sehr blass aus. Die Polizisten gingen zu ihnen und Kommissar Steiner sprach sie an. „Guten Tag, sind Sie Silke Freitag und Marcel Winter?"

Die beiden jungen Leute blickten zu den Kriminalbeamten auf und nickten ihnen zu.

„Ich bin Kommissar Steiner, das ist mein Kollege Kommissar Stiefelknecht." Der Mann zeigte ihnen mit seiner linken Hand seinen Dienstausweis, mit seiner rechten wies er auf seinen Begleiter. Auch dieser hielt ihnen seinen Ausweis zur Begutachtung entgegen und nickte ihnen freundlich zu. Kommissar Steiner trat von einem Fuß auf den anderen und sah einfühlsam auf das Paar herab. Seine Stimme nahm einen gedämpften Ton an, als er zu den jungen Leuten sprach. „Wir haben einige Fragen, die Sie uns bitte beantworten möchten. Fühlen Sie sich dazu in der Lage?"

Silke nickte stumm, Marcel sagte leise: „Ja, natürlich."

„Schön!", antwortete Erich Steiner und fuhr fort, „Wenn es Ihnen nichts ausmacht, würden wir Sie gern getrennt voneinander befragen. Ist das für Sie okay?"

Wieder nickten die beiden jungen Leute. Umständlich lösten sie sich voneinander und standen auf.

„Bitte, Silke", sagte nun Ralf Stiefelknecht, „ich darf doch noch Silke zu Ihnen sagen?"

„Ja, natürlich, Sie können mich gern duzen", erwiderte sie leise.

„Dann lass uns bitte ein paar Schritte gehen", sprach der Polizist mit warmer Stimme. Sie wandten sich von Marcel Winter und Kommissar Erich Steiner ab und gingen an der Alster spazieren, während Kommissar Ralf Stiefelknecht das Mädchen befragte.

In der Zwischenzeit hatte Marcel seinen Arm am Ufer der Alster mit dem kühlen Wasser des Flusses gesäubert. Es hatte eine belebende Wirkung auf ihn und allmählich kehrte er aus seinem Schockzustand in die Realität zurück.

„Können Sie mir sagen, was genau passiert ist?", fragte ihn der Kriminalkommissar. Er setzte sich zu dem jungen Mann auf die Bank.

Da Marcel durch die grausamen Ereignisse immer noch etwas verwirrt war, kamen seine Worte zunächst stockend, doch allmählich sprach er flüssiger. Er erzählte dem Mann, was er gesehen und erlebt hatte. Nachdem er glaubte, einen wahrheitsgemäßen Bericht gegeben zu haben, fragte er: „Wer macht bloß so etwas, anderen Menschen den Kopf abschneiden und ihn dann auch noch durch die Luft werfen? Das macht doch kein normaler Mensch! Wie grausam einige Menschen doch sein können!"

Erich Steiner bemerkte den Schmerz in der Stimme des Teenagers, deshalb unterbrach er ihn nicht und antwortete mit einer Gegenfrage. „Haben Sie heute im Radio die Nachrichten gehört? Oder sie im Fernsehen gesehen?"

„Marcel schüttelte seinen Kopf. „Nein, noch nicht."

„Dann wissen Sie also nicht, dass aus dem Tierpark einige Löwen und Tiger ausgebrochen sind?"

„Nein, aber die werfen doch nicht abgetrennte Köpfe durch die Gegend."

„Haben Sie gesehen, woher der Kopf geflogen kam?"

„Ich glaube, aus dem Strauch dort vorne." Der junge Mann zeigte mit ausgestrecktem Arm auf ein Gebüsch.

„Haben Sie gesehen, wer ihn geworfen hat?", fragte Erich Steiner weiter.

„Nein…, aber…" Der Jugendliche überlegte einige Augenblicke. „Aber da war ein Schatten, obwohl da gar kein Schatten sein dürfte. Die Sonne schien von der anderen Seite."

„Sind Sie sich sicher?" Erich Steiner glaubte dem jungen Mann seine letzte Aussage nicht. Ein Schatten kann nicht gegen die Sonne geworfen werden, egal, um welchen Menschen oder Gegenstand es sich handelte.

Doch Marcel Winter nickte. „Ich weiß, dass sich das für Sie wie eine Lüge anhören muss. Aber da war ein Schatten."

Erich Steiner änderte seine Sitzposition. Er beobachtete Marcel von der Seite, um zu erkennen, ob er wirklich die Wahrheit sagte. „Können Sie mir sagen, wie der Schatten aussah?"

„Na, wie ein Schatten eben, nur…" Marcel verstummte und sah dem Kommissar direkt in die Augen. Sein Gesicht drückte Unglaube und Unverständnis aus. Langsam, aber leise sprach er weiter. „…das war gar kein Schatten. Es hatte sich bewegt. Es war groß und plötzlich war es weg!" Sein Gesichtsausdruck änderte sich. Seine letzte Erkenntnis überraschte ihn.

„Können Sie mir sonst noch etwas sagen? Irgendetwas, das Ihnen noch einfällt oder was Sie in diesem Zusammenhang gesehen haben? Egal, ob es wichtig ist oder nicht."

„Nein, Herr Kommissar, ich habe Ihnen alles erzählt. Mehr habe ich nicht gesehen."

Erich Steiner gab dem jungen Burschen seine Visitenkarte. „Ihre Aussage müssen wir noch aufnehmen, aber das hat Zeit. Vielen Dank zunächst. Falls Ihnen noch etwas einfällt, rufen Sie mich bitte an. Auch wenn Sie glauben, dass es nicht wichtig ist."

*****

„So eine verfluchte Scheiße!" Phil Neumann saß aufgeregt in seinem Büro im Chefsessel. Wütend schlug er mit einer Faust auf den Schreibtisch. Ihm gegenüber nahmen Ronny Niebel und Holger Dombrowski auf Stühlen Platz. Verständnisvoll sahen sie ihren Chef an. „Ich habe befürchtet, dass so etwas passieren würde." Er sah zu seinen Mitarbeitern herüber. „Habt ihr eine Idee, wie wir diese Mistdinger in Schach halten können? Die können doch nicht so einfach durch die Stadt laufen und Menschen umbringen!" In Phil Neumann brodelte es.

„Ist es denn sicher, dass es schon einen Toten gab?", fragte Holger Dombrowski.

„Leider ja, der Polizeipräsident ist eingeweiht und hat angewiesen, über jedes Tötungsdelikt informiert zu werden, in dem keine Schusswaffen zum Einsatz gekommen sind. Der Bürgermeister hat ihn gebeten, mich über ungewöhnliche Fälle beziehungsweise über ungewöhnlich grausame Fälle zu benachrichtigen, damit wir sie begutachten können.

Auf jeden Fall müssen wir uns etwas einfallen lassen, wie wir die Monster unschädlich machen können." Phil Neumann war ratlos. Nun berichtete er seinen Mitarbeitern von den tragischen Ereignissen an der Alster.

Ronny Niebel warf ein: „Unser Problem ist, dass wir zu wenig Mitarbeiter haben, um sie in Schach halten zu können. Die Viecher sind außerdem viel zu schnell, und werden immer wieder entwischen, wenn sie nicht durch eine engmaschige Menschenkette gezwungen werden, an einem Ort zu bleiben, an dem wir sie erlegen können."

Holger Dombrowski fragte: „Können wir die Armee nicht zu Hilfe holen? Die Soldaten sind bewaffnet und ich bin mir sicher, die Monster können auch mit normalen Maschinenpistolen erschossen werden."

„Ja, das glaube ich auch. Aber erst müssen wir sie finden. Wer weiß, ob sie sich noch an der Alster aufhalten. Vielleicht sind sie schon ganz woanders, zum Beispiel in Harburg", meinte Phil Neumann.

Alle schwiegen. Sollte Phil Neumann recht behalten, würden sie in den nächsten Wochen keinen einzigen freien Tag mehr haben. Es gab keinen Zweifel daran, dass die Bestien ihre Freiheit zur Nahrungsbeschaffung nutzten. Der Tote mit dem abgerissenen Kopf legte dafür Zeugnis genug ab. Angestrengt dachten die Monsterjäger nach. Es musste für dieses Problem doch eine Lösung geben. Was hatte Ronny Niebel soeben gesagt? Plötzlich blickte Holger Dombrowski mit einem Lächeln im Gesicht auf. „Ronny hat mich mit seinem engmaschigen Zeug auf eine Idee gebracht. Wir brauchen Netze, die wir aus der Luft auf die Ungeheuer abwerfen können. Aus einem Hubschrauber etwa. Der kann auf eine entsprechend geringe Höhe gehen, damit er die Dinger mit dem Netz außer Gefecht setzen kann. Ist ihm das mit einem Monster gelungen, kann es immer noch erschossen werden."

„Das ist eine gute Idee. Ich werde mit dem Bürgermeister sprechen, ob wir nicht die Armee zur Unterstützung dazu bitten können. Die haben Hubschrauber, Netze und Waffen. Handgranaten können auch von Nutzen sein." Phil Neumann schöpfte wieder Hoffnung.

*****

Die Situation blieb ernst, das Leben vieler Menschen befand sich in großer Gefahr. Jeder Mensch konnte von den Ungeheuern in einer ungünstigen Situation angetroffen und zu ihren Opfern werden. Das galt es unbedingt zu verhindern. Deshalb beschloss Phil Neumann, erst in den Feierabend zu gehen, wenn die Monster gefangen und getötet worden waren. Zwischendurch konnte er sich vielleicht immer wieder mal eine Mütze voll Schlaf genehmigen, wenn die Zeit es zuließ. Das musste reichen, um seinen Körper fit zu halten. Es war nicht das erste Mal, dass er mehrere Tage nacheinander durcharbeiten musste. Es gab früher schon ähnliche Einsätze, in denen Menschen von fremden Wesen bedroht worden waren, wie es heute mit diesen schwarzen Monstern geschah. Phil Neumann war Wissenschaftler, er wollte solche Ungeheuer, die Menschen auf bestialische Weise umbrachten, nicht nur töten, sondern sie auch erforschen, um danach aus seinem neu gewonnenen Wissen für die Menschheit wichtige Erkenntnisse ableiten zu können. Zu seinen Lieblingssprüchen gehörte dieser: „Aus seinem Wissen muss man die richtigen Erkenntnisse ziehen, um es anwenden zu können." Plötzlich schoss ihm ein Gedanke durch den Kopf, der ihm beinahe die Sinne nahm. Der Schock saß ihm tief in den Gliedern. Was sollten sie gegen die Bestien unternehmen, wenn es mehr als zwei waren, die sich dann vielleicht auch noch trennten und somit ihr Jagdrevier auf mehrere Stadtteile erweiterten?

Zum Glück war der Regierende Bürgermeister sehr kooperativ und verständnisvoll. Peer Holzer unterstützte Phil Neumann und sein Team nach besten Kräften. Das konnte er nicht von jedem Politiker behaupten. In ähnlichen Fällen war er oft auf taube Ohren gestoßen. Phil Neumann hoffte, dass ihm dieses Mal in seinem Unglück das Glück nicht im Stich ließ und Peer Holzer seine Ohren und seinen Verstand für die jetzige Situation und für Phil Neumanns Argumente offenblieben. Zwei Stunden, nachdem der Bürgermeister über den unbekannten Toten an der Alster unterrichtet wurde, standen den Mitarbeitern des Institutes für Forschung an unbekannten Lebensformen drei Hubschrauber mit entsprechendem Personal und ausreichend Bewaffnung und Treibstoff zur Verfügung. Auch Fangnetze für die menschenfressenden Monster konnten von den Hubschraubern im Bedarfsfall eingesetzt werden.

*****

Die Spurensicherung der Polizei fand mehrere Leichenteile des Opfers, das förmlich von den Bestien auseinandergerissen worden war, an verschiedenen Stellen im Buschwerk verteilt. Auch die Kleidung des Mannes wurde zerrissen und zerfetzt im Gebüsch gefunden. Seine Papiere aber blieben intakt, sodass er schnell identifiziert werden konnte. Ungläubige Polizisten fanden Spuren von großen Tieren. Dazu gehörten Abdrücke von ihren riesigen Pfoten, die den Füßen von Menschen glichen. Die Vorderpfoten waren offenbar mit daumenartigen Greifgliedern ausgestattet, mit denen sie vermutlich sogar Dinge festhalten konnten.

Die Kommissare Steiner und Stiefelknecht werteten die Ergebnisse der Spurensicherung aus. „So unglaublich, wie sich die Geschichte dieser beiden Teenies angehört haben mag, aber so wahr wird sie sein. Der Junge will einen Schatten gesehen haben, obwohl keiner da sein konnte. Das glaube ich ihm. Dort wo er stand, hatte ihn die Sonne geblendet. Deshalb konnte er nur Konturen erkennen. Die Kollegen von der Spusi haben graue bis schwarze Hautfetzen am Gebüsch gefunden", sagte Kommissar Steiner.

„Na klar, die Hautfetzen bestätigen, dass dieses Tier eine schwarze Hautfarbe besitzt. Deshalb glaubte der Junge, einen Schatten gesehen zu haben, weil er nur die Umrisse der Bestie erkennen konnte." Kommissar Stiefelknecht entwickelte den Gedankengang seines Kollegen weiter.

„Genau, und dann überraschte ihn seine Erkenntnis, dass es kein Schatten, sondern ein Tier war, das er gesehen hatte."

In diesem Augenblick klingelte das Telefon. Kommissar Stiefelknecht nahm den Hörer ab. Nach wenigen Augenblicken sagte er: „Ja, wir kommen." Danach legte er auf und sah seinem Kollegen in die Augen, der ihm gegenüber an seinem Schreibtisch saß.

Erich Steiner erwiderte den Blick. „Was ist los?"

„Wir sollen zum Polizeipräsidenten kommen."

Fünfzehn Minuten später wussten die Kommissare, dass sich Monster in der Stadt aufhielten. Sie bekamen einen klar definierten Auftrag: Zu jedem Tötungsdelikt, das den fremden Wesen zugeordnet werden musste, sollten sie den Tatort aufsuchen und die Bearbeitung übernehmen. Es ging darum, den Angehörigen der Opfer das Gefühl zu geben, dass die Polizei sich um die Aufklärung des Verbrechens kümmerte und sie so zu beruhigen. Außerdem sollten möglichst wenige Menschen, auch möglichst wenige Polizisten, in die aktuellen Ereignisse eingeweiht werden.

Die Politiker, Beamten und Angestellten, die die Verantwortung für die Sicherheit der Stadt übernommen hatten, taten alles dafür, eine Panik zu vermeiden, in dem sie den

Menschen die Wahrheit über das vorenthielten, was sie tatsächlich bedrohte. Aber sie taten auch alles dafür, um die Monster zu fangen und damit den Tod von ihrer Stadt fernzuhalten.

Monsteralarm

Vollkommen verunsichert betraten die Jugendlichen die elterliche Wohnung von Silke Freitag und begaben sich direkt in das Zimmer des Mädchens, das dort seine Tränen nicht mehr länger zurückhalten konnte. Es sank auf sein Bett und begann hemmungslos zu weinen. Marcel Winter war mit dieser Situation überfordert. Zunächst fühlte er sich hilflos. Was sollte er bloß tun. Noch nie in seinem Leben hatte er jemanden so bitterlich weinen sehen, wie Silke in diesen Minuten. Außerdem hatte er noch nie einen Gedanken daran verschwendet, mit seiner Freundin in eine solch schreckliche Situation geraten zu können, wie sie diese heute am Nachmittag erlebt hatten. Ratlos stand er vor ihr und schaute traurig auf sie herab. Endlich erinnerte er sich daran, dass ihr vielleicht körperliche Nähe Trost spenden konnte. Also legte er seine Arme um ihre Schultern, zog sie sanft zu sich heran und versuchte, sie mit leisen tröstenden Worten zu beruhigen. Er redete auf sie ein, wie er es mit einem Kind getan hätte und tatsächlich versiegten langsam ihre Tränen.

„Was für ein Tier war das, das dem armen Mann seinen Kopf abgerissen hat?", fragte Silke Freitag nach einigen Augenblicken des Schweigens. Dabei sprach sie so leise, dass er sie kaum verstehen konnte.

„Das weiß ich nicht, ich habe gegen die Sonne gesehen und nichts erkennen können. Aber es war groß und dunkel, beinahe schwarz." Als Marcel wieder daran dachte, lief ihm ein kalter Schauer über den Rücken.

Erneut schwiegen sie einige Sekunden. Doch Marcel ertrug das Schweigen nicht länger und musste sich mitteilen. Sonst wäre er verrückt geworden. Wenigstens glaubte er das. „Es war ganz schön gruselig. Aber trotzdem möchte ich zu gerne wissen, was das für ein großes Tier war. Aber das werden wir wohl nie erfahren."

„Das sollten wir auch der Polizei überlassen." Danach schwieg sie und dachte: „Keine zehn Pferde werden mich zur Alster zurückbringen. Wenigstens nicht heute. Mein lieber Marcel, schlage dir das bloß aus deinem hübschen Kopf."

„Ja, du hast recht, Schatzi!"

„Schaf oder Ziege?" Plötzlich konnte sie wieder scherzen.

„He, Silke, was denkst du von mir?" Jetzt musste er lachen und nahm sie in seine Arme. Sie sahen sich gegenseitig in ihre Gesichter, danach in die Augen. Er streichelte ihr über ihre Wangen. Dann küsste er sie. Zunächst sanft und zärtlich, dann jedoch wurde er fordernder. Sie gab seinem Drängen nach und er schob ihr das Kleid über die Hüfte. Silke ließ ihn gewähren und gab sich ihm mit Lust und Leidenschaft hin.

Später lagen sie erschöpft nebeneinander auf dem Bett. Silke schlief in Marcels Armen ein und er fasste einen folgenschweren Entschluss. Am späten Abend wollte er noch einmal zur Alster zurückkehren.

*****

Erwin Fischer stand auf seinem Balkon - das Wetter war schön - und genoss die wohlige Wärme des Morgens. Ein strahlend blauer Himmel versprach, dass es einen wunderschönen Sommertag geben werde. Plötzlich gab es eine gewaltige Detonation. Die Luft vibrierte. Die Druckwelle der Explosion spürte er noch auf seinem Balkon in Form eines kurzen, aber kräftigen Windes. Auf der Baustelle wurde ein Bagger angehoben, der sich danach wie in Zeitlupe zur Seite neigte, und schließlich wie ein Spielzeugbagger umkippte. Der Lastwagen neben ihm flog in die Luft und zerbrach in mehrere Teile. Der Boden gab großflächig unter dem Druck der Explosion nach. Aber nicht dort, wo die Bagger eine Baugrube ausheben sollten. Noch zwischen der Baustelle und der Hochhausanlage des Hans-Duncker-Platzes brach der Erdboden ein und hinterließ einen Krater. Erwin Fischer glaubte zunächst, dass durch die Explosion ein Erdbeben ausgelöst worden war. Er bemerkte, dass auch sein Haus vibrierte. Vorsichtshalber verließ er schnell den Balkon, um sich im Wohnzimmer in Sicherheit zu bringen.

Nach und nach schaute er sich die Wände dieses Raumes an. Auf den ersten Blick schien alles in Ordnung zu sein. Er konnte keine Risse in den Tapeten erkennen und schloß daraus, dass auch die Wände keinen Schaden genommen hatten. Erwin Fischer schaute unter den Teppich. Auch der Fußboden schien unbeschädigt zu sein.

Er betrat erneut seinen Balkon, um zu sehen, was da draußen wirklich geschehen war. Aber er konnte es sich bereits denken. Ein Blindgänger aus dem 2. Weltkrieg, eine amerikanische oder britische Fliegerbombe, musste explodiert sein. Ausgelöst wurde die Detonation wahrscheinlich durch den Bagger, der durch die Explosion angehoben wurde und dann auf die Seite fiel. Vielleicht verrutschte diese blöde Bombe durch die Erdarbeiten auch und ging deshalb hoch, aber die genaue Urasache war egal, das Ergebnis war das Gleiche. Es entstand dort eine riesige Grube, wo sie nicht entstehen sollte. Jetzt konnte man den Aushub der Baustelle gleich dorthin verfrachten, um die Erde wieder zu verschließen. Aber Erwin Fischer wusste, dass das nicht geschehen würde.

In seine Wohnung zurückgekehrt, kontrollierte er alle Räume auf eventuelle Schäden. Da er mit seinen Augen und seinen Händen nichts Reparaturbedürftiges entdeckte, glaubte er, dass alles in Ordnung sei.

Später kam seine Frau vom Bäcker zurück. Aufgeregt erzählte sie ihm von der Explosion auf der Baustelle. Er beruhigte sie, obwohl auch ihm der Schrecken immer noch in den Gliedern steckte. Als sie erfuhr, dass ihre Wohnung durch den Blindgänger keinen Schaden erlitten hatte, war sie zufrieden und wieder die Alte. „Schön, dass du dich gleich darum gekümmert hast und wir nun wissen, dass uns nichts Böses geschehen kann."

Er war von ihren Worten gerührt und gab ihr einen Kuss.

Nachdem er seiner Frau geholfen hatte, die Wohnung zu säubern – er hatte mit dem Staubsauger die Teppiche abgesaugt und sie mit dem Mopp das Laminat gewischt – ging Erwin Fischer in seinen Keller herunter, um zu schauen, ob in seiner Werkstatt alles zum Besten stand. Kaum hatte er die Wände und den Boden untersucht, erschien Gustav Holz. „Hallo, Erwin, ist bei dir alles in Ordnung?"

Der Gefragte bestätigte das. „Das ist echt ein Ding, was da passiert ist. Das ganze Haus hat gewackelt."

„Zum Glück ist ja nichts am Haus passiert. Aber hast du heute schon Nachrichten gehört?" Gustav Holz platzte beinahe vor Ungeduld. Auch er wollte seinem Freund unbedingt einmal eine wichtige Neuigkeit mitteilen.

„Ne, Gustav, gibt's was Besonderes?"

„Es sollen aus dem Tierpark Löwen und Tiger ausgebrochen sein. Und an der Alster sollen die Viecher einen Mann zerrissen haben."

Erwin Fischer musste sich setzen. Nervös sah er seinem Nachbarn ins Gesicht, dann schüttelte er einige Male seinen Kopf. „Ach, ne, Löwen und Tiger. Ne Gustav, das glaube ich nicht. Das war das Vieh von da unten, aus dem Stollensystem. Das ist nämlich bei der Explosion heute Morgen zusammengebrochen. Vom Balkon aus kannst du es sehen.

Dort, wo die Stollen waren, befindet sich jetzt ein riesiges Loch!"

„Du meinst das Ding, dem du gemeinsam mit dem Hausmeister den Zugang ins Haus verwehrt hast? Das ist entwischt?" Jetzt wurde auch Gustav Holz nervös.

„Genau das Ding meine ich, Gustav."

„Oh, Scheiße!"

*****

Hubschrauber kreisten über der Stadt. Hauptmann Koslowski steuerte seine Maschine genau in die Nähe der Alster und überflog diese immer wieder. Dabei beobachtete er besonders die Ufer und das Buschwerk. Die Menschen brachen ihren Spaziergang ab, mit Löwen und Tigern wollten sie nicht unmittelbar in Berührung kommen. Solange sich ein Gitter zwischen ihnen und den Raubtieren befand, übten sie eine gewisse Faszination aus und sorgten für einen gewissen Nervenkitzel. Aber ohne schützende Barriere wollte niemand einem Tiger Auge in Auge gegenüberstehen. Wenn sie so gefährlich waren, dass die sogar schon einen Menschen getötet hatten, sollten sie bloß schnell wieder eingefangen werden. Wenigstens konnte man sich auf den Bürgermeister und die Armee verlassen.

Aber die Menschen verließen die Wege an der Alster auch deshalb, weil die Hubschrauber Lärm verursachten. Auch die Wege und Straßen, die sich in der Nähe des Flusses befanden, wurden menschenleer. Aber wenn die Raubkatzen mithilfe der Hubschrauber eingefangen werden konnten, war das in Ordnung. So oder ähnlich dachten die Hamburger in der Innenstadt.

Mittlerweile wurde es Abend und das Leben in der Stadt beruhigte sich. Normalerweise gingen im Sommer die Menschen in großer Zahl auch noch nachts an der Alster spazieren, um sich von den heißen Tagestemperaturen zu erholen oder weil sie Urlaub hatten, oder auch, weil sie bei den nächtlichen hochsommerlichen Temperaturen nicht schlafen konnten. Aber heute war es zu heiß dafür, was wohl nicht an den Temperaturen lag, sondern eher an den Raubtieren.

In einem der Hubschrauber, die über der Alster kreisten, befanden sich Hauptmann Koslowski als Pilot und Oberleutnant Busch als sein Kopilot. Oberleutnant Busch suchte die Ufer der Alster mit dem Fernglas ab. Auf das Buschwerk in Ufernähe legte er besonderes Augenmerk, aber lange Zeit konnte er nichts Auffälliges entdecken. Doch plötzlich sagte er: „An der Alster befindet sich kein Mensch, außer da unten ein junger Bursche gegen zwei Uhr. Der scheint noch keine zwanzig Jahre alt zu sein. Es scheint mir, als wenn er etwas sucht. Der Kerl sucht doch nicht etwa nach diesen Ungeheuern?"

*****

Phil Neumann saß in seinem Büro. Zurzeit konnte er mit seinem Team nichts gegen die Ungeheuer unternehmen. Er hoffte, dass die Flucht dieser menschenfressenden Bestien aus dem Stollensystem ohne weitere Folgen blieb. Ein Toter an der Alster war bereits einer zu viel. Nun aber hatte sich die Zahl der Menschen, die den Monstern zum Opfer fielen, bereits auf drei erhöht. Er fragte sich, was er tun sollte. Er wusste, und das störte ihn am meisten, dass er nichts, aber auch überhaupt nichts gegen diese Kreaturen unternehmen konnte. Das musste er nun dem Militär überlassen, das die Vernichtung der Bestien übernommen hatte.

Sie mussten gefunden und getötet werden. Solange auch nur eines davon frei in der Stadt herumlief, befand sich die Bevölkerung nicht in Sicherheit. Die Sicherheit lag jetzt jedoch in den Händen der Soldaten in den Hubschraubern. Er konnte momentan nur warten, warten auf eine Erfolgsmeldung, die hoffentlich bald eintreffen würde. Er wartete darauf, dass wenigstens einer der Hubschrauber das erste Monster gefangen und getötet hatte. Erst dann konnte er selbst wieder aktiv werden und das Monster untersuchen und obduzieren. Wie mochte es aufgebaut sein, wie funktionierte sein Instinkt. Warum waren sie so blutrünstig. Diese Fragen und viele andere beschäftigten ihn.

Ihm gegenüber saß Hauptmann Lisko, der auf seinem Handy einen Roman las. Der Hauptmann, der mit seinem Hubschrauber vom Typ EC 635 zu Phil Neumanns besonderer Verfügung abgestellt war, sollte den Monsterjäger im Erfolgsfall schnell zu einem Fundort eines Ungeheuers bringen. Phil Neumann hatte Kaffeedurst. „Möchten sie einen Kaffee?"

Der Pilot nahm sein Angebot gern an. Während sie gemeinsam an ihren Tassen nippten, unterhielten sie sich über Phil Neumanns Arbeit. Hauptmann Lisko interessierte sich brennend dafür und hatte viele Fragen, die ihm der Monsterjäger geduldig, aber gerne beantwortete.

*****

Marcel Winter war ein ganz normaler Teenager mit ganz normalen Sorgen, die ein Jugendlicher so hat. Und wie es viele junge Menschen in seinem Alter taten, hatte er sich das erste Mal in seinem Leben verliebt. Silke Freitag war seine Freundin, die zu seinem Glück seine Liebe erwiderte. Ihretwegen vernachlässigte er sogar seine Freunde. Doch was sie heute gemeinsam an der Alster erlebt hatten, löste in ihm nicht nur Ekel, Angst und Verständnislosigkeit aus, nein, auch seine Abenteuerlust wurde geweckt. Zu gern wollte er wissen, was er für einen Schatten gesehen hatte, den es gegen die Sonne nicht geben dürfte. Welches Tier hatte die Kraft, einem Mann den Kopf abzureißen? Der junge Mann war sich sicher, dass es keine Löwen und Tiger gab, die das konnten. Also welches Tier brachte gegen Mittag den armen Mann mit solch einer schrecklichen Brutalität um? Was Marcel gesehen hatte, sah auf keinen Fall wie eine Raubkatze aus.

Über ihm kreisten drei Militärhubschrauber vom Typ Eurocopter Tiger. Der Teenager erkannte sie sofort und fragte sich: „Ob die auch nach diesem Mistding suchen, das dem Mann den Kopf abgerissen hat?"

Er sah zu den Hubschraubern hoch und beobachtete sie. Einer von ihnen flog über der Alster in keinem erkennbaren Muster hin und her. Die beiden anderen entfernten sich immer wieder vom Fluss, kehrten aber nach einem bestimmten Zeitraum zu ihm zurück. Wobei einer von ihnen ständig seine Kreise über dem Stadtzentrum zog.

Als er genug gesehen hatte, setzte Marcel seinen Weg am Ufer des beinahe spiegelglatten Flusses fort. Dabei beobachtete er die Schwäne und Enten. In der untergehenden Sonne, etwa einhundert Meter von ihm entfernt, weckte etwas sein Interesse. Inmitten von Büschen sah er einen metallischen Gegenstand aufblitzen, der ihn magisch anzog. Wie automatisch lenkte er seine Schritte zu diesem glitzernden Ding hin. Je näher er den Büschen kam, desto intensiver nahm er einen unangenehmen Geruch wahr. Als er die Grünpflanzen erreichte, betrachtete er den Gegenstand, der ihn schon von Weitem angelockt hatte. Es stellte sich als ein kostbares Schmuckstück heraus. Marcel ergriff es und zog es mitsamt einer silbernen Kette, die durch eine Öse an einem Kreuz aus Silber befestigt war, zu sich heran. An diesem Kreuz befand sich eine Christus-Figur und es war mit vielen Edelsteinen verziert. Die Luft an dem Busch roch nach Verwesung, aber Marcel war von dem glitzernden Kreuz so sehr fasziniert, dass er den Geruch ignorierte.

Die Kette blieb an einem Ast hängen. Der junge Mann beugte sich vor, um sie vom Busch zu befreien. Dabei riss er einige Blätter und ein Zweiglein von der Pflanze ab. Zunächst sah er sie nicht. Zwei schwarze Augen starrten ihn aus einem schwarzen Gesicht heraus an. Sie blickten direkt in seine Augen. Das Tier vor ihm richtete sich zu seiner vollen Größe auf. Marcel erschrak beinahe zu Tode.

*****

„Ach du Scheiße!" Oberleutnant Buschs Stimme klang energisch und erschrocken zur gleichen Zeit. „Auf zwei Uhr ist eins von den Dingern. Direkt an dem Busch, an dem der Junge steht. Los, schnell zu ihm hin!"

In seinen Gedanken sah der Co-Pilot bereits eine schreckliche Szene, die mit dem Tode des Jugendlichen endete. Er hoffte, dass sie ihn rechtzeitig erreichen und retten konnten.

Hauptmann Koslowski flog eine enge Kurve, so eng wie es ihm möglich war, ohne sein Fluggerät dabei zu gefährden. Der Motor heulte auf, denn der Hauptmann forcierte die Geschwindigkeit. Er hielt seinen Hubschrauber direkt auf den Busch zu, vor dem Marcel Winter wie angewurzelt stand. Vor ihm erhob sich ein riesiges schwarzes Monster.

Oberleutnant Busch brachte die Bordkanone in Stellung.

*****

Der Schreck ließ Marcel zu einer Statue erstarren. Arme und Beine gehorchten ihm nicht. Der faulige und stinkende Atem des fremdartigen Tieres erreichte seine Nase und verursachte ihm Übelkeit. Er musste würgen und hätte sich beinahe erbrochen. Hart schluckte er. Sie beide, das Ungeheuer und er, standen sich unbeweglich gegenüber. Marcels Verstand schien auszusetzen. Er war zu keiner Bewegung fähig. Wie aus weiter Ferne vernahm er das knatternde Rotorengeräusch eines Hubschraubers. Die Augen des schwarzen Monstrums blickten abwechselnd zwischen dem Hubschrauber und Marcel hin und her. Langsam kehrte der Jugendliche in die Realität zurück. Er wusste nicht, wie er sich verhalten sollte. Was war richtig? Sollte er weglaufen oder bewegungslos stehen bleiben. Konnte Marcel überhaupt weglaufen? Besaß er in diesem Augenblick dafür genügend geistige und körperliche Kräfte?

Marcel Winter konnte sich immer noch nicht bewegen. Das unbekannte Wesen stand genauso bewegungslos vor ihm. Würde es den Teenager angreifen? Wer machte den ersten und vielleicht entscheidenden Fehler?

*****

Während Hauptmann Koslowski mit seinem Hubschrauber Marcel Winter zu Hilfe eilte, gab Oberleutnant Busch mithilfe des Funkgerätes ihre genaue Position an die anderen beiden Hubschrauber durch. Danach forderte er ungeduldig: „Macht schnell, Jungs, ein Monster ist hier und bedroht einen Jugendlichen. Es steht direkt vor ihm. Wir müssen ihn retten."

Diesen Funkspruch vernahm auch Hauptmann Lisko aus seinem Handfunkgerät, das er ständig bei sich trug, wenn er sich während seines Dienstes nicht in seinem Hubschrauber befand. Phil Neumann hing mehr, als er gesessen hätte, im Chefsessel an seinem Schreibtisch und schlief. Er schlief mitten im Gespräch mit Hauptmann Lisko ein. Phil Neumann hatte ihm gerade von einem seiner Einsätze erzählt. Zunächst gähnte der Wissenschaftler herzhaft, wenige Sätze danach wurden seine Worte langsamer und stockend, bis er schließlich keinen Ton mehr über seine Lippen brachte. Hauptmann Lisko wusste, dass Phil Neumann sich schon unmenschlich lange im Dienst befunden hatte und sich nicht schonen würde, bis die Monster endlich unschädlich gemacht werden konnten. Deshalb gönnte er ihm den wenigen Schlaf. Doch jetzt rüttelte er an seiner Schulter. „Kommen Sie schnell, ein Monster wurde an der Alster gesehen."

Sofort war Phil Neumann hellwach, sprang auf und lief dem Piloten hinterher. Nachdem er sich auf den Co-Pilotensitz geworfen hatte, forderte der Hauptmann: „Setzen Sie die Kopfhörer auf und fassen sie nichts von den Armaturen an. Dann kommen wir sicher an unser Ziel und miteinander reden können wir auch."

Phil Neumann tat, wie ihm geheißen, und hörte den Motor des Hubschraubers starten. Langsam bewegten sich die Rotorblätter. Das konnte er im Schatten der Straßenlaternen erkennen. Doch schnell nahmen sie an Geschwindigkeit zu und nach zwei Minuten hob der Hubschrauber ab.

Der Monsterjäger hatte das Gefühl, in einer Achterbahn zu sitzen. Er bekam in der Magengegend ein seltsam leichtes Gefühl. Der Pilot flog eine Kurve und gewann dabei an Höhe. „Hui, das fühlt sich ja an wie im Limit!", rief Phil Neumann.

„Wie was?" Hauptmann Lisko grinste dem Wissenschaftler freundlich ins Gesicht.

„Der Limit ist eine Achterbahn im Heidepark Soltau, für mich ist es eine der besten. Im Heidepark stehen meines Erachtens ohnehin die besten Achterbahnen Deutschlands. Zumindest kommt der Europapark da nicht mit, obwohl der schöner aufgebaut ist."

„Ach, so, ich verstehe!", antwortete der Offizier. Dann streckte der Hauptmann seinen Arm nach vorne aus. „Sehen Sie, dort vorne, genau vor uns ist es."

*****

Endlich konnte sich Marcel aus seiner Schockstarre lösen. Er begriff, dass er in akuter Lebensgefahr schwebte. Da er ein gut trainierter Teenager war, der aktiv in einem Verein im Mittelfeld Fußball spielte und dreimal wöchentlich für zwei Stunden am Training teilnahm, war er ausdauerndes und schnelles Laufen gewöhnt. Auch war sein Reaktionsvermögen gut geschult. Er war dazu fähig, blitzschnell aus vollem Lauf die entgegengesetzte Richtung einzuschlagen. Von einer auf die andere Zehntelsekunde drehte sich der Teenager von dem Monster weg und lief los. Sofort knackte es gefährlich hinter ihm. Das Monster nahm die Verfolgung auf. Äste und Zweige, die der schwarzen Bestie im Weg standen, trat es herunter. Das Schnaufen des Ungeheuers hinter ihm wurde lauter. Sein fauliger, stinkender Atem hing dem jungen Burschen im Genick. Marcel konnte ihn nicht nur riechen, sondern auch fühlen. Der Gestank nahm ihm den Atem. Übelkeit breitete sich in seinen Eingeweiden aus. Marcel erreichte eine für ihn sehr hohe Geschwindigkeit. Doch der starke Verwesungsgestank des Ungeheuers sorgte dafür, dass er würgen musste. Er konnte nicht mehr atmen und begann zu taumeln.

*****

Oberleutnant Busch richtete seine 30-mm-Maschinenkanone auf das große schwarze Wesen. Er war bereit zu schießen. Als er den ersten Schuss abgeben wollte, drehte sich der Junge um und lief vom Monster weg. Er sprang genau in die Schussrichtung. Dem Oberleutnant blieb nichts anderes übrig, als den Finger vom Abzug zu nehmen. „Scheiße, hätte er nicht noch drei Sekunden stehen bleiben können? So ein dummer Junge!"

„Nein, das ist er nicht. Er hat Angst und will sich retten." Hauptmann Koslowski konzentrierte sich auf den Hubschrauber. Trotzdem konnte er das Geschehen an der Alster mitverfolgen. Seine Stimme klang energisch. „Mach das Stahlnetz bereit. Wir müssen den Jungen unbedingt retten. Alles andere akzeptiere ich nicht."

Das Monster trat den Busch nieder. Es lief hinter dem Jugendlichen her. Nur etwa eine Armlänge trennten die beiden voneinander. Solch eine Bestie, wie diese, hatte der Hauptmann sein gesamtes Leben noch nicht gesehen. Aus der Ferne sah er, dass sie ihr Maul aufriss. Das Ungeheuer war bereit, zuzuschnappen und zu töten. Oberleutnant Busch erkannte durch ein Fernglas zwei Reihen scharfer gelber Zähne. Es musste ein gewaltiges Gebiss sein, denn von Phil Neumann wussten die Offiziere der Hubschrauberstaffel, welche Fähigkeiten diese Monster besaßen. Oberleutnant Busch zeigte mit ausgetrecktem Arm halb rechts nach vorn. „Na, endlich, da kommen die beiden anderen Hubschrauber. Einer wird wohl auf das Ding dort schießen können."

„Ja, sicherlich, aber sie müssen schnell machen." Doch dann verlor Hauptmann Koslowski seinen Optimismus. „Scheiße, der Junge taumelt! Was ist mit ihm los?" Die Stimme des Hauptmanns überschlug sich. Sein Mitleid mit dem unbekannten Jugendlichen konnte nicht größer sein, denn sein eigener Sohn befand sich in Marcels Alter.

Die Bordkanone hatte Oberleutnant Busch wieder in Position gebracht. „Wenn der Junge nur endlich aus der Schusslinie verschwindet. Am besten wäre es, wenn er stürzen würde, denn dann könnte ich schießen. Er taumelt doch schon und das Monster könnte ihn auch schon packen. Es sieht jetzt aus, als spielt es mit ihm wie eine Katze mit der Maus!"

*****

Panik bemächtigte sich seiner. Warum auch war er hier hergegangen. Er spürte den Atem des Monsters in seinem Nacken. Das verriet ihm, dass es dicht hinter ihm herlief. Ein Hubschrauber befand sich vor ihm in der Luft. Zwei weitere flogen aus verschiedenen Richtungen auf ihn zu. Marcel begriff, dass sie ihm helfen wollten. Doch was sollte er tun? Was hatten die Männer in den fliegenden Kisten vor? Sein Herz hämmerte. Hektisch arbeitete sein Verstand. Er musste hier weg. Weg von der Bestie. Endlich begriff Marcel, dass die Hubschrauber mit einer Bordkanone bewaffnet waren. Auch wusste er, dass er aus der Schusslinie wenigstens eines Hubschraubers herauskommen musste. Atemlos und in Panik stürzte er auf die Alster zu. Das Wasser, vielleicht konnte er es erreichen? Vielleicht konnte er sich darin retten, denn er war ein guter Schwimmer. Aber das Monster vielleicht nicht? Vielleicht war es wasserscheu wie so viele Tiere? Das hoffte er sehr.

Dann sah er einen vierten etwas kleineren Hubschrauber. Auch der flog auf ihn zu.

*****

Der Chef der Mönsterjäger musste, wie die Piloten auch, dieses grausame Schauspiel mit ansehen. Er hoffte inständig, dass es der Junge schaffte, dem Monster zu entkommen. Er hatte vorsorglich das Gewehr mitgenommen, mit dem er schon einmal eines dieser Ungeheuer außer Gefecht gesetzt hatte. Aber das war nun schon ein Jahr her. Er wollte zu gern wissen, wo sich in diesem Moment das zweite

Ungeheuer versteckt haben mochte. Hatten sie sich getrennt? Oder jagten sie gemeinsam?

„Können wir ein Fenster öffnen, damit ich auf das Ding schießen kann?", fragte Phil Neumann.

Hauptmann Lisko erwiderte: „Das ist keine so gute Idee. Drei Kampfhubschrauber versuchen dem Jungen zu helfen. Es ist besser, wenn wir uns nicht einmischen. Wenn wir das tun würden, könnte etwas schiefgehen. Außerdem müssen Sie ein sicherer Schütze sein, um aus einem Hubschrauber heraus schießen zu können. Die anderen verlassen sich darauf, dass wir nicht bewaffnet sind. Warten Sie es ab, meine Kollegen machen das schon."

„Warum schießen die nicht? Es könnte bald für den Jungen zu spät sein!" Phil Neumann hatte keine Geduld mehr. Der Teenager war dem Tode näher als dem Leben, wenn nicht sofort etwas geschah.

Hauptmann Liskos Stimme strahlte Ruhe und Zuversicht aus. Das beruhigte Phil Neumann wieder etwas. „Der Junge steht dem ersten Hubschrauber in der Schusslinie, der zweite ist von ihm noch zu weit entfernt. Er darf nicht schießen, weil er ihn sonst treffen könnte. Und der Dritte steht in der Luft und zielt gerade."

In diesem Moment bemerkte Phil Neumann, dass vom dritten Hubschrauber ein Geschoß den Lauf der Bordkanone verließ.

*****

Marcel konnte den Schuss nicht hören. Die Motoren der Hubschrauber betäubten seine Ohren. Ihre stampfenden Geräusche und das Schlagen der Rotorblätter dröhnten in seinem Kopf. Wo befand sich das Monster? Das war für den Teenager die alles entscheidende Frage. Er hatte sich wieder gefangen und lief weiter. Sollte er sich umdrehen?

Vielleicht verschenkte er dadurch wertvolle Zeit und noch wertvollere Meter? Er lief auf den Fluss zu. Gemächlich floss das Wasser der Alster mit einem leisen Plätschern an ihm vorbei. Doch das Geräusch des fließenden Wassers hörte er genauso wenig wie das Schnaufen des Monsters. Die Hubschrauber verursachten dafür zu viel Lärm und übertönten jedes andere Geräusch. Marcel hatte das Gefühl, als sei er taub. Er bezweifelte, dass er jemals wieder gut hören würde.

Plötzlich spürte er in seinem Nacken etwas Feuchtes. Es war warm und rann an seinem Rücken herunter. Seine Angst überwältigte ihn. Ein Schrei entwich seinem Mund. Er stolperte. Nur mit großer Mühe konnte er sein Gleichgewicht wieder herstellen. Plötzlich aufkommende Tränen der Angst verschleierten ihm seinen Blick. Er blinzelte. Die Tränen verließen seine Augen und liefen an seinem Gesicht herunter, an dem sie eine schmale feuchte Spur hinterließen. Er blickte sich um. Nun sah er Blut aus dem Körper des Monsters herausspritzen. Trotz seiner Panik begriff er, dass sein Nacken und sein Rücken von diesem Blut verschmutzt wurden. Und dann bemerkte der arme Marcel, dass das Monster immer noch hinter ihm herlief.

*****

Oberleutnant Busch beobachtete das Drama um den Teenager. Das Geschoss des dritten Hubschraubers drang dem Ungeheuer in den Leib. Blut spritzte daraus hervor. Rotes Blut. Also konnte dieses Tier, wie jedes andere auch, getötet werden. Aber warum warteten die Kollegen so lange mit dem zweiten Schuss? Doch dann bemerkte Oberleutnant Busch, dass das Monster hinter dem Teenager zurückblieb. Der Junge stolperte. Er fiel vorn über. Aber er gewann sein Gleichgewicht zurück und drehte sich um. Noch war sein

Oberkörper nach vorn gebeugt. Noch war die Möglichkeit für einen zweiten Schuss vorhanden. Oberleutnant Busch zielte, Hauptmann Koslowski hielt den Hubschrauber ruhig, um seinem Co-Piloten einen sicheren Schuss zu ermöglichen. Der Oberleutnant betätigte den Abzug der Waffe. Sie knatterte, zwei Geschosse flogen durch die Luft. Beide erreichten ihr Ziel. War der Junge gerettet?

*****

Marcel Winters Blick erfasste das Ungeheuer. Wie in Zeitlupe nahm er das Geschehen wahr. Der Hubschrauber vor ihm schoss auf das fremdartige Wesen. Zwei Geschosse drangen kurz hintereinander in den Kopf ein. Das erste Geschoss riss ihn nach hinten, das zweite ließ ihn aufplatzen. Blut spritzte zu allen Seiten. Das Monster stürzte und blieb leblos liegen.

Der Teenager begriff, dass ihn die Hubschrauberpiloten gerettet hatten. Das Ungeheuer war tot. Und alles war so schnell gegangen, dass es dem jungen Mann schwerfiel zu verstehen, was soeben geschehen war. Seine Kräfte verließen ihn. Drei Meter vor dem Ufer der Alster ließ sich Marcel in den Sand gleiten. Dort setzte er sich auf und beobachtete, dass zwei Hubschrauber abdrehten und die anderen beiden in einem sicheren Abstand von ihm und voneinander landeten. Einer davon war der kleinere. Nachdem sie schon einige Zeit auf dem Erdboden standen, kamen die Rotorblätter endlich zum Stillstand und die Motoren wurden ausgeschaltet. Je zwei Männer kletterten aus den Fluggeräten heraus und gingen direkt auf Marcel zu. Drei Männer trugen Uniform, der vierte Zivil.

Marcel sah, dass der Mann in Zivil ihn ansprach, doch er konnte ihn nicht hören. Aber er begriff, dass der Zivilist verstand, was mit ihm nicht in Ordnung war, und sich sein

125

Gehör erholen musste. Er signalisierte ihm, dass er Zeit habe, sie aber dringend miteinander reden mussten. Der Zivilist zog ihn zur Seite, wo eine Parkbank stand. Dort nahmen sie Platz. Dann bedeutete der Fremde ihm, dass er mit den Piloten noch etwas besprechen müsse, und ging zu den uniformierten Männern zurück, die sich in ein reges Gespräch vertieft hatten.

„Ja, ich kann so lange warten", dachte der Junge.

Phil Neumann wandte sich den Offizieren zu: „Das Ding muss so schnell wie möglich in unser Institut. Haben Sie eine Möglichkeit, es dorthin zu schaffen?"

Hauptmann Koslowski antwortete: „Wir haben den Auftrag, Sie zu unterstützen, egal, was Sie von uns verlangen. Ich könnte einen Transporter herkommen lassen, mit dem das Tier von hier weggebracht werden kann. Warum sollte es nicht auch in ihr Institut gebracht werden können?"

„Super, dann tun Sie das bitte, und haben Sie vielen Dank für Ihre Mühen. Ich gehe wieder zu dem Jungen hinüber."

Phil Neumann war froh, dass der Teenager gerettet und das erste Monster getötet worden war. Er konnte es jetzt obduzieren und untersuchen. Vielleicht ergaben sich daraus einige Erkenntnisse, die er bei der weiteren Monsterjagd verwenden konnte.

Dass alles so reibungslos funktionierte, freute den Wissenschaftler und er wandte sich Marcel Winter wieder zu.

Dieser bemerkte, dass sich sein Gehör in den wenigen Minuten schon etwas erholt hatte. Er vernahm leise Geräusche und schaute dem Zivilisten ins Gesicht. „Ich glaube, dass ich wieder etwas hören kann. Noch ist es leise, aber ich glaube, dass es wieder wird."

„Gott sei Dank!" Das war ehrlich gemeint, erkannte Marcel. Phil Neumann stellte sich vor. Danach sagte er: „Ich arbeite am Institut für Forschung an fremden Lebensformen. Ich möchte gern ein wenig mit dir reden."

Marcel war froh, dass er den Mann verstand. Wenn auch nur sehr gedämpft, aber er konnte ihn hören. Er hatte wieder Hoffnung, dass sich sein Gehör regenerieren würde. Vielleicht sogar zu einhundert Prozent.

Phil Neumann nahm neben Marcel Platz. „Wie geht es dir?"

Der junge Mann durchbrach mit lauter Stimme die Ruhe der beginnenden Nacht. „Danke, bis auf mein Gehör ist alles in Ordnung. Schließlich war ich recht lautem Lärm ausgesetzt. Aber ich glaube, das wird wieder."

„Bist du verletzt?"

„Nein."

„Gut, mein Junge, du musst mir etwas versprechen und dein Versprechen unbedingt halten." Phil Neumann sah Marcel mit einem ernsthaften Gesichtsausdruck in die Augen.

„Okay!" Der Teenager schaute auf das Wasser der Alster und knetete nervös seine Hände.

Phil Neumann beobachtete ihn. „Du darfst mit niemandem darüber reden, was soeben geschehen ist. Du warst nie an diesem Ort, das schwarze Wesen hat es niemals gegeben. Kannst du das für dich behalten? Es ist nämlich sehr wichtig. Staatswichtig, sozusagen!"

„Ja, das bekomme ich hin." Marcel konnte sich denken, warum er darüber nicht reden durfte. Aber wie sollte er seinen Eltern das ganze Blut an seinen Sachen erklären?

Phil Neumann sah Marcel ins Gesicht. „Komm, ich bringe dich nach Hause."

„Nein, das ist nicht nötig. Ich schaffe das schon!"

„Trotzdem, mir wäre wohler, wenn ich dich nach Hause bringen könnte."

„Danke, aber es geht mir gut."

„Bist du dir sicher?" Phil Neumann sah den Jungen besorgt an.

„Ja!"

Plötzlich und unerwartet

Marcel Winter wäre froh, wenn er ohne bedrohliche Zwischenfälle zu Hause ankäme. Um das zu schaffen, musste er mit der U-Bahn fahren. Er freute sich schon jetzt darauf, endlich aus den blutbesudelten Sachen herauszukommen und ein schönes Bad im lauwarmen Wasser zu nehmen.

Er musste allerdings feststellen, dass es ihm nicht so gut ging, wie er das vor wenigen Minuten noch geglaubt hatte. Vielleicht hätte er die Fürsorge des Zivilisten doch annehmen sollen, denn er fühlte sich sehr benommen und auf seine Ohren konnte er sich auch noch nicht hundertprozentig verlassen. Die Geräusche des Straßenverkehrs in der Großstadt und des Geschäftslebens, die die vielen Menschen dabei verursachten, und die vielen anderen Geräusche wie Musik, Stimmengewirr oder auch von herabfallenden Gegenständen, schienen ihm sehr leise und dumpf zu sein. Sein Gehirn arbeitete nicht so, wie er es gewöhnt war. In seinem Kopf drehte sich alles. Die Menschen und die Sehenswürdigkeiten der Stadt, denen er auf seinem Weg zur U-Bahn begegnete, gingen auf merkwürdige Weise in die Breite, um sich darauf wieder zusammenzuziehen. Sein Magen war leer, und trotzdem verspürte er keinen Hunger, sondern eher Übelkeit. Er sehnte sich nach etwas zu trinken, aber er hatte kein Geld dabei, und konnte sich nicht einmal eine Flasche Wasser oder Cola kaufen.

Die Menschen, die ihm begegneten, erkannten deutlich, dass es ihm nicht gut ging, denn er schwankte und wirkte etwas abwesend. Außerdem war jede Farbe aus seinem Gesicht gewichen, so dass es beinahe wie das einer Leiche aussah. Aber die Leute gingen ihm aus dem Weg, anstatt ihm Hilfe anzubieten.

Sie konnten nicht wissen, wie und warum das viele Blut das T-Shirt auf seinen Rücken besudelt hatte. Vielleicht war er verletzt und es bestand die Gefahr, in Schwierigkeiten zu geraten. Das wollte niemand, also weigerten sich die Menschen, ihm zu helfen und verhielten sich so, als würden sie ihn nicht sehen.

Endlich erreichte er die U-Bahnstation. Seine Kräfte verließen ihn zusehends und er konnte kaum noch stehen. Aus allen Poren seines Körpers trat der Schweiß aus. Er schleppte sich zu einer freien Bank. Dort kauerte er sich an ihrem Ende zusammen. Neben ihm ragte die Wand eines Kioskes auf, durch die er sich geschützt fühlte. Außerdem entzog er sich auf diese Weise den Blicken vieler Fahrgäste, die sich auf der abgewandten Seite des Kiosks befanden. Marcel hatte seine Beine an den Körper gezogen, seine Knie mit den Armen umschlungen und seinen Kopf unter seinen Armen vergraben. So saß er wie ein Häufchen Unglück auf der Bank, unglücklich und hilfebedürftig.

Immer wieder glitten seine Gedanken zu den schrecklichen Ereignissen zurück, während er auf den Zug wartete. Immer wieder aufs Neue erlebte er den Angriff des Monsters und jedes Mal verspürte er die Angst, die ihn dabei gepackt hatte. Er wollte diese grausamen Szenen, die seinen Körper mit Schmerzen quälten und seinen Geist verwirrten, abschütteln, aber das gelang ihm nicht. Deutlich sah er das Monster vor sich, wie es nach ihm schnappte. „Reiß dich zusammen!", befahl er sich.

Er zwang sich, an etwas anderes zu denken. Doch auch das wollte ihm nicht gelingen. Das Monster war in seinen Gedanken allgegenwärtig. Mehrmals fragte er sich, ob ein Projektil, mit dem auf das Ungeheuer geschossen worden war, sich hätte zu ihm verirren können und ob es ihn dann genauso getötet hätte, wie es die schwarze Bestie ins Jenseits befördert hatte? Ein eiskalter Schauer durchlief seinen Körper. Er schüttelte sich, um diesen Gedanken zu verbannen, denn er kannte die Antwort auf seine Frage.

Eine alte Frau sah den armen Teenie in seiner verloren wirkenden Position auf der Bank sitzen. Sein Körper bebte. Die erfahrene Frau erriet, dass ihn etwas Schlimmes quälte. „Er ist noch sehr jung und braucht Hilfe", dachte sie. Von dem vielen angetrockneten Blut auf seinem T-Shirt ließ sie sich nicht beirren und ging zu ihm. Als sie vor ihm stand, stupste sie ihn vorsichtig an und fragte: „He, Jungchen, ist alles in Ordnung mit dir?"

Marcel schaute auf und antwortete schnell: „Ja, danke, es geht mir gut." Es gefiel ihm nicht, dass die Frau auf ihn aufmerksam geworden war. Er hatte Angst und wollte allein sein.

„Aber du siehst nicht so aus, als ob es dir gut gehen würde", antwortete die Alte.

„Tut mir leid, Sie haben recht. Ich schwitze ziemlich stark, aber das ist auch schon alles. Vielen Dank, dass Sie sich um mich Sorgen gemacht haben", erwiderte Marcel leise. Es rührte ihn zu Tränen, dass die alte Dame sich um ihn kümmerte. Dankbar blickte er sie an.

„Ach, junger Mann, das ist doch das Mindeste, was man tun kann, wenn man bemerkt, dass es jemandem schlecht geht." Sie schaute mit sorgenvoller Miene zu ihm herunter. „Jungchen, was ist denn bloß passiert? Ich sehe dir doch an, dass du dich schlecht fühlst. Du brauchst einen Arzt!"

Die U-Bahn, mit der Marcel fahren wollte, wurde über Lautsprecher angekündigt. Kurz darauf fuhr sie am Bahnsteig ein und hielt schließlich an. Marcel war dankbar, dass er der alten Frau entfliehen konnte. „Nochmals vielen Dank für Ihre Fürsorge. Ich brauche keinen Arzt. Ich wünsche Ihnen eine gute Nacht."

Es wurde Zeit, dass er sich zu der U-Bahn begab. Schnell stand er auf und ging ebenso schnell einige Meter auf den Zug zu, dessen Türen sich öffneten. Einige Menschen stiegen aus den Waggons. Plötzlich erblickte er vor sich das Monster. Mit einem Aufschrei tauchte er in eine tiefe Bewusstlosigkeit. Er bemerkte nicht mehr, dass er hart auf dem Boden aufschlug.

*****

Als er wieder erwachte, fand sich Marcel Winter im Krankenhaus wieder. Seine Mutter saß vor ihm auf einem Stuhl, während er das Bett in einem Patientenzimmer hüten musste. Sie hatte aufgrund der heißen sommerlichen Temperaturen ein einfarbiges rosafarbenes Kleid angezogen und dazu Pumps in einer ebensolchen Farbe. Als Marcel sie bemerkte, sah er in ihr sorgenvolles Gesicht. Leise fragte er: „Mutti, was ist passiert? Wo bin ich?"

„Ach, Junge, was machst du denn nur für Sachen?" Frau Winter drückte ihrem Sohn die Hand und streichelte ihm danach über sein Gesicht.

„Mutti, wo sind wir?"

„Im Krankenhaus. Du bist an der U-Bahn zusammengebrochen. Eine alte Frau hat sich um dich gekümmert."

„Eine alte Frau? Wie sah sie aus?" wollte er wissen.

Die Mutter beschrieb ihm die Alte, die ihn schon an der Bank des Bahnsteiges angesprochen und bevor er das Bewusstsein verloren hatte.

„Ja, ich erinnere mich, sie hat mich gefragt, ob es mir nicht gut geht." Im Stillen dankte er dieser gutmütigen alten Dame. „Sie war die Einzige, die sich um mich gesorgt hat. Alle anderen schauten mich nur blöde an und gingen weiter."

Frau Winter streichelte ihrem Jungen über die Haare. „Fast alle Menschen sind heutzutage nur noch Egoisten, die meisten wenigstens."

Marcel ließ die Streicheleinheiten seiner Mutter zu. „Darf ich mit dir nach Hause mitkommen?"

Plötzlich sah er wieder das Monster vor sich. Er stöhnte gequält auf und schloss die Augen. Er wollte seinen Gedanken, die sich ihm aufdrängten, entfliehen. Das Erlebnis mit der Bestie empfand er noch in diesem Augenblick als sehr grausam. Er musste diese Bilder aus seinem Kopf verbannen.

Doch Frau Winter, die keine Kenntnis von den Erlebnissen ihres Sohnes vom letzten Tag hatte, wollte, dass er ihr erzählte, was ihm widerfahren war. Sie überging seine Frage und führte seine Gedanken noch einmal zu der menschenfressenden Bestie zurück. „Die alte Frau erzählte mir, dass du fantasiert haben sollst. Du hast etwas von einem Ungeheuer erzählt."

Fieberhaft dachte der Teenager nach, was er seiner Mutter sagen sollte. Von dem Monster durfte er ihr auf keinen Fall etwas erzählen, das hatte er dem fremden Mann versprochen. Dieser Mann schien ihm sehr wichtig zu sein. Marcel glaubte, dass es besser sei, sein Versprechen zu halten und niemandem etwas von dem unbekannten schwarzen Wesen zu erzählen.

„Willst du es mir nicht sagen, mein Junge?"

Gerade noch rechtzeitig schoss ihm die rettende Idee in seinen Kopf. „Doch, Mutti, aus dem Tierpark sind doch Löwen und Tiger ausgebrochen. Ein Löwe hat mich an der Alster angegriffen. Zum Glück waren da die Hubschrauber, die mir geholfen haben. Sie haben mir angeboten, mich in ein Krankenhaus zu bringen. Aber ich habe das abgelehnt. Ich dachte, dass ich es bis nach Hause schaffen würde."

Seine Antwort klang plausibel. In den Nachrichten hatte Marcels Mutter vom Ausbruch der Löwen und Tiger gehört, deshalb hatte sie keine Zweifel an der Erklärung ihres Sohnes, die zum Teil aus Wahrheit und zum Teil aus Lüge bestand. Das Mitleid mit ihrem Kind überwältigte die Frau und sie streichelte Marcel mit ihrer Rechten sanft über seine Wange. „Ach du Ärmster! Da bin ich aber froh, dass dir nichts passiert ist und es dir jetzt wieder besser geht."

„Darf ich mit dir nach Hause mitkommen? Was haben die Ärzte gesagt?"

„Dass du einen Schock erlitten hast und noch eine Nacht zur Beobachtung hierbleiben musst. Papa wird dich morgen abholen. Ich habe dir ein paar saubere Sachen mitgebracht."

*****

Phil Neumann untersuchte im Institut den Kadaver des Monsters. Er stellte fest, dass es wie ein normales Säugetier aufgebaut war. Es ähnelte sogar in vielen Details einem Menschen. Von seinem Gehirn und überhaupt von seinem Kopf war nach den Schüssen nicht mehr viel übrig. Aber was der Wissenschaftler untersuchen konnte, ließ die Vermutung zu, dass das Gehirn des fremden Wesens ziemlich ausgeprägt sein musste. Wahrscheinlich besaß es eine ausgeprägte Intelligenz, die höher einzuschätzen war als die eines Delfins. Wenigstens vermutete das der Monsterjäger.

Im Verdauungstrakt fand er noch nicht verdaute Reste von menschlichem Fleisch. Das vor ihm liegende tote Geschöpf hatte, nachdem es das Stollensystem des Hochhauses verlassen hatte, mindestens einen Menschen getötet und Teile von ihm gefressen. Beinahe wäre auch der Teenager ein Opfer dieses gefräßigen Ungeheuers geworden. Buchstäblich in letzter Sekunde gelang es Oberleutnant Busch und Hauptmann Koslowski, das zu verhindern.

Nun galt es, das andere Monster zu finden und unschädlich zu machen. Phil Neumann machte sich deswegen große Sorgen. Er fragte sich, wo es sich versteckt haben mochte.

Dann dachte der Monsterjäger an die Ereignisse des letzten Jahres zurück. Ob es damals schon zwei Ungeheuer gab, mit denen sie es zu tun hatten, ohne es zu wissen? Jedenfalls hatten sie davon nichts bemerkt? Er war davon überzeugt, dass diese Möglichkeit durchaus bestand. Plötzlich erkannte Phil Neumann, dass Patrick und Torsten und auch er selbst und sein Rettungstrupp im letzten Jahr riesiges Glück gehabt hatten, den Monstern entkommen zu sein, wenn sich tatsächlich schon zwei oder sogar noch mehr von diesen Bestien im Stollensystem unter dem Hochhaus aufgehalten hatten.

Während der Obduktion dieses Tieres, denn schlussendlich hielt er die Monster für Tiere, stellte er fest, dass sie sich wohl fortpflanzen konnten. Ein weiterer bedrohlicher Gedanke, der sich in seinen Kopf schlich und ihm weitere Sorgen bereitete, war, dass dafür ein Männchen und ein Weibchen erforderlich waren. Daraus leitete sich ab, dass…

Phil Neumann dachte nach. Dann wusste er, dass es im letzten Jahr nicht nur ein Monster gegeben haben konnte, wenn zur Fortpflanzung zwei Geschlechter benötigt wurden. Mit großer Wahrscheinlichkeit musste damit gerechnet werden, dass in diesem Moment irgendwo in Hamburg sogar noch ein drittes Monster existierte. Das war eine sehr bedrohliche Erkenntnis. Deshalb war es sehr wichtig, dass das Stollensystem bis auf den letzten Winkel noch einmal abgesucht werden musste, soweit das überhaupt noch möglich war. Zum wiederholten Male verfluchte er die Bombe

135

und mit ihr die Explosion, die es den Monstern ermöglichte, in die Freiheit zu entkommen. Sollte sich seine Vermutung bewahrheiten, mussten alle Menschenfresser gefunden und unschädlich gemacht werden.

Phil Neumann hatte nun erst einmal genug über diese gefährlichen Tiere herausgefunden. Er eilte in sein Büro und bat Ronny Niebel und Holger Dombrowski zu sich.

Als sie gemeinsam in seinem Büro erschienen, bat er sie, ihm gegenüber Platz zu nehmen. Er erzählte ihnen, was er über die schwarzen Wesen herausgefunden hatte. Dabei sah er ihnen nacheinander mit ernster Miene ins Gesicht.

„Es ist wichtig, dass wir das Stollensystem noch einmal bis in die kleinste Ecke durchsuchen. Wir müssen uns ganz sicher sein, dass es dort keine weiteren Ungeheuer gibt. Ich bin davon überzeugt, dass es so ist, aber wir dürfen nichts dem Zufall überlassen. Bitte erledigt das. Aber seid vorsichtig, ich will nicht, dass ihr verschüttet werdet.“

Nachdem Phil Neumann wieder allein war, schrieb er an seinem Computer einen Bericht über die Ergebnisse der Obduktion des Ungeheuers und den sich daraus ergebenden Schlussfolgerungen. Die Datei schickte er im Anhang einer E-Mail seinem Chef und dem Regierenden Bürgermeister zu.

Danach dachte er an Ronny Niebel und Holger Dombrowski und hoffte, dass die beiden mit guten Nachrichten zu ihm zurückkehrten. Ein Ungeheuer konnte bereits getötet werden. Mindestens eins war noch irgendwo in Hamburg unterwegs. Wie viele mochten es am Ende tatsächlich sein, die die Stadt unsicher machten? Im Stollensystem durften keine weiteren Monster gefunden werden.

*****

Am nächsten Morgen durfte Marcel nach der Visite das Krankenhaus verlassen. Zu seiner Überraschung war nicht nur sein Vater gekommen, um ihn abzuholen, sondern auch seine Mutter und, was für ihn viel wichtiger war, seine Freundin Silke Freitag. Stürmisch liefen sich die Teenager entgegen, nahmen sich in die Arme und küssten sich vor Marcels Eltern ganz ungeniert auf den Mund. Silke trug auch heute wieder ein leichtes türkisfarbenes Trägerkleid, das ihr dieses Mal bis knapp unter den Po reichte. „Was machst du nur für Sachen?", fragte Silke ihren Freund nach einem Kuss, nur um ihn darauf sofort wieder zu küssen.

„Na, na, na", sagte der Vater, „wir sind doch auch noch da." Er lächelte den jungen Leuten gut gelaunt und freundlich zu. Er trug eine dünne beige Cargohose, braune Sandalen und ein fast weißes kurzärmliges Hemd.

Nur langsam lösten sich die beiden Teenager voneinander, ehe Marcel zu seinem Vater ging, der ihn kurz in die Arme nahm und ihm auf die Schulter klopfte. „Gut, dass dir nichts geschehen ist, wenigstens nichts Ernsthaftes."

Marcels Mutter trug ein ähnliches Kleid wie am Vortag in hellblauer Farbe und weiße Pumps dazu. Auch sie begrüßte ihren Sohn, dem sie bereits am Vortag eine blaue Jeans mit kurzen Beinen, ein rotes T-Shirt und braune Flip-Flops mitgebracht hatte. Diese Sachen trug er heute.

Endlich verließen sie die Klinik. „Seid ihr mit dem Auto gekommen?", wollte Marcel wissen.

„Nein", antwortete sein Vater, „mit der U-Bahn sind wir viel schneller als mit dem Auto und die Fahrt ist für uns viel entspannter. Einmal unter der Erde quer durch Hamburg und schon bist du da. Mit dem Auto muss man sich durch den Stau quälen und viele Umwege fahren. Das wollten wir uns ersparen."

„Na, ja, ist auch egal." Marcel war enttäuscht. Außerdem hatte er ein ungutes Gefühl.

„Was ist egal?", fragte die Mutter.

„Ist alles gut, die Löwen werden schon nicht zur U-Bahn kommen", meinte der Jugendliche.

Silke strahlte ihn an, die an seiner Seite Hand in Hand mit ihm ging. „Du bist doch nicht etwa ein Hase geworden, mein Schatz? Ein Angst-Hase?" Leise kicherte sie über ihren Scherz.

Marcels Miene blieb ernst. „Ach, du…" Er wollte noch etwas sagen, verstummte dann aber. Was hätte er auch Sinnvolles sagen können. Jedoch verstärkte sich sein ungutes Gefühl. Er registrierte, dass er Angst hatte. Angst vor der U-Bahn. Seinen Vater zu fragen, ob sie nicht lieber mit einem Taxi fahren wollten, ersparte er sich. Die Fahrt wäre viel zu teuer geworden. Allein schon aus Gründen der Wirtschaftlichkeit wäre es unsinnig gewesen, nicht die U-Bahn zu nehmen. Sein Vater würde ihm seinen Wunsch abschlagen, das wusste Marcel.

Er war ratlos. Was konnte er tun, damit sie nicht mit der U-Bahn fahren würden? Ihm fiel kein vernünftiger Grund ein, sich zu weigern. Außerdem wollte er seine Eltern nicht verärgern. Furchtbare Angst vor einem weiteren Untier quälte ihn. Wo sich ein Monster befand, musste auch ein zweites sein. Davon war der junge Mann überzeugt.

Sie erreichten den Eingang zur U-Bahn. Marcel blieb unwillkürlich stehen. In seinem Inneren baute sich Panik auf. Silke, die das nicht bemerkte, ging weiter und zog an seinem Arm. Sie spürte seinen Widerstand und überzeugte sich davon, dass ihr Freund noch auf der Treppe stand. Da er sich keinen Schritt bewegen wollte, ging zu ihm zurück. Fragend sah sie ihm ins Gesicht. Marcels Eltern glaubten die Teenager hinter sich und gingen weiter zum Bahnsteig der U-Bahn herunter.

Marcel atmete tief ein. Silke sah ihn von der Seite an. „Was ist los, warum kommst du nicht?"

„Ich kann es dir nicht erklären, aber ich habe da so ein saublödes Gefühl in der Magengegend." Betreten starrte er auf seine Füße. Angstschweiß trat ihm auf der Stirn aus allen Poren.

Endlich bemerkten Marcels Eltern, dass die jungen Leute ihnen nicht folgten. Sie wendeten sich ihnen zu und gingen ein Stück zurück. Marcels Vater sah seinem Sohn verständnislos ins Gesicht. „Marcel, was soll das jetzt? Hier gibt es keine Löwen, also komm schon!"

Schweigend, aber vollkommen verunsichert ging der Jugendliche die Treppen zur U-Bahn herunter. „Löwen gibt es sicherlich nicht", dachte er, „aber Monster! Warum hört mir denn niemand zu? Soll ich mein Versprechen brechen, und Silke, Mutti und Papa doch von dem Monster erzählen?"

Eine Krähe flog schreiend über ihn hinweg. Er sah nach oben und verfolgte den Flug des Vogels. Ein Mann prallte auf ihn und beinahe wären sie die Treppe hinabgestürzt.

„Bleib doch nicht so plötzlich stehen, du dummer Bengel." Der Mann drängelte sich an ihm vorbei und fluchte weiter vor sich hin. Marcel verstand die Worte, die ihn beleidigten, aber er war nicht in der Stimmung, dem ungehobelten Kerl eine deftige Antwort hinterher zu rufen. Stattdessen murmelte er eine Entschuldigung, aber die konnte der Mann nicht mehr verstehen.

„Marcel, so kommen wir nie bis zur U-Bahn, wenn du immerzu stehen bleibst." Silke war von Marcels Verhalten genervt. Zu allem Überfluss zeigte sie ihm das sehr deutlich. Auch das trug nicht zu seiner Erheiterung bei. Im Gegenteil begann er, sich über sie zu ärgern.

„Junge, was ist denn bloß los mit dir?" Sein Vater hieß das Benehmen seines Sohnes genauso wenig gut wie Silke.

Marcel war maximal von Silke und seinen Eltern genervt. Er hatte das Gefühl, dass sie alle auf ihn herumhackten. Niemand verstand ihn - wenigstens glaubte er das in diesem Moment. Hinzu gesellte sich erneut eine panikartige Angst. Doch dann sah er ein, dass weder Silke noch seine Eltern ihn verstehen konnten, solange er ihnen nicht die Wahrheit darüber mitteilte, warum er ins Krankenhaus eingewiesen werden musste. „Bitte, Papa, wir sollten nicht mit der U-Bahn fahren." Noch hoffte er, dass er um die Wahrheit herumkam.

„Marcel, die Löwen sind doch längst eingefangen, in den U-Bahnschächten sind die bestimmt nicht", erwiderte Marcels Vater ärgerlich.

Der junge Mann war verzweifelt und die Angst auf ein erneutes Zusammentreffen mit einem Monster saß ihm tief im Nacken. Energischer als er es wollte, sprudelten seine Worte aus ihm hervor. „Nein, Papa, Löwen gibt es dort tatsächlich nicht, aber gefährliche, menschenfressende Monster!"

„Jetzt höre aber mal auf! Es reicht, Marcel! Du gehst doch nicht mehr in den Kindergarten!", schimpfte der Vater verständnislos.

Marcels Mutter glaubte, die Worte des Vaters ergänzen zu müssen. „Junge, was ist nur in dich gefahren? Was soll Silke jetzt bloß von dir denken?"

Das Mädchen kam Marcels Antwort zuvor. „Marcel, ich finde das auch nicht mehr schön. Du machst dich doch lächerlich!"

„Dann mache ich mich eben lächerlich! Ihr glaubt, dass mich Löwen angegriffen haben? Ich kann euch aber sagen, dass es keine Löwen waren. Es war ein schwarzes Monster, etwa zwei Meter groß. Und ich konnte nicht erkennen, wie es aussieht, obwohl es nur einen Meter vor mir stand! Es war einfach nur schwarz." Nacheinander sah er traurig in die Gesichter Silkes und seiner Eltern.

„Junger Mann, ich glaube, wir sollten mit dir schnellstens zu einem Neurologen fahren. Schluss jetzt und komm endlich, damit wir nach Hause kommen!"

Marcel erkannte, dass sein Vater keine weiteren Ausflüchte mehr zulassen würde. Wenn er jetzt nicht aufgab, würde er Ärger bekommen. Also trottete er seinen Eltern und Silke, die ihn stehen ließ, unglücklich hinterher. Marcel konnte nicht verstehen, warum sie ihm nicht glaubten. Was sollte er ihnen denn noch sagen, als das, dass er selbst dem Monster gegenüberstand und es ihn beinahe umgebracht hätte, ähnlich wie es dem armen Mann an der Alster passierte. Es fiel ihm nichts ein, wie er ihnen das halbwegs glaubhaft erklären konnte.

Marcel tauchte mit Silke und seinen Eltern in den Tunnel zur U-Bahn ein. Nur wenige Minuten später stand er mit ihnen auf dem Bahnsteig. Silke hatte sich wieder zu ihm gesellt und ihre Hand in seine geschoben. Sie war einige Zentimeter kleiner als er, deshalb sah sie zu ihm auf und lächelte ihn an. Menschen gingen umher, einige mit unbekanntem Ziel, andere einfach nur, um sich die Zeit zu vertreiben, wieder andere strebten den Ausgängen zu den Straßen entgegen. Einige Leute gingen zum geöffneten Kiosk, weil sie sich eine Zeitschrift oder vielleicht ein Bier oder einen Kaffee oder sonst etwas kaufen wollten. Der Zug fuhr ein. Eine Menschentraube verließ die geöffneten Waggons, eine weitere Menschenansammlung wartete darauf, in die U-Bahn einsteigen zu können.

Marcel fühlte sich nicht wohl in seiner Haut. Sein Vater blieb an der Tür stehen, seine Mutter setzte sich mit dem jungen, verliebten Pärchen einige Meter von der Tür entfernt auf eine Bank. Jeweils zwei Sitzplätze befanden sich nebeneinander, denen gegenüber sich zwei weitere Plätze befanden. Die U-Bahn fuhr an. Nur das Geräusch des fahrenden Zuges war zu hören. Einige Fahrgäste unterhielten sich leise miteinander. Andere lasen in einer Zeitung oder einem Buch. Mehrere junge Leute schauten auf das Display ihres Handys und lasen eingegangene Nachrichten oder spielten ein Internetspiel. Die Bahn fuhr im nächsten Bahnhof ein. Die Menschen und die Werbeschilder an den Wänden des Bahnsteiges flogen scheinbar an Marcel vorbei. Der Zug wurde langsamer und hielt schließlich an.

Die Türen des Waggons öffneten sich. Einige Fahrgäste drängten vom Gang zur Tür und weiter aus den Waggons hinaus. Viele andere Fahrgäste warteten bereits darauf, ihren Platz einnehmen zu können.

Plötzlich sah Marcel einen Schatten. Er begann, wie Espenlaub am gesamten Körper zu zittern. Schlagartig war er schweißnass. Sorgenvoll fragte seine Mutter: „Junge, was ist denn…" Weiter kam sie mit ihren Worten nicht, denn draußen auf dem Bahnsteig und an der Tür des Waggons erhob sich das panische Geschrei vieler Menschen, das, je länger es anhielt, lauter und dringender wurde. Ein Mann wurde gegen die Fensterscheibe geworfen, an der eine Blutspur zurückblieb. Entsetzt sahen sich Marcels Mutter und Silke in die Augen, ehe sie vor Schreck zu schreien begannen. Marcel war zu keiner Bewegung fähig. Mit den Augen verfolgte er, was geschah, aber sein Verstand registrierte es nicht.

Ein schwarzes Wesen stürmte in den Waggon. Verschiedene Geräusche entstanden. Dumpfe Schläge, Zischen und Grunzen, gurgelnde Laute. Das schattenartige Geschöpf bewegte sich sehr schnell. Dabei schlug es mehrmals um sich. Wer nicht rechtzeitig fliehen konnte, wurde von ihm niedergeschlagen. Das Monster ergriff eine etwa vierzigjährige Frau und riss wütend an einem ihrer Arme. Die Ärmste schrie in Panik und schmerzgeplagt auf. Mit einem lauten, knackenden Geräusch flog der Arm Marcels Mutter direkt vor die Füße. Die Schreie der Frau erstarben. Marcels Mutter sprang wie irre auf und lief wie eine Wahnsinnige in den höchsten Tönen schreiend den Mittelgang des Waggons entlang. Silke zitterte in diesem Moment genauso stumm wie ihr Freund. Die beiden jungen Leute waren in diesem Augenblick nicht mehr Herr ihrer Sinne.

Das Monster drehte sich um und rannte zur Tür zurück. Wieder ein dumpfer Schlag. Blut spritzte. Das Ungeheuer rannte aufrecht über den Bahnsteig. Es trug einen leblosen, Körper vom Zug fort, aus dem Blut auf den Bahnsteig tropfte. Der Kopf des Mannes hing nach unten und pendelte mit jeder Bewegung des Monsters hin und her. Marcel Winter erkannte das Gesicht des Mannes. Es war das Gesicht seines Vaters.

*****

Phil Neumann war wütend. Wie der fluchen konnte! „So eine verdammte, verfickte Scheiße! Das kann doch nicht wahr sein. Dieses drecksverfickte Mistding geht in die U-Bahnschächte und legt den gesamten U-Bahnverkehr lahm."

Das Monster hatte an der U-Bahnstation drei Menschen getötet. Dann verschwand es. Ein weiteres Opfer gab es, als sich eine Frau mit einem Sprung auf die Gleise retten wollte. Bei diesem tollkühnen, aber unkontrollierten Sprung geriet das Opfer an die stromführende Bodenschiene.

Aber wohin war das Monster geflohen? Es musste doch auf der U-Bahnstrecke irgendwo zwischen zwei Stationen in einem Tunnel einen Zufluchtsort gefunden haben. Kam es durch einen plötzlichen Stromschlag ums Leben? Oder hatte es einen Platz gefunden, an dem es sich sicher fühlte? Und wenn ja, wo befand sich dieser Ort? Phil Neumann hoffte, dass die Bestie durch die Stromschiene getötet wurde, aber glauben konnte er daran nicht. Es musste gesucht und gefunden werden.

Auch der Regierende Bürgermeister tobte. Die Verantwortlichen der U-Bahn waren genauso außer sich. Mit den bisherigen vier Todesopfern stieg die Zahl der Leichen nun bereits auf sieben. Außerdem hatte das Monster einen erheblichen wirtschaftlichen Schaden angerichtet. Der gesamte U-Bahnverkehr musste eingestellt werden, weil sich das Ungeheuer dort überall versteckt haben konnte. Es bestand die Möglichkeit, dass es plötzlich und unerwartet auf irgend einem Bahnhof im gesamten U-Bahnnetz der Stadt erschien und dann die Menschen erneut in Angst und Schrecken versetzte. Bei jedem Kontakt mit diesem Monster würde es weitere Opfer in nicht vorhersehbarer Anzahl geben. Wer zurzeit die U-Bahn nutzen wollte, spielte mit seinem Leben. Es musste gehandelt werden! Und das sehr schnell und sehr zielsicher! Wenn Phil Neumann recht hatte, konnte man nicht davon ausgehen, dass es nur ein Monster gab, das die U-Bahnschächte der Millionenmetropole unsicher machte. Es war nicht auszudenken, was geschehen konnte, wenn sich tatsächlich mehrere von diesen Ungeheuern in der Stadt herumtrieben. Niemand konnte wissen, wo diese sich aufhielten und wann sie zuschlagen würden. Die Verantwortlichen verspürten Angst, dass sie falsche Entscheidungen trafen. Jeder war froh, wenn sich jemand anderes fand, der die Verantwortung für die getroffene Maßnahmen übernahm.

Doch zurück zu Phil Neumann, der in seinem Büro in einem Ausmaß fluchte, welches seine Mitarbeiter von ihm so nicht kannten. Sein angebissenes Brötchen lag nun unbeachtet vor ihm auf dem Schreibtisch. Als er am Vormittag telefonisch die Schreckensmeldung erhalten hatte, war ihm der Appetit vergangen. In seinem Büro befanden sich Holger Dombrowski und Ronny Niebel, die ihre Aufgabe im Stollensystem beendet hatten.

„Beruhige dich", meinte Holger Dombrowski gutmütig. Er sah seinem Chef ins Gesicht. „Jetzt müssen wir die Ruhe bewahren, sonst unterlaufen uns Fehler, die zu weiteren Opfern führen können."

„Ich weiß das doch auch, Holger. Doch zunächst sagt mir, was habt ihr in den Stollen unter dem Hochhaus gefunden?" Phil Neumann versuchte, einen klaren Kopf zu bewahren.

„So gut wir konnten, haben wir dort alles durchsucht, aber wir sind nicht in alle Stollen hereingekommen. Zumindest nicht so, wie wir das wollten. Teilweise sind sie nicht mehr zugänglich. Nicht alle Stollen sind verschüttet. Die Bereiche, die für uns zugänglich waren, haben wir abgesucht. Wir haben nichts gefunden, was auf diese Menschenfresser hindeutet. Und in den eingestürzten Stollen kann kein Monster überlebt haben, sollte sich eines davon tatsächlich zum Zeitpunkt der Explosion darin befunden haben. Aber wir wissen trotzdem nicht, was sich in ihnen befindet. Wir haben alle uns bekannten Stollen untersucht und festgestellt, dass wir beim Einsturz der Halle offenbar unsagbares Glück hatten. Wenn das Baugerüst nicht genau an der Stelle gestanden hätte, wo es stand, wären auch wir umgekommen." Gerne hätte Ronny Niebel seinem Chef etwas Aufschlussreicheres berichtet. Er wusste, dass sie nicht wirklich gesicherte Erkenntnisse gewonnen hatten.

„Das bedeutet, dass wir nichts Genaues sagen können!", schlussfolgerte Phil Neumann resigniert.

„Leider ist es so", bestätigte Holger Dombrowski.

Sie schwiegen. Die Stimmung war bedrückt. Nach einer kurzen Pause ergriff Phil Neumann wieder das Wort. „Also gut, ich habe unseren Chef darüber informiert. Ich war so frei, und habe ihm bereits im Voraus das Ergebnis eurer Untersuchungen telefonisch mitgeteilt, weil ich es genauso erwartet hatte. Ich glaube, wenn er es vermocht hätte, wäre er durch die Leitung gesprungen, so sehr hat er herumgetobt.

Nach meiner Bemerkung, dass schließlich er es war, der es im letzten Jahr abgelehnt hatte, nach dem Monster zu suchen und es töten zu lassen, und schließlich er in den letzten Tagen für uns nicht erreichbar war, wurde er wieder friedlich.

Er wollte sich mit dem Bürgermeister Peer Holzer in Verbindung setzen und ihn um Hilfe bitten. Als wenn ich das nicht schon längst getan hätte, weil er nicht erreichbar war.

Die U-Bahnen müssen schnell wieder fahren und wir können nicht allein das gesamte U-Bahnnetz nach diesen Scheißdingern durchsuchen. Außerdem soll der Kerl ruhig seinen Kopf dafür hinhalten, weil er der Meinung war, dass es wichtiger sei, Geld zu sparen, als solche Ungeheuer zur Strecke zu bringen."

In diesem Augenblick klingelte das Festnetztelefon auf seinem Schreibtisch. Phil Neumann nahm ab, stellte sich vor und hörte in die Ohrmuschel des Telefonhörers hinein.

„Büro des Regierenden Bürgermeisters. Bitte warten Sie einen Moment, ich verbinde Sie."

Ein leises Knacken, danach vernahm er die Stimme des Regierenden Bürgermeisters. „Hallo, Herr Neumann, hier ist Peer Holzer!"

„Herr Bürgermeister, was kann ich für Sie tun?" Diese Frage Phil Neumanns war zwar ernst gemeint, aber andererseits wusste er genau, warum Peer Holzer ihn anrief. Trotzdem war er überrascht, weil er mit einem Anruf seines Chefs gerechnet hatte, der den Bürgermeister über die letzten Ereignisse informieren wollte. Schließlich war sein Vorgesetzter dem Regierenden Bürgermeister unterstellt und rechenschaftspflichtig.

„Das ist ja eine Scheiße, die uns da passiert ist!", vernahm er die Worte Holzers.

„Also dann hat mein Chef Ihnen bereits Bericht erstattet?", fragte Phil Neumann.

„Ja, das hat er. Können Sie zu mir ins Rathaus kommen? Jetzt sofort meine ich."

„Okay, ich bin in einer halben Stunde bei Ihnen."

Phil Neumann legte auf und sah seine Mitarbeiter nacheinander überrascht ins Gesicht und sagte: „Ich soll jetzt gleich zum Bürgermeister kommen."

*****

„Der Bürgermeister erwartet Sie schon, gehen Sie nur gleich zu ihm hinein, Herr Neumann!", begrüßte ihn die Sekretärin Peer Holzers freundlich.

„Vielen Dank, das werde ich dann mal tun." Absichtlich spielte Phil Neumann in seiner Antwort auf seinen ersten Telefonanruf an, als er einen Termin bei Peer Holzer benötigte. Außerdem hoffte er, dass die Frau diesen Wink mit dem Zaunpfahl verstand.

Als er das Büro des Bürgermeisters betrat, saß Peer Holzer an seinem Schreibtisch und tippte etwas auf der Tastatur in seinen Computer ein. Der Politiker blickte auf und lächelte etwas angespannt. „Schön, dass Sie die Zeit gefunden haben, Herr Neumann, bitte nehmen Sie dort am runden Tisch Platz. Geben Sie mir nur eine Minute, dann komme ich zu Ihnen."

An der rechten Wand des Büros stand ein runder Tisch mit vier Stühlen. Auf ihm befand sich eine quadratische, weiße Tischdecke. In ihrer Mitte stand eine Vase mit frischen Rosen, die mit Schleierkraut verziert waren.

Phil Neumann wählte sich einen Platz, von dem aus er aus dem Fenster sehen konnte. Direkt vor dem Fenster stand der Schreibtisch des Bürgermeisters. Das Möbelstück war ein riesiges, altes, in Mahagoni angefertigtes Ungetüm.

Nach nur wenigen Augenblicken stand Peer Holzer auf und fragte: „Möchten Sie einen Kaffee?"

Phil Neumann bejahte und der Bürgermeister beugte sich über eine Wechselsprechanlage. „Bitte, Frau Liebig, bringen Sie uns Kaffee, gern mit Zucker und Sahne."

Danach setzte er sich Phil Neumann gegenüber. Er räusperte sich und eröffnete mit ernsthaftem Gesicht das Gespräch: „Sie werden sicherlich etwas erstaunt sein, dass ich Sie zu mir gebeten habe. Nun, ich will mich nicht lange mit einer Vorrede aufhalten, denn die Zeit drängt."

Phil Neumann sah dem Bürgermeister interessiert an und hatte nichts dagegen, den Grund für seine kurzfristige Bestellung zu ihm zu erfahren.

Der fuhr nach einer kleinen Pause fort. „Vorhin hatte mich der Leiter Ihres Instituts aufgesucht und mich darüber informiert, dass die U-Bahn in ganz Hamburg evakuiert werden musste. Nicht ein Zug rollt mehr. Alle Eingänge müssen bewacht werden, damit das Monster, das sich dort eingenistet hat, nicht fliehen kann. Wissen Sie, Herr Neumann, was das für einen wirtschaftlichen Schaden verursacht? Und erst der Verkehr auf den Straßen in unserer ohnehin stau- und leidgeprüften Stadt. Die Straßen sind schon jetzt fast überall verstopft, weil die Menschen ja irgendwie zur Arbeit und von dort auch wieder nach Hause kommen müssen."

Die Tür wurde geöffnet und Frau Liebig trat ein. Der Bürgermeister verstummte. Die Frau stellte vor beide Männer ein kleines Gedeck - bestehend aus einem Kuchenteller, einer Tasse und einer Untertasse - auf den Tisch, goss aus einer Kanne etwas Kaffee in die Tassen und stellte außerdem eine mit Keksen gefüllte Gebäckschale in die Mitte des Tisches. Peer Holzer und Phil Neumann bedankten sich artig.

Als die Sekretärin den Raum wieder verlassen hatte, sprach der Bürgermeister weiter: „Bitte, langen Sie zu, Herr Neumann. Also, das Ungeheuer muss schnellstens gefunden werden. In dem ganzen Dilemma stellt sich für mich die Frage, wie es so weit kommen konnte. Im letzten Jahr schon gab es einen ähnlichen Vorfall auf dem Hans-Duncker-Platz. Jetzt hat eine Fliegerbombe aus dem Zweiten Weltkrieg dafür gesorgt, dass das Monster fliehen konnte. Warum existiert dieses Ding überhaupt noch?"

Da Peer Holzer schwieg, wollte er eine Antwort auf seine Frage bekommen. Phil Neumann war kein Mensch, der einen anderen anschwärzte. Aber in diesem Fall ging es um Menschenleben. Menschenleben, die vielleicht in naher Zukunft gerettet werden mussten, aber auch um die, die bereits sinnlos gestorben waren. Falsche Loyalität war hier fehl am Platze. Deshalb erzählte er dem Politiker die Wahrheit, wie er sie sah. „Leider hat unser Chef im letzten Jahr aus Kostengründen verboten, in den unterirdischen Stollen am Hans-Duncker-Platz nach der Bestie zu suchen, um sie zu töten. Er glaubte, dass sie an ihren Verletzungen sterben würde. Aber es lebte nicht nur ein Monster im Stollen, nach

149

meinen heutigen Erkenntnissen sind es mindestens zwei. Vielleicht sind es sogar noch mehr."

Phil Neumann schwieg, damit der Bürgermeister den Sinn seiner Worte verstehen konnte. Auch Peer Holzer sagte zunächst nichts. Nach einer Weile antwortete er aber doch noch. „Ich weiß, eins wurde von einer Hubschrauberbesatzung getötet. Ich hoffe, dass es nur zwei waren, und das andere Tier in der U-Bahn gefangen werden kann. Dann muss es getötet werden. Ich habe veranlasst, dass uns die Armee hilft und den Ausnahmezustand ausgerufen. Alle Eingänge zum U-Bahn-System werden überwacht, damit das Monster nicht wieder fliehen kann. Und jetzt muss es gesucht und vernichtet werden. Oder vielleicht müssen sie gesucht und getötet werden, wenn es tatsächlich mehrere Bestien sind. Das Beste wird es sein, wenn Sie alles mit dem Bataillonskommandeur besprechen, der uns dabei hilft. Wie viele Soldaten brauchen wir? Mit der Bewachung der Stationen allein haben wir ja noch nicht mit der Suche begonnen. Um die Suche optimal durchzuführen, müssen alle Stollen gleichzeitig abgesucht werden. Es sollten Gruppen mit je fünf Männern gebildet werden."

Phil Neumann schwirrte der Kopf. Er wusste, dass zurzeit 108 U-Bahnstationen durch die Hamburger U-Bahn angefahren wurden. Neun davon befanden sich außerhalb der Stadt, und zwar in Ahrensburg, Großhansdorf, Norderstedt und Ammersbek. Das schoss Phil Neumann plötzlich durch den Kopf. Er wusste, dass es bei der U-Bahn auch oberirdische Bahnhöfe gab. Deren Verbindungen zur Außenwelt mussten auch abgesichert werden. Doch zunächst fragte er sich, warum der Bürgermeister das alles mit ihm besprach und nicht mit dem Direktor des Institutes. Deshalb sah er den Bürgermeister fragend an. „Warum besprechen Sie das mit mir, Herr Bürgermeister?"

Peer Holzer sah ihm in die Augen und antwortete: „Richtig, das habe ich Ihnen noch nicht erklärt. Sie haben ab sofort nur noch einen Chef und der bin ich. Sie übernehmen das Institut für Forschung an unbekannten Lebensformen. Ihren Vorgänger habe ich entlassen. Die Bestien hätten im letzten Jahr getötet werden können und müssen."

Phil Neumann sah Peer Holzer überrascht an. Er selbst glaubte schon seit Langem, dass es mit seinem Chef im Institut nicht weitergehen konnte wie bisher. Er verwaltete die Gelder des Institutes, als wären sie seine eigenen. Entscheidungen traf er nur ungern. Oft waren sich Phil Neumann und seine Männer allein überlassen. Einerseits freute er sich über die Absicht des Bürgermeisters und fühlte sich geehrt, aber andererseits wollte er seinen Arbeitstag nicht mit organisatorischen Dingen verbringen. Er musste zugeben, als Abteilungsleiter musste er das teilweise auch, aber die wissenschaftlichen Arbeiten standen doch im Vordergrund. Er sah Peer Holzer über den Tisch hinweg ins Gesicht. „Aber das kann ich nicht. Ich bin Wissenschaftler und kein Ökonom!"

„Doch. Das können Sie. Als Wissenschaftler werden Sie die richtigen Entscheidungen treffen. Natürlich müssen Sie auch ökonomisch handeln, aber es liegt an Ihnen, wie Sie Ihre Gelder einsetzen. Glauben Sie mir, Sie bekommen genug finanzielle Mittel. Also, wenn Sie glauben, dass es für das Institut gut ist, dürfen Sie es umgestalten und auch neue Stellen schaffen. Sie leiten das Institut und einen Ökonomen können Sie gerne einstellen, der Ihnen in wirtschaftlichen Fragen zur Hand gehen soll. Aber jetzt steht erst einmal die Suche nach der Bestie im Vordergrund. Der Bataillonskommandeur, Oberst Wagemut, weiß Bescheid. Er wird seine Männer nach ihren Vorgaben einteilen oder sie Ihnen direkt unterstellen. Reden Sie mit ihm. Wenn es etwas Neues gibt, möchte ich es bitte sofort erfahren. Rufen Sie mich an. Zu jeder Tages- und Nachtzeit."

„Das werde ich tun, Herr Bürgermeister. Und vielen Dank für Ihr Vertrauen!" Solange Peer Holzer Regierender Bürgermeister war, so lange konnte er das Institut leiten, glaubte Phil Neumann. Peer Holzer hatte ihm die dafür notwendigen Freiheiten gewährt. Er durfte das Institut umgestalten, organisieren und leiten, wie er es für richtig hielt.

„Heißt das, dass Sie annehmen?"

„Ja, aber nur so lange, wie Sie in unserer schönen Stadt regieren. Danach bin ich wieder raus und mache meine Arbeit als Wissenschaftler."

Peer Holzer reichte ihm die Hand. „Super! Ich freue mich. Dann auf gute Zusammenarbeit. Ich werde Ihnen die notwendigen Papiere sofort zuschicken lassen, damit Sie Entscheidungen treffen können."

Phil Neumann ergriff die ihm dargebotene Hand.

Im U-Bahnschacht

Marcel Winter und Silke Freitag wussten nicht mehr, wie sie in die Wohnung seiner Eltern kamen. Plötzlich standen sie in seinem Zimmer. Der Jugendliche sank kraftlos auf sein Bett nieder, zunächst in sitzender Position, doch dann ließ er seinen Oberkörper einfach auf die Bettdecke fallen und starrte an die Zimmerdecke. In sich fühlte er eine innere Leere. Wenn das Leben wie in den letzten Tagen war, dann wollte er nicht mehr leben. Das Monster hatte ihn bedroht und seinen Vater getötet. Marcel musste mit ansehen, wie diese Bestie seinen toten Vater wegschleppte. Seine Mutter lief wie irre weg, als das Monster ihr einen blutenden abgerissenen Arm einer anderen Frau vor die Füße warf. Wie mochte es ihr gehen? Lebte sie noch? Und wo mochte sie sich in diesem Moment befinden? Marcel hoffte, dass es seiner Mutter gut ging. Dann dachte er wieder an die Frau, die ihren Arm verlor. Lebte diese arme Frau noch? Das Ungeheuer hatte seinen Frieden zerstört. Nein, es hatte nicht seinen Frieden, sondern seine Familie zerstört!

Silke, der es nicht wesentlich anders als ihrem Freund erging, setzte sich auf einen Stuhl. Sie saß einfach reglos da und starrte vor sich hin. Sie war nicht fähig, einen klaren Gedanken zu fassen. Sie sah immer wieder das schwarze Wesen vor sich. Wieder und wieder erlebte sie den Angriff des Monsters. Sie sah Marcels Vater in seinen Klauen. Sie sah seinen Kopf hin- und herpendeln, als diese Bestie ihn verschleppte. Sie sah sein Blut in dicken Tropfen auf den Boden fallen. Sie wollte diese schrecklichen Bilder aus ihrem Kopf verbannen, ihrem Verstand befehlen, ihr zu gehorchen. Aber sie konnte in ihrem Kopf nur halbherzige Befehle formulieren, oder kam dabei nicht über die ersten Worte hinaus. Immer wieder musste sie feststellen, dass ihre Gedanken wie im Nebel wirkten, in dem sich nur die Umrisse der schrecklichen Bilder des grausamen Ereignisses zeigten.

Dann musste sie an Marcel denken. Jetzt erst konnte sie verstehen, was ihr armer Freund an der Alster erlebt hatte. Und sie hatte ihm keinen Glauben geschenkt, als er versuchte, sie und seine Eltern vor der Fahrt mit der U-Bahn zu warnen. Dafür schämte sie sich in diesen Augenblicken unendlich vor ihrem Freund.

Wie lange Marcel und Silke in ihrer lähmenden Schockstarre verharrten, konnten sie später nicht mehr sagen. Die Teenager besaßen kein Zeitgefühl mehr.

Als Marcel wieder zu sich kam, warfen die Häuser bereits lange Schatten. Unwillkürlich begann er, wie ein kleiner Junge zu weinen. Er begriff, dass sein Vater vor seinen Augen durch die Tat einer grausamen Bestie ums Leben gekommen war. Tiefe Trauer erfüllte den jungen Mann. Gewiss, sein Vater und er hatten von Zeit zu Zeit Probleme miteinander gehabt, aber das waren Generationsprobleme gewesen. Das wurde Marcel in diesem Augenblick bewusst. Davon abgesehen, war er ein guter Vater gewesen, und zu jeder Tages- und Nachtzeit für ihn da. Marcel wusste, dass sein Vater ihn geliebt hatte und stolz auf ihn war.

Seine Gedanken schweiften zur Mutter. Wo war sie hingelaufen? Er begriff, dass er jetzt nur noch die Mutter hatte, der Vater war tot. Hoffentlich war sie nicht verletzt. Ihr durfte nichts Schlimmes passiert sein. Wenn ihr doch etwas zugestoßen war, wäre es für den jungen Mann doppelt schlimm. Noch war er nicht volljährig und wirtschaftlich stand er auch noch nicht auf eigenen Beinen. Er wollte sein Abitur ablegen und danach studieren. Aber würde ihm das als Vollwaise noch möglich sein? Darum ging es ihm jedoch nicht. Er wollte nicht auch noch seine Mutter verlieren. Er liebte sie. Und er brauchte sie. Für sie würde er zehn Jahre seines Lebens geben, und noch mehr, wenn es ihr dadurch gut ginge und sie bei ihm bleiben konnte. Er würde so vieles für sie tun, damit sie es auch ohne den Papa guthaben könnte. Marcel wollte um jeden Preis, dass sie lebte, und nicht nur um seinetwillen.

„Aber was sind das für dumme Gedanken", schalt er sich plötzlich. Sie waren beinahe wie ein Abgesang. Nein, ihren Tod würde er nicht akzeptieren! Er versuchte sich selbst davon zu überzeugen, dass seine Mutter bald gesund nach Hause kommen würde. Nur das wollte er akzeptieren.

Mit einem Taschentuch wischte er sich die Tränen aus seinem Gesicht und schnäuzte sich danach. Das Papiertaschentuch brachte er in die Küche und warf es in den Müll. Danach ging er zurück in sein Zimmer und beugte sich zu Silke herunter und nahm sie in seine Arme. „Hey, meine Süße, ich will, dass es dir gut geht!"

Silke erwachte aus ihrer Erstarrung. „Aber es geht mir gut."

„Wirklich?" Ungläubig schaute Marcel sie an und kniete vor ihr nieder.

„Ja, doch, ja, natürlich!"

Er streichelte ihr übers Haar. „Ich liebe dich, mein Schatz! Mein Gott, und wie ich dich liebe!"

„Oh, Marcel, ich liebe dich doch auch so sehr!" Silke freute sich über seine Worte. Obwohl die Situation sehr angespannt war, ging es ihr gerade wegen seines Geständnisses etwas besser. „Ach, Marcel, es tut mir so leid. Dein Vater…"

Er schluckte und wieder standen ihm Tränen in den Augen, die er mit dem Handrücken wegwischte.

„Bitte, mein Liebling, bitte, nimm mein aufrichtiges Beileid an." Auch ihre Augen wurden feucht.

Stumm nahm er sie in seine Arme und drückte sie liebevoll an sich. Sein Gesicht drückte er dabei an ihren Hals zwischen Kopf und Schultern. Auch Silke nahm ihn in ihre Arme. Lange hielten sie sich in ihren Umarmungen fest, eng aneinandergeschmiegt. Erst als ein Geräusch verriet, dass die Wohnungstür aufgeschlossen wurde, sprang er so schnell er konnte auf und lief zu seiner Zimmertür. Ungeduldig riss er diese auf und stand seiner Mutter gegenüber. Sie sah sehr mitgenommen aus. Ihr Kleid hatte an mehreren Stellen Risse und an ihren Beinen klebte Blut. Ob es ihres war, konnte Marcel nicht erkennen. Der Schweiß stand ihr in ihrem Gesicht und es sah verschmutzt und eingefallen aus. Unter den Augen hatten sich Ringe gebildet. An der linken Hüfte sah Marcel in ihrem Kleid ein riesiges Loch, durch das man beinahe ihren Intimbereich sehen konnte, aber zum Glück schützte sie davor ihr Slip. Ihre Haare hingen ihr zerzaust im Gesicht. Die Mutter machte auf Marcel einen furchtbaren Eindruck. Er war jedoch froh, dass sie endlich zu Hause war. Sie umarmten sich gegenseitig und Marcel begann zu schluchzen. Mit tränenerstickter Stimme brachte er nur das eine Wort hervor. „Papa…" Danach begann er wieder hemmungslos zu weinen.

„Scht…", machte die Mutter und drückte ihren Sohn an sich. So standen sie eine Weile beieinander. Marcel spürte die Liebe seiner Mutter und fühlte sich plötzlich wieder wie ein kleines Kind. „Ich weiß, mein Junge, Papa ist tot", sagte sie nach einigen Sekunden. Dann fragte sie: „Wo ist Silke? Ist sie okay?"

„Ja, Mama, sie ist hier", antwortete er, während die Mutter sich von ihm löste.

„Gott sei Dank! Wo ist sie?"

„In meinem Zimmer." Er wischte sich die Tränen aus seinem Gesicht und schniefte laut.

Die Mutter machte drei Schritte und stand in Marcels Zimmer vor Silke. Sie zog das Mädchen vom Stuhl hoch und nahm es in ihre Arme. Silke legte ihr die Arme um den Hals und schmiegte sich eng an sie. Ihre Tränen waren versiegt, aber sie drückte Marcels Mutter liebevoll an sich.

„Ich weiß, mein Kind, aber ich bin schon froh, dass es dir und Marcel gut geht." Sie erwiderte die Umarmung ihrer zukünftigen Schwiegertochter.

„Aber Ihr Mann, das Monster hat ihn mitgenommen!", schluchzte Silke.

Jetzt begann auch Marcels Mutter, wieder zu weinen. Erst jetzt wurde ihr bewusst, was geschehen war, dass sie ihren Mann nie mehr wiedersehen würde. Der Schmerz der Trauer nahm von ihr Besitz.

Auch Marcel hatte bereits verstanden, dass er mit seiner Mutter fortan allein leben musste. Er hatte seinen Vater geliebt, auch wenn er manchmal sehr streng war. Dafür war er stets für ihn da gewesen, immer dann, wenn Marcel ihn brauchte oder einen Rat von ihm benötigte. Der Vater wusste alles, und wenn er einmal etwas nicht wusste, erkundigte er sich danach und gab seinem Sohn später die Antworten auf seine Fragen und Probleme. Manchmal hatte er Marcel gezeigt, wie er selbst die Antwort auf seine Probleme finden konnte. Einerseits sollte er im Internet danach suchen, aber der Vater sah es lieber, wenn Marcel in einem Lexikon nachschlug. Von ihm hatte der Jugendliche gelernt, wie man mit Nachschlagewerken umging, wie man die richtigen Antworten fand, wenn man die richtigen Fragen stellte.

Auch das musste Marcel ab dem heutigen Tag allein schaffen.

*****

Besondere Ereignisse erforderten besondere Maßnahmen. Nach diesem Motto lebte Phil Neumann schon seit vielen Jahren. Er saß in seinem Auto und fuhr zu Bataillonskommandeur Oberst Wagemut. Obwohl er sich auf den Straßenverkehr konzentrieren sollte, glitten seine Gedanken zum Regierenden Bürgermeister. Beide Männer schätzten sich gegenseitig, obwohl sie sich persönlich kaum kannten. Phil Neumann wusste nicht zu sagen, was dem Politiker an ihm gefiel, um ihm den Posten des Institutsdirektors anzuvertrauen. Sicherlich hatte der Direktor des Instituts eine sehr große Verantwortung zu tragen. Sein ehemaliger Chef war ihr nicht gerecht geworden. Er war ein Pfennigfuchser, obwohl das nicht erforderlich war, wenigstens nicht, seit Peer Holzer Regierender Bürgermeister von Hamburg geworden war. Phil Neumann nahm sich vor, seine neuen Aufgaben zu erfüllen, so gut er es konnte. Er würde sich nach den Worten Peer Holzers richten, die besagten, dass genug Geld vorhanden sei und er nicht sparen müsse.

Ob der Bürgermeister genau das von ihm erwartete? Sein Institut war kein Institut wie jedes andere. Wissenschaftliche Aufgaben wurden in allen wissenschaftlichen Instituten erfüllt. Jeder Wissenschaftler sah sein Aufgabengebiet als das wichtigste auf der ganzen Welt an.

Phil Neumann wusste, dass sein Institut tatsächlich eines der wichtigsten Institute der Welt war, denn es half nicht nur seinem Land, sondern allen Ländern der Welt, die es vor ungebetenen Eindringlinge zu schützen und zu bewahren hatte.

Aber er wusste auch, dass die anderen Wissenschaften genauso wichtig für die Entwicklung der Menschheit waren. Nun gut, es gab einige Ausnahmen. In jedem Fachgebiet gab es Spezialisierungsrichtungen, die kein Mensch brauchte, weil sie den Menschen, den Tieren und den Pflanzen den Lebensraum vernichteten. In der Chemie wurden seit über einhundert Jahren Gifte produziert, die ein gefährliches Artensterben verursachten. Die Physik entdeckte die Atomkraft, was grundsätzlich nicht schlimm war. Aber dafür war dann die Kernspaltung besorgniserregend, aber auch die unzureichenden Sicherheitsvorkehrungen von Atomkraftwerken. Es grenzte an ein Wunder, dass die Menschen bisher an einem Supergau vorbei geschlittert waren, wenn er an die Atomkraftwerke in Tschernobyl oder Fukushima dachte. Bei der Gasförderung hatte dieses unsägliche Fracking nur Schaden angerichtet, aber letztendlich kaum Nutzen gebracht.

Phil Neumann arbeitete eher im Hintergrund, die meisten Menschen wussten nicht einmal, dass sein Institut existierte. Niemand kümmerte sich darum und bis auf sehr wenige Ausnahmen wusste kaum jemand, welche Aufgaben es zu erfüllen hatte. Obwohl es dem neuen Institutsdirektor klar war, dass seine Aufgaben wichtiger waren als die der Atomkraft- oder Giftgasindustrie, nahm er sie nicht wichtiger, als sie es tatsächlich waren. Er erkannte die Leistungen der Wissenschaftler auf allen Gebieten an, die den Menschen halfen, ihre Umwelt zu erhalten und ihre Entwicklung zu fördern. Auch seine Tätigkeit als Monsterjäger gehörte dazu. Dabei war er aber nicht nur ein Monsterjäger. Zum Glück glaubten die Menschen nicht an Geister und Monster und das erleichterte ihm seine Arbeit enorm.

Solange Peer Holzer Regierender Bürgermeister von Hamburg war, solange wollte er ihn als Institutsdirektor für Forschung an unbekannten Lebensformen unterstützen. Peer Holzer war ein Politiker, der in der Realität lebte und sich den Aufgaben dieser Realität stellte. Jetzt war seine Zeit gekommen, denn sein Name wurde damit verbunden, dass Hamburg – eine von vier Millionenmetropolen

Deutschlands – monsterfrei blieb. Peer Holzer würde, obwohl es Phil Neumann und seine Mitarbeiter waren, die dafür sorgten, dass die Stadt wieder ohne Sorgen ihren Geschäften und ihrem gewohnten Leben nachgehen konnte, als der Monsterbezwinger Hamburgs in die Geschichte eingehen.

Wenn dieses Kapitel in einigen Tagen abgeschlossen sein würde, würde Peer Holzer irgendwann in der Politik scheitern. Er war für einen Politiker zu ehrlich, zu gewissenhaft und zu nett. Er war ein Realpolitiker, der Realpolitik betrieb, aber deshalb daran scheitern musste. Das stimmte Phil Neumann etwas traurig. Aber bis es so weit war, wollte er Peer Holzer mit vollem Einsatz unterstützen und für ihn da sein, soweit ihm das möglich war.

Phil Neumann konnte seine Mitarbeiter zurzeit nicht persönlich treffen. Er war mit dem Auto zu Oberst Wagemut unterwegs. Trotzdem mussten sie wissen, dass er zum neuen Direktor des Institutes ernannt worden war. Mithilfe seines Handys schrieb er ihnen eine Nachricht über die Entwicklung der jüngsten Ereignisse. Vorher aber stellte er sein Auto auf dem Parkplatz des Bataillonsgefechtsstandes ab. Dann begab er sich zur Wache. Schließlich brachte ihn ein Soldat zu Oberst Wagemut. Mit ihm musste er sich nun über die erforderlichen Maßnahmen zur Bekämpfung des letzten Monsters oder vielleicht sogar der letzten Monster abstimmen.

Es war nicht mehr möglich, die Einwohner dieser Millionenstadt dahingehend zu belügen, dass Großkatzen aus dem Tierpark ausgebrochen seien und die Menschen bedrohten. Aufgrund des Ausnahmezustands und der damit verhängten Ausgangssperre sickerten immer mehr Gerüchte in der Bevölkerung durch, die die Wahrheit mehr und mehr verbreiteten. Bald wusste jeder Mensch in Hamburg, dass ein Ungeheuer die U-Bahn lahmgelegt und Menschen umbracht hatte. Großes Kopfzerbrechen machte Phil Neumann die Sicherung des Hauptbahnhofes und der anderen Bahnhöfe, die sowohl von der S-Bahn als auch von der U-Bahn angefahren wurden. Auch wenn es schwierig werden könnte, mussten alle Ein- und Ausgänge der U-Bahnen so bewacht und gesichert werden, dass der Betrieb der S-Bahnen und des übrigen Nahverkehrs nicht beeinflusst werde. Als er alle notwendigen Maßnahmen mit Oberst Wagemut abgestimmt hatte, versuchte er, zum Institut zurückzukehren. Allerdings benötigte er dafür geschlagene drei Stunden, weil die Stadt von einer wahren Blechlawine verstopft war, die fast nicht vorwärts kam. Erst am späten Abend löste sich der Stau zu einem zähfließenden Verkehr auf.

Kaum hatte er sein Büro betreten, klingelte auf seinem Schreibtisch bereits das Telefon. Oberst Wagemut war am Apparat. „Die Soldaten, die zum Einsatz kommen, sind mit scharfer Munition ausgerüstet. Die U-Bahnstationen sind alle gesichert. Tore und Zäune sind verschlossen worden. Keine Maus sollte mehr zur U-Bahn durchkommen. Und die Bestie wird daraus nicht mehr entwischen können. Wir haben kleine Drohnen vom Heer angefordert, die wir durch die Tunnel fliegen lassen können. Wir bekommen dazu auch die Männer, die sie bedienen können. Wie Sie es wünschen, werden wir mit der Suche warten, bis wir die Drohnen haben und danach werden wir Schacht für Schacht mit ihnen abfliegen und danach die Soldaten die Schächte nach und nach sichern lassen. Somit werden wir das oder die Monster mehr und mehr in die Enge treiben, bis sie uns nicht mehr entwischen können“, berichtete der Bataillonskommandeur.

„Sehr schön", erwiderte Phil Neumann, „dann hoffe ich mal, dass Ihre Leute das Mistding finden. Und bitte weisen Sie die Männer noch einmal dringend darauf hin, dass sie gut aufpassen sollen, denn es können sich mehrere von diesen Bestien im U-Bahnschacht aufhalten."

„Das habe ich den Männern gesagt. Sie werden entsprechend vorsichtig sein und sofort von ihrer Schusswaffe Gebrauch machen, wenn sie ein Monster sehen", meinte Oberst Wagemut.

„Wenn es gelingen sollte, ein Monster zu erschießen, dürfen die Männer trotzdem nicht zu dicht herangehen. Sie müssen warten, bis einer von meinen Männern oder ich zu ihnen komme. Wir haben spezielle Gewehre, mit denen wir das Monster zur Sicherheit erneut erschießen werden. Ich will sicher gehen, dass diese Scheißviecher auch wirklich tot sind. Sie haben schon genug Menschen umgebracht. Ich will nicht, dass einer Ihrer Leute als weiteres Opfer dazu kommt."

*****

Marcel Winter brachte seine Freundin Silke zu Fuß nach Hause. Ihre Eltern hatten sich große Sorgen gemacht, als sie von den Vorfällen in der U-Bahn erfahren und anschließend bemerkt hatten, dass ihre Tochter noch nicht zu Hause eingetroffen war. Sie wussten, dass Silke ihren Freund aus dem Krankenhaus abholen wollte. Als sie mit ihm die elterliche Wohnung erreichte, sahen die jungen Leute den Eltern die Erleichterung an. Sie waren froh, ihre Tochter wieder gesund und munter bei sich zu haben, nahmen aber wahr, dass die beiden Teenies nervliche Wracks waren. Sie ermunterten die jungen Leute, ihnen zu erzählten, was wirklich geschehen war, denn viele Gerüchte machten die Runde. Silke und Marcel berichteten gern, denn sie mussten die angestauten Gefühle loswerden und die Erlebnisse verarbeiten. Außerdem fühlte sich Marcel nicht mehr an sein Versprechen gebunden, das er dem Zivilisten gegeben hatte. Zu viele Geschichten machten die Runde, die Aufklärung verlangten.

Als Silke vom Tode des Vaters von Marcel erzählte, saß ihr Freund trübsinnig neben ihr. Silkes Mutter nahm ihn in ihre Arme und drückte ihn an sich und sprach ihm ihr Beileid aus. Silkes Vater klopfte ihm wortlos auf die Schulter. Dann drehte er sich um, blieb nachdenklich stehen und wandte sich Marcel nochmals zu. „Es tut mir sehr leid, mein Junge. Du sollst wissen, wenn du Hilfe oder jemanden zum Reden brauchst, bin ich für dich da. Du musst es mir nur sagen."

Nachdem sie alles berichtet hatten, wollte Marcel sich verabschieden. Silke kannte ihn und machte sich Sorgen um ihn. „Bitte tue mir einen Gefallen und gehe wirklich sofort nach Hause. Deine Mutter hat es schon schwer genug. Sie soll sich nicht auch noch um dich Sorgen machen müssen."

„Bitte Silke, du kennst mich doch."

„Eben, weil ich dich kenne!"

„Gut, du hast gewonnen. Ich verspreche dir, dass ich sofort nach Hause gehe."

„Wirklich?"

„Ja, wenn ich es dir sage! Ich gehe sofort und auf direktem Wege nach Hause. Das schwöre ich dir!" Marcel hob seine rechte Hand zum Schwur.

Sie lächelten sich gegenseitig an, danach küssten sie sich innig. Als sich Marcel von Silkes Eltern verabschiedete, um nach Hause zurückzukehren, sagte Silkes Vater zu ihm: „Du kannst jetzt aber nicht nach Hause gehen. Weißt du denn nicht, dass in Hamburg der Ausnahmezustand herrscht? Jetzt beginnt die Ausgangssperre. Wenn du aufgegriffen wirst, wirst du bestimmt ein Bußgeld bezahlen müssen. Willst du nicht lieber deine Mutter anrufen und bei uns bleiben?"

„Die werden mich nicht kriegen. Ich will meine Mutter nicht allein lassen. Immerhin ist Papa erst heute ums Leben gekommen. Mutti wird mich brauchen", antwortete Marcel traurig und verabschiedete sich. Silke bekam noch einen schnellen Kuss, bevor er sich auf den Weg machte.

Als er zuhause eintraf, konnte er seine Mutter in der Wohnung nicht finden. Die Tür zum elterlichen Schlafzimmer fand er verschlossen vor. Deshalb klopfte er an die Schlafzimmertür und hörte, dass seine Mutter aus dem Bett aufstand. Mit verweinten Augen öffnete sie ihm. Marcel nahm sie in seine Arme. „Mir fehlt er auch, Mutti. Dieses blöde Mistvieh wird dafür mit seinem Leben bezahlen, das verspreche ich dir."

Frau Winter löste sich aus der Umarmung ihres Jungen und sah ihn mit ernsthaftem Gesicht an. „Was hast du vor, Junge? Ich will dich nicht auch noch verlieren, überlasse das den Leuten, die dafür ausgebildet wurden. Mache keine Dummheiten, hörst du?" Plötzlich hatte die Frau unsägliche Angst um Marcel.

Er umarmte sie erneut. „Mutti, du musst dir keine Sorgen machen. Ich habe nichts Dummes vor. Wenn ich morgen früh nicht zu Hause sein sollte, bin ich noch bei Frank, ich glaube, ich gehe nachher noch einmal zu ihm. Ich werde bei ihm schlafen, wenn du nichts dagegen hast."

„Nein, habe ich nicht. Geh nur. Ich verstehe dich doch."

„Danke, Mutti!"

„Ist schon gut, lenke dich nur ab, mein Schatz."

Aber Marcel hatte gar nicht vor, seinen besten Freund Frank aufzusuchen, wollte jedoch seine Mutter nicht in

164

Angst und Schrecken versetzen. Nachdem sie sich zurückgezogen hatte und die Schlafzimmertür hinter ihr ins Schloss gefallen war, suchte Marcel das Arbeitszimmer seines Vaters auf. Als er den Raum betrat, fühlte er sich seinem Vater näher. Er setzte sich in den Chefsessel des Vaters und drehte sich damit hin und her, indem er sich mit den Füßen vom Boden abstieß. Doch nach wenigen Augenblicken hörte er damit auf und betrachtete eine eingerahmte Fotografie, die an der rechten Zimmerwand hing. Im Sommer fiel am Tage das Sonnenlicht direkt auf das Bild, wenn die Sonne ins Zimmer schien. Im Winter waren die Tage zu kurz, sodass kein Sonnenschein das Bild erreichen konnte.

Der Jugendliche stand auf, ging zum Foto und betrachtete es. Es zeigte den Vater mit mehreren japanischen Männern, die mit ihm gemeinsam während seines arbeitsbedingten Aufenthaltes in einer mit seinem Betrieb befreundeten Firma in Tokyo arbeiteten. Die Männer standen um seinen Vater herum, der von einem Mann aus der japanischen Fabrik ein Samuraischwert, das Katana genannt wird, überreicht bekam. Das Foto hatte sein Vater schon in Tokyo rahmen lassen, bevor er nach Hause zu seiner Frau und seinem Sohn zurückkehrte. Als er es in seinem Arbeitszimmer an die Wand hängte, war Marcel dabei.

Der Junge benötigte bei seinen Hausaufgaben in Physik die Hilfe seines Vaters. Jedoch war Marcel damals sehr neugierig und wollte außerdem wissen, was der Vater in dem fernen, fremden Land erlebt hatte. Stolz zeigte dieser ihm zwei Schwerter. Es handelte sich um zwei Samuraischwerter, ein Katana und ein Wakizashi, das Begleitschwert eines Samurai. Es wurde im Nahkampf eingesetzt, oder auch beim Seppuku oder Harakiri, wie der rituale Selbstmord der Samurai auch bezeichnet wird.

Eindringlich sah ihn der Vater an. „Die Klingen darfst du niemals mit der bloßen Hand anfassen, weil sie so scharf sind, dass man mit ihnen jedes beliebige Körperteil eines Mannes abtrennen könnte. Auch du könntest dich an ihren Schneiden sehr schlimm verletzen. Ich möchte nicht, dass das passiert, also lasse sie bitte an der Wand hängen, denn ich werde sie unter dem Foto befestigen, das zusammen mit den Schwertern für mich eine schöne Erinnerung an einen sehr schönen Abend mit guten Freunden in Tokyo ist."

Das war nun schon sechs Jahre her. An das Verbot seines Vaters, die Klingen der Samuraischwerter nicht mit der Hand zu berühren, hielt sich Marcel bis zum heutigen Tag. Er durfte sich die Schwerter ansehen, wann immer er es wollte, aber die Klingen aus der Scheide ziehen durfte er nur, wenn sein Vater dabei war.

Jetzt nahm er das Katana von der Wand und drehte es nachdenklich in seinen Händen. Dann zog er das erste Mal in seinem Leben die Klinge eigenmächtig aus der Scheide heraus. Beim Herausgleiten verursachte das Schwert ein metallisch klingendes Geräusch und Marcel erschrak. Er hielt inne und dachte: „Hoffentlich hat Mutti das nicht gehört!" Dabei betrachtete er das Schwert, und als er bemerkte, dass es in der Wohnung ruhig blieb, zog er die Klinge gänzlich aus der Scheide heraus. Sie war sechzig Zentimeter lang. Dazu kam der Griff, der nochmals zwanzig Zentimeter maß. Marcel wog das Schwert in seiner Hand und führte es mehrmals probeweise durch die Luft. Wenn er auf das Monster treffen sollte, wäre er damit wenigstens nicht ganz wehrlos. Das glaubte der junge Bursche jedenfalls.

Er steckte das Schwert in die Scheide zurück und überlegte, wie er die Waffe vor den Augen anderer Menschen ungesehen mit sich führen konnte. Im Notfall wollte er das Schwert schnell ziehen können, ohne sich dabei selbst zu verletzen. Mit der Waffe in der Hand ging er zurück in sein Zimmer. Jedoch achtete er darauf, die Tür des Arbeitszimmers sorgfältig zu schließen. Er wollte nicht, dass die Mutter bemerkte, dass er eines der Heiligtümer des Vaters mitgenommen hatte.

Aus seinem Kleiderschrank holte er einen kurzen Sommermantel heraus, den er anzog. Jetzt steckte er sich das Schwert links in den Hosenbund und verbarg es bis zur Hälfte im linken Hosenbein. Sicherheitshalber schnallte er den Gürtel seiner Jeans etwas enger, damit das Schwert nicht tiefer in die Hose hineinrutschte und ihn beim Gehen behinderte. Danach betrachtete er sich vor dem Spiegel seines Kleiderschrankes. Trotz geöffneten Mantels war das Schwert nicht zu sehen. Vorausgesetzt, dass ihm niemand direkt gegenüberstand. Aber sollte das geschehen, konnte er immer noch den Mantel unauffällig verschließen. Außerdem herrschte Ausnahmezustand, wer sollte ihm also direkt gegenüberstehen, dachte der junge Mann.

Marcel war zufrieden, so könnte es funktionieren. Nun ging er einige Schritte im Zimmer auf und ab. Die Waffe behinderte ihn beim Gehen. Auch der Griff des Schwertes störte ihn, er rutschte immer wieder aus dem Mantel heraus. Außerdem schlug er ihm gegen die Brust und in die Seite. Mit der Zeit würde das schmerzhaft werden. Das hatte er sich so nicht gedacht. Er glaubte nämlich, dass seine Idee, das Monster mit dem Katana zu töten, durchaus funktionieren könnte, wenn er kleinere Schritte machte. Jetzt versuchte er, das Schwert zu ziehen, und stellte dabei fest, dass es beinahe unmöglich war. Aber was sollte er machen? Im U-Bahnschacht musste er das Schwert sofort in die Hand nehmen können. Ohne Scheide, in der das Schwert normalerweise steckte, konnte er es keinesfalls mitnehmen. Er würde nicht nur seine Hosen damit zerfetzen, sondern sich auch selbst verletzen. Er sah ein, dass er das Katana nicht mitnehmen konnte. „Dann muss ich eben das Kurzschwert ausprobieren", dachte er, brachte das Langschwert wieder an seinen Platz zurück und nahm stattdessen das Wakizashi. Das war etwas kürzer als das Katana und Marcel stellte fest, dass er es perfekt unter seiner Kleidung verbergen und damit sicher und ungestört laufen konnte.

Er schaute zur Uhr. Es war kurz vor Mitternacht. Das war der richtige Zeitpunkt zum Aufbruch. Sein Blick fiel auf seine LED-Stablampe. Die fünf Batterien darin hatte er erst vor drei Tagen ausgewechselt, sodass die Lampe mehrere Stunden durchhalten sollte. Er steckte sie in die rechte Tasche seines Sommermantels und verließ danach die Wohnung. Leise stieg er die Treppen hinunter, damit sich keiner der Nachbarn durch ihn belästigt fühlte. Wenige Augenblicke später trat er auf die Straße.

Sein Ziel war die U-Bahnstation, an der die Bestie seinen Vater umgebracht hatte. Zufrieden stellte er fest, dass die Straßen menschenleer waren. So konnte wenigstens niemand sehen, dass er eine Waffe mit sich führte. Außerdem konnte ihn niemand aufhalten. Die Menschen respektierten augenscheinlich die nächtliche Ausgangssperre. Der Teenager fragte sich, ob auch die Straßen im Zentrum der Stadt menschenleer sein würden, in denen in normalen Zeiten selbst in der Nacht das Leben tobte. Er schlich an den Hauswänden entlang, stets darauf bedacht, nicht in den Lichtkegel der Straßenlaternen zu gelangen. Falls jemand unterwegs sein sollte, wollte er von dieser Person nicht entdeckt werden und die U-Bahnstation sicher erreichen. Im Stadtzentrum stellte er fest, dass er doch nicht der einzige Spaziergänger war, der gegen die Ausgangssperre verstieß. Er entdeckte aber auch keinen Polizisten, der sie durchsetzen konnte. Marcel war davon überrascht, dass so viele Leute gegen die Ausgangssperre verstießen. Sie hatten sich in Gruppen zusammengerauft, um alkoholische Getränke zu sich zu nehmen, zu kiffen oder gar harte Drogen zu konsumieren. Dabei hörten sie Musik, tanzten oder unterhielten sich.

Marcel war es recht, solange sie ihn in Ruhe ließen und er seine eigenen Ziele verfolgen konnte. Schuldbewusst dachte er an das Versprechen, das er Silke gegeben hatte. Aber dann dachte er daran, dass er es erfüllt hatte. Denn tatsächlich war er von ihr auf direktem Wege zurück zu seiner Mutter gegangen. Schließlich hatte er ihr nicht versprochen, danach nicht trotzdem auf Monsterjagd zu gehen.

Endlich erreichte er unbemerkt die U-Bahnstation. Fünf Soldaten hielten davor Wache. Niemand konnte ungesehen an ihnen vorbeikommen. Also setzte er sich in die Nähe der Station in den Schatten eines Mietshauses, um von dort die Soldaten zu beobachten. Als er sich auf eine Bank setzte, behinderte ihn jedoch das Samuraischwert, sodass er es aus seiner Jeans herauszog, um bequem sitzen zu können. Deshalb verbarg er es unter seinem Mantel. Trotzdem war es lang genug, um oben aus dem Halsausschnitt etwas herauszuragen. Aber das war ihm egal. In der Dunkelheit würde es bestimmt nicht auffallen. Man würde es nur entdecken, wenn man sich direkt neben ihm aufhalten würde. Doch dann fiel ihm ein, dass er das Kurzschwert so festhalten konnte, dass seine Spitze unter dem Mantel heraus sah, was weniger auffällig sein musste.

Geduldig wartete er jetzt auf eine Chance, um von den Armeeangehörigen unbemerkt in die U-Bahnstation eindringen zu können. Diese Chance bekam er nach ungefähr einer Stunde. Zwei Soldaten begannen, auf der Stelle hin und her zu treten. Marcel glaubte, dass sie pinkeln mussten. Tatsächlich gingen sie dann in den Park, der sich an den Bahnhof anschloss. Die übrigen drei blieben vor Ort.

Marcel Winter sammelte einige Steine und schlich sich an den Eingang der U-Bahnstation heran. Als er ihn im Schatten einiger Bäume erreichte, warf er mehrere Steine hinter die Soldaten, die er ja nicht treffen oder verletzen wollte. Die Steine fielen klackend hinter ihnen auf das Pflaster. Die Soldaten drehten sich lustlos in die Richtung, aus der das Geräusch kam. Das war der Moment, den Marcel benötigte. Schnell lief er in geduckter Haltung in den Eingang zur U-Bahnstation hinein und verschwand in der Dunkelheit. So war er den Blicken der Soldaten entzogen. Das Warten und seine Geduld hatten sich gelohnt, nun konnte er beginnen, das Monster zu suchen.

Auf dem Bahnsteig war es finster. Das Licht war gedimmt worden, um den Stromverbrauch zu senken. Schließlich durfte sich niemand auf dem Bahnsteig befinden. Und es würde auch außer ihm niemand hier auftauchen. Da war sich Marcel sicher.

Er setzte sich auf eine Bank und haderte mit sich selbst. Plötzlich verließ ihn der Mut. Die Angst, die er verspürte, als er von dem Monster an der Alster angegriffen wurde, ergriff wieder Besitz von ihm. Der Schweiß brach ihm aus allen Poren. Seine Hände begannen zu zittern. Ob er doch lieber wieder nach Hause gehen sollte? Er wusste, wie schnell diese Ungeheuer sein konnten. Hatte er mit dem Wakizashi tatsächlich eine Chance, dem Biest den Garaus zu machen? Denn das war es natürlich, was er wollte. Marcel glaubte, den Tod des Vaters rächen zu müssen, dass er das seinem Vater schuldig war. Er prüfte, wohl zum tausendsten Male, noch einmal den Sitz des Schwertes. Es war an Ort und Stelle, genau dort, wo er es haben wollte.

Allmählich beruhigte er sich. Er stand von der Bank auf und ging über den Bahnsteig in die Richtung, in der das Monster mit seinem toten Vater in den Klauen geflohen war. Vielleicht befand sich dort irgendwo sein Nest? Bau? Oder was auch immer das war, in dem diese Ausgeburt der Hölle leben mochte.

Marcel erreichte das Ende des Bahnsteiges. War das Untier in dem Schacht verwunden, in dem täglich die U-Bahnen von einer Station zur nächsten fuhren? Konnte er dem Monster folgen, wenn er dort hinein ging? Ihm war bewusst, dass er Acht geben musste, um nicht gegen die stromführende Bodenschiene zu geraten. Das würde seinen sicheren Tod bedeuten. Wieder brach ihm der Schweiß aus. Denn eins wusste Marcel genau: er wollte nicht sterben. Aber er wollte seinen Vater um jeden Preis rächen. Und wenn es bedeutete, dass er selbst dabei sterben musste, wollte er dieses Risiko eingehen.

Der junge Mann sprang vorsichtig in die Gleise. Das war gar nicht so einfach. Die Schwellen waren nicht so breit, dass er sicher auf ihnen zum Stehen kam. Er ruderte mit den Armen, um sein Gleichgewicht wieder herzustellen. Dabei fiel sein Blick auf den tödlichen Gleisteil. Er zwang sich, Ruhe zu bewahren, und schritt vorsichtig voran. In der Manteltasche suchte er nach seiner Taschenlampe, zog sie heraus und schaltete ihr Licht ein. Auch das Gehen auf den Schwellen musste gelernt sein. Marcel stellte fest, dass er es nicht wirklich konnte. Trotzdem bemühte er sich und ging langsam tiefer in die Dunkelheit des U-Bahnschachtes hinein. Dabei leistete ihm seine Taschenlampe wertvolle Dienste und allmählich wurde er beim Laufen auf den Schwellen doch sicherer.

Er konzentriere sich auf seine Umgebung, die er mit den Augen ständig absuchte. Er musste aufpassen, dass er das

171

Monster sah, bevor es ihn entdeckte und jagen konnte. Vorsichtshalber wechselte er die Taschenlampe in die linke Hand und zog das Schwert mit der rechten aus seiner Scheide. Langsam ging er weiter. Dabei schaute er sich immer wieder nach allen Seiten um. Wasser tropfte von der Decke des Stollens herab. Irgendwo quiekte eine Ratte. Plötzlich erinnerte er sich an ein Gerücht, das er vor beinahe einem Jahr gehört hatte. In einem Hochhaus auf dem Hans-Duncker-Platz sollte ein Schüler von Ratten angefallen worden sein. Ein Mann starb bei solch einem Angriff. Unter dem Hochhaus gab es ein Stollensystem, in dem ein Monster leben sollte.

Ob es dieses Monster war, das bei der Explosion der Fliegerbombe seine Freiheit erlangt hatte? Aber es müssen wenigstens zwei gewesen sein, denn eins wurde ja schließlich von den Offizieren aus dem Hubschrauber getötet.

Es wurde dem Teenager heiß und kalt. Wenn ihn Ratten angriffen, nutzte ihm sein Samuraischwert nichts. Er zwang sich zur Ruhe. Weitergehen, nur immer ruhig weitergehen und nicht an die Bodenschiene mit dem Strom kommen. Es war durchaus denkbar, dass der Strom nicht abgeschaltet worden war, weil das Monster von der Gefahr, die von den Schienen ausging, wohl nichts wissen konnte. Vielleicht hatte es doch schon eine solche Schiene berührt und war dabei zu Tode gekommen? Das war auf jeden Fall wünschenswert.

Marcel hatte das Gefühl, dass es immer dunkler um ihn herum wurde, je weiter er in den Schacht vordrang. Irgendwo raschelte es. Ein dumpfes Geräusch folgte. Der Lichtstrahl der Taschenlampe erhellte die Finsternis nur wenige Meter vor ihm. Danach war alles schwarz. Nicht grundlos wurde das Licht in den Waggons eingeschaltet, wenn die Züge durch die U-Bahnschächte fuhren. Neben ihm fiepte etwas. Er richtete den Lichtkegel seiner Taschenlampe dorthin. Eine Maus blieb starr vor Schreck in einem Loch in der Wand stehen. Erleichtert ging Marcel weiter. Seine Sinne waren geschärft und nahmen sogar das leiseste Geräusch auf. Seine Augen hatten sich an die Dunkelheit gewöhnt, sodass er sich gut orientieren konnte. Das Schwert hielt er fest in seiner rechten Hand, jederzeit bereit, es zu benutzen. Dabei bemerkte er jedoch nicht, wie schnell die Zeit verging.

*****

Einige U-Bahnstationen weiter bewachten Soldaten, die Oberst Wagemut unterstellt waren, den Eingang. Sie erfüllten ihre Aufgabe etwas konzentrierter als die, die Marcel soeben überlistet hatte. Niemand schaffte es, an ihnen vorbei in den U-Bahnschacht zu gelangen, obwohl es auch hier einige abenteuerlustige Menschen gab, die es versuchten. Aber anders als zu Marcel Winter wollten sie nicht das Ungeheuer jagen und töten. Sie wollten einfach nur testen, wie wachsam die Bewacher der Station ihren Dienst versahen, und machten sich einen Spaß daraus, sie an der Nase zuführen.

Am Morgen rückte Oberleutnant Wolke mit seiner Kompanie an. Die Soldaten der Nachtwache wurden abgelöst, damit sie in die Kaserne zurückkehren und ihre wohlverdiente Nachtruhe nachholen konnten. Sie wurden durch frische Männer ersetzt.

Mit den restlichen Männern der Kompanie rückte der Oberleutnant zu den Eingängen der U-Bahnsteige vor. Er teilte seine Leute ein, die die einzelnen Schächte in jede Fahrtrichtung bewachen sollten. Das geschah überall in der Stadt auf allen U-Bahnhöfen zur gleichen Zeit. Danach würde das Monster keine Möglichkeit mehr haben, unbemerkt aus dem U-Bahnnetz zu entkommen. Das hofften die Offiziere und Soldaten jedenfalls. Wenn es denn tatsächlich nur ein Ungeheuer war, das sich dort herumtrieb. Das hofften die Armeeangehörigen ebenfalls. Aber die Soldaten wussten, dass es sich vielleicht sogar um mehrere fremde Geschöpfe handelte, die sich im U-Bahnschacht eine Bleibe gesucht hatten. Mit Scheinwerfern leuchteten die jungen Leute vom Militär die Schächte aus. Im hellen Licht sollten sie solch ein schwarzes Wesen, wie es ihnen während der Einsatzbesprechung beschrieben wurde, schnell erkennen, wenn es sich in ihre Nähe wagen sollte.

„Wo ist die Drohne?" Oberleutnant Wolke informierte sich bei dem Führer einer Gruppe, die einen Schacht bewachen sollte.

Der Gefragte antwortete: „Die wird gerade vorbereitet."

„Gut, dann soll sie hier zum Einsatz kommen. Die Männer rücken in einem Abstand von etwa einhundert Metern nach. Wer ein Monster sieht, darf das Feuer eröffnen. Aber passt auf, dass ihr euch nicht gegenseitig oder andere Menschen erschießt." Oberleutnant Wolke war ein erfahrener Mann, der wusste, warum er diesen Befehl erteilte.

„Die U-Bahn ist doch abgeschottet, keine Menschenseele sollte sich hier unten befinden", meinte der Unteroffizier.

„Trotzdem, seid vorsichtig, ich habe schon Pferde vor der Apotheke kotzen sehen. Irgendwo schlüpft immer wieder jemand durch. Und den müssen wir ja nicht erschießen. Also passt auf!"

„Jawohl, das werden wir, Herr Oberleutnant!"

In diesem Moment lief ein Gefreiter auf die beiden Männer zu und nahm vor dem Offizier Haltung an. „Herr Oberleutnant, ich bin mit der Vorbereitung der Drohne fertig, es kann losgehen."

„Okay, dann mal los", antwortete Oberleutnant Wolke und wandte sich an die Gruppe. „Also dann auf geht's. Der Drohnenführer fliegt das Ding in den Stollen oder Schacht hinein. Egal, wie wir es nennen. Ihr rückt nach. Achtet dabei auf den Abstand. Und auch darauf, dass es an den Seitenwänden keine Öffnungen gibt, keine Türen, keine Löcher, einfach nichts, gar nichts, wodurch so ein Monster schlüpfen könnte. Ihr wisst, davon kann euer Leben abhängen. Geht langsam vor, damit ihr nichts überseht. Ihr geht bis zu einer Öffnung oder bis zu einem neuen Schacht. Dort bleibt ihr stehen und sichert euren Bereich. Einer von euch kommt dann sofort zu mir zurück. Er bekommt dann weitere Männer zugeteilt, die er zu euch bringt. Die Verstärkung hat dann die Aufgabe, die nächsten Stollen zu sichern. So werden wir nach und nach den Bereich einschränken, in dem sich die Biester aufhalten können. Irgendwann müssen wir sie dann alle erwischt haben, egal, wie viele von diesen Menschenfressern sich hier unten aufhalten. Hat jemand Fragen dazu?"

Niemand meldete sich. „Also dann wünsche ich euch viel Erfolg und passt auf euch auf. Ich will euch heute Abend unversehrt wiedersehen!" Der Oberleutnant machte sich auf den Weg zur nächsten Gruppe, um auch sie zu instruieren.

*****

Phil Neumann wurde etwas ruhiger. Mit Oberst Wagemut hatte er einen Mann an seine Seite bekommen, der klug und umsichtig handelte. Seine Soldaten begannen in diesem Augenblick, das gesamte U-Bahnnetz abzusichern. Weitere Monster wurden weder in der Stadt noch in der näheren Umgebung gefunden oder entdeckt. In den eingestürzten, unterirdischen Stollen am Hans-Duncker-Platz

schienen sich ebenfalls keine weiteren Monster mehr auf-
zuhalten. Da er im Moment nichts unternehmen konnte,
um den Ungeheuern Einhalt zu gebieten, machte er es sich
in seinem Büro auf einer Liege bequem, um vielleicht einige
wenige Stunden zu schlafen. Immerhin war er schon seit
zwei Tagen beinahe ununterbrochen auf den Beinen. Phil
Neumann benötigte dringend diese kleine Erholungspause.

Der Triebwagen

In einer Werkstatt der U-Bahn dachte ein Meister auf Wunsch seines Vorgesetzten darüber nach, wie er einen Triebwagen provisorisch „bewaffnen" könnte. Und doch wollte sich dafür keine Idee einstellen. Wie sein Chef es sich vorgestellt hatte, konnte es nicht funktionieren. Es sollten von außen Klingen oder Lanzen an dem Triebwagen angebracht werden, die wie Schwerter wirkten. Da die U-Bahnschächte in Hamburg unterschiedlich breit sind, sollten sie wie Teleskopstangen funktionieren und vom Waggon bis zu den Wänden des Schachtes reichen. Im Inneren der Teleskopstangen sollten Federn montiert sein, die dem Druck der Wände nachgeben sollten, damit die an ihnen verlaufenden Kabel nicht beschädigt würden. Und sie sollten wieder ausfahren, wenn sich der Tunnel verbreiterte, weil dann der Druck auf die Federn nachgab. Durch die Klingen sollten so die Bestien verletzt oder getötet werden können. Dieser Triebwagen sollte das gesamte U-Bahnnetz durchfahren und auf Monsterjagd gehen, denn es sollte um jeden Preis wieder monsterfrei und für jeden Fahrgast sicher gemacht werden. Das erforderte allerdings eine technische Perfektion, die in seiner Werkstatt nicht erreicht werden konnte.

Trotzdem dachte der Werkstattmeister noch einmal darüber nach. Wenn es ihm überhaupt gelingen würde, mit seinen Mitarbeitern einen Triebwagen nach den Vorgaben seines Chefs umzubauen, so würde er dafür mindestens mehrere Tage und das Material benötigen, das sie nicht einmal hatten und das erst noch beschafft werden musste. Bis dahin würden die Monster ohnehin schon längst erledigt sein.

Schweren Herzens griff der Mann zum Telefon und rief seinen Chef an. Er erklärte ihm, warum in seiner Werkstatt kein Triebwagen zu einem Monsterkiller umgerüstet werden konnte. Der Chef war davon nicht sonderlich überrascht. „Das hatte ich mir beinahe schon so gedacht."

„Dann hat sich das also erledigt?", fragte der Meister.

„Dafür habe ich einen Auftrag für Sie. Ein Triebwagen muss dringend zum Hauptbahnhof gebracht werden, der dort zum Einsatz kommen soll, weil ein anderer ausgefallen ist. Bitte veranlassen Sie das!"

*****

Vorsichtig ging Marcel Winter weiter in den U-Bahnschacht hinein. Manchmal glaubte er, leise Motorengeräusche zu hören. Aber dann glaubte er wieder, dass das doch gar nicht möglich sein konnte. Denn der U-Bahnverkehr war vollständig eingestellt worden. Und andere Fahrzeuge fuhren hier unten natürlich nicht. Sicherheitshalber wollte der Teenager eine Hand auf die Schiene legen, um zu prüfen, ob sie vibrierte. und damit anzeigte, dass eine Bahn auf dem Gleis fuhr, auf dem er jetzt zu Fuß unterwegs war. Er bückte sich und spürte die Vibration der Schiene.

Plötzlich schlug sein Herz schneller. Ein Zug war unterwegs. Er würde ihm begegnen. Er wusste, sein Leben war in Gefahr. Wo sollte er sich nun in Sicherheit bringen? Links und rechts von ihm war gerade so viel Platz vorhanden, dass ein Zug sicher durch den Schacht fahren konnte. Was also sollte er tun? Hatte er seiner Mutter nicht versprochen, keine Dummheiten zu begehen? Was machte er dann hier gerade? In diesem Augenblick erkannte er, dass er doch eine Dummheit beging.

Er hatte nur eine einzige Chance, das wurde ihm sofort bewusst. Er musste sich sofort zwischen die Gleise legen, wenn der Zug in seine Nähe kam. Dabei musste er aufpassen, dass er nicht die stromführende Schiene berührte. Der Starkstrom, der darin floss, würde ihn sofort umbringen.

Außerdem wusste er nicht, dass die Armee die Schächte sicherte und dass dafür unter anderem Drohnen zum Einsatz kamen. Die Soldaten verfügten allerdings nicht über genügend dieser Kampfmittel, um jeden U-Bahnschacht in jede einzelne Fahrtrichtung mit einer Drohne kontrollieren zu können. So bestand für Marcel außerdem die Gefahr, dass er von den Soldaten mit einem Monster verwechselt und aus Versehen erschossen wurde.

Die fernen Motorengeräusche kamen schnell näher. Schneller, als ihm lieb sein konnte. Die Schienen begannen, kräftig zu vibrieren. Sogar ein metallisch klingendes Quietschen entstand hinter ihm und drang in sein Bewusstsein ein. Das versetzte den jungen Mann in Angst und Schrecken. Dann sah er, dass hinter ihm in einer Kurve ein Lichtschein entstand, der schnell heller wurde. Nur wenige Augenblicke später sah der junge Mann die U-Bahn um die Kurve fahren und auf sich zukommen. Das Fahrzeug war vielleicht noch dreihundert Meter von ihm entfernt und kam schnell näher. In der Dunkelheit konnte er nicht einschätzen, wie viel Zeit ihm blieb, um sich in das Gleisbett zu legen. Aber er wusste, dass die Züge sehr schnell unterwegs waren und er sofort handeln musste. Sein Leben war schon wieder in Gefahr. Sein Herz hämmerte in seiner Brust. Und er fragte sich: „Was machst du hier bloß für einen Scheiß?"

Marcel leuchtete mit seiner Taschenlampe das Gleisbett vor sich aus. Vorsichtig, aber schnell ging er auf die Knie. Die Scheide seines Samuraischwertes behinderte ihn dabei. Er zog an ihr und sie verhakte sich an seinem Hosenbein. Der Zug kam näher. Den Triebwagen konnte er bereits deutlich sehen. Er riss an der Scheide, sie gab nicht nach. Der Schweiß trat dem Burschen auf die Stirn. Schnell öffnete er den Gürtel seiner Jeans. Dafür hatte er das Wakizashi in die linke Hand gewechselt. Es war nicht leicht für ihn, die Taschenlampe gemeinsam mit dem Schwert in einer Hand zu halten. Die Lampe drohte herunterzufallen. Schnell griff er nach ihr und klemmte sie sich unter den Arm. Der Zug kam näher und näher, Meter um Meter. Am Triebwagen erkannte er schon einzelne Details. Der Gürtel seiner Jeans ließ sich mit einer Hand ohne Probleme öffnen. Der Knopf rutschte ihm durch die Finger. Dieser verdammte Knopf wollte nicht durch die Öse. Er riss an seinem Hosenbund. Das Quietschen des Zuges wurde lauter.

Marcel bekam Panik. Warum ging dieser doofe Knopf seiner Hose nicht auf? Gehetzt blickte er sich um. Der Triebwagen kam näher und näher. Bald musste er ihn erreicht haben? Wie viele Sekunden blieben dem Teenager noch, um sich zu retten? Hätte er bloß eine andere Hose angezogen!

Beinahe befand sich Marcel in einem Schockzustand. Er erkannte, dass es sich um einen einzelnen Triebwagen handelte, der direkt auf ihn zurollte. Aber der U-Bahnbetrieb ist doch schon vor etlichen Stunden eingestellt worden. Wie kann dann ein Triebwagen auf ihn zukommen? Panik befiel den Jugendlichen. Ausgerechnet jetzt und hier musste ihm ein Triebwagen auf die Pelle rücken. Genau an der engsten Stelle des Schachtes. Schnell fuhr der Wagen auf Marcel zu. In wenigen Sekunden musste er ihn erreicht haben. Viel Zeit blieb dem jungen Burschen nicht mehr, um zu handeln.

„Ruhig, ich muss mich beruhigen", dachte er. Der Lichtstrahl seiner Taschenlampe war verrutscht, er zeigte zur Decke, nicht zum Boden, wie er es wollte. Der Triebwagenführer musste doch das Licht der Taschenlampe sehen! Er musste doch den Wagen bremsen! Aber das geschah nicht. Marcel riss an seinem Hosenbund. Seine Hände zitterten. Das Samuraischwert und die Taschenlampe drohten von seinem linken Arm herunterzufallen. Endlich gab der Knopf nach und die Hose öffnete sich. Er musste sich beeilen, sonst würde es für ihn zu spät sein.

Der Reißverschluss gab sofort nach. Marcels Hose rutschte gegen seinen Willen herunter, dabei fiel die Scheide des Samuraischwertes heraus. „Bitte nicht auf die Stromschiene", dachte Marcel hektisch. Panik breitete sich erneut in ihm aus, sie drohte ihm, den Verstand zu rauben. Er musste sich zusammenreißen. Jetzt wurde es Zeit, dass er sich zwischen die Schienen legte. Das Schwert störte ihn dabei. Er musste es aus seiner Hand legen. Der Zug war schon zum Greifen nahe. Panikartig griff Marcel mit einer zitternden Hand zur Lampe. Er würde sterben, wenn er sich einfach, ohne das Gleisbett zu beleuchten, hinlegte. Das Gleis war dafür viel zu eng. Es bestand die Gefahr, dass er dabei die stromführende Bodenschiene berührte. Der Triebwagen rumpelte laut hinter ihm heran. Marcel kniete im Gleisbett. Scheiße! War das eng. Runter mit dem Kopf. Ein Windzug erfasste ihn und es wurde sehr laut. Quietschen! Rumpeln! Angst! Panik!

Der Windzug wurde schwächer, die lauten Geräusche wurden leiser. Geschafft. Der Wagen war über ihn hinweggerollt.

Vorsichtig stand er wieder auf, indem er sich auf seinen Händen abstützte. Der Triebwagen wurde kleiner. Verstört und schwer atmend sah Marcel ihm nach. Dann richtete er seine Sachen.

Der Zweikampf

Die erste Gruppe des Oberleutnants Wolke hatte ihren Stollen bis auf wenige hundert Meter vor der nächsten Station gesichert. Aus einer anderen Kompanie kamen ihnen Soldaten entgegen. In Erwartung weiterer Befehle informierte einer ihrer Männer darüber den Kompaniechef.

Das Bataillon des Oberst Wagemut hatte in der Zwischenzeit das gesamte U-Bahnnetz Hamburgs unter seine Kontrolle gebracht. Bisher wurde allerdings noch kein Monster entdeckt. Es wurden zusätzliche Gruppen mit jeweils fünf Soldaten gebildet, die ständig in den gesicherten U-Bahnschächten patrouillierten, um das unbekannte Wesen zu finden. Das menschenfressende Ungeheuer musste unbedingt getötet werden. Im Bataillon sprach sich schnell herum, dass es sehr gefährlich war. Insgeheim hoffte jeder Soldat, dass nicht er es sein würde, der sich dem Ungeheuer in den Weg stellen musste.

Phil Neumann machte sich Sorgen über die Entwicklung der Angelegenheit. Diese angespannte Situation hätte verhindert werden können, wenn sein damaliger Chef vor einem Jahr seinem Rat gefolgt wäre. Die Kosten damals wären im Vergleich zu den Kosten des jetzigen Einsatzes sehr gering gewesen. Nur Personalkosten und etwas Munition für ihre Spezialgewehre wären angefallen. Und jetzt war die Wirtschaft der gesamten Millionenmetropole betroffen. Viele Menschen erreichten ihren Arbeitsplatz nicht. Die ersten Geschäfte mussten schließen, wenn der Ausnahmezustand weiter anhielt, würden Betriebe ihre Produktion einstellen müssen, weil das wenige verbliebene Personal auch einmal eine Erholungspause brauchte und nicht tageweise durcharbeiten konnte. Außerdem würde es an Zulieferungen jeder Art fehlen. Beinahe das gesamte öffentliche Leben war somit lahmgelegt worden. Dazu kamen, und das war noch viel schlimmer, die vielen von den Monstern bisher getöten Menschen. Niemand vermochte zu sagen, wie viele Monster sich im U-Bahnnetz der Stadt aufhielten.

Phil Neumann grübelte darüber nach, wie man es anstellen konnte, um genau das zu erfahren. Er wollte nicht den gleichen Fehler begehen wie sein ehemaliger Chef.

*****

Frau Winter hatte sich ins Schlafzimmer zurückgezogen und gab sich ihrem Schmerz hin. Sie hatte ihren Mann sehr geliebt. Er war ihrem Sohn ein guter Vater und ihr ein treuer, liebevoller und sorgender Ehemann.

Sie wusste, dass Marcel unter dem Verlust seines Vaters sehr litt, auch deshalb, weil er natürlich nicht mit seinem plötzlichen Tod gerechnet hatte. Ihre beiden Männer hatten sehr viel Zeit miteinander verbracht. Als Marcel in die Pubertät kam, hatten die beiden kaum Probleme miteinander gehabt, die sie nicht auf freundschaftliche Art gelöst hätten. Ihr Mann war Marcels bester Freund und der Junge hatte seinen Vater abgöttisch geliebt. Frau Winter glaubte ihrem Jungen, dass er Ablenkung bei seinem Freund Frank suchte und hatte dafür Verständnis. Sollte er nur bei ihm schlafen. Die Realität würde Marcel noch früh genug wieder einholen.

Wenn sie auch nur geahnt hätte, wo sich ihr jugendlicher Sohn aufhielt und was er tat, hätte sie sich niemals in ihrer Trauer um ihren Mann in den Schlaf geweint.

*****

Auch Marcels Freundin Silke machte sich um ihn große Sorgen, schließlich kannten sie sich schon viele Jahre und deshalb recht gut. Schon seit drei Jahren waren sie ein Paar, und Marcel hatte sie bisher noch nie enttäuscht. Er war sehr aufmerksam, liebevoll und vor allem verantwortungsbewusst. Er war darin ganz anders als seine Altersgenossen, die alle irgendwie doof waren und sich noch oft wie kleine Kinder benahmen. Marcel wirkte hingegen viel erwachsener. Die Ruhe, die er ausstrahlte, schien ihm eine gewisse Überlegenheit über seine Kumpel zu geben. Geistig war er ihnen tatsächlich weit voraus, das hatte Silke schon oft bemerkt. Aber dafür tat Marcel auch sehr viel. Er las täglich in einem seiner vielen Bücher, war wissbegierig und nahm nur selten Dinge als gegeben hin, ohne sie zu prüfen. Ständig ging er ihnen auf den Grund und bildete sich auf diese Weise weiter. Das gefiel dem Mädchen ganz besonders an ihm. Auch gefiel ihr, dass sich seine Buchsammlung ständig vergrößerte und vervollkommnete. Sein Zimmer sah eigentlich nicht aus wie das eines Jugendlichen, sondern eher wie eine Bibliothek. Wollte sie ihm eine Freude bereiten, brauchte sie ihm nur ein Buch zu schenken. Dabei war es egal, ob es sich um ein Sachbuch oder einen Roman handelte. Er freute sich über jedes Buch, das er bekam. Er kaufte sich selbst jeden Monat wenigstens ein Buch, darunter auch Lexika oder andere Nachschlagewerke.

Marcel wäre kein richtiger Siebzehnjähriger gewesen, wenn er nicht auch ab und zu Dummheiten im Kopf gehabt hätte. Aber wenn er etwas ausheckte, konnte er es meist nicht vor ihr verbergen. Heute hatte Silke es ihm angesehen, dass er etwas plante, von dem er wollte, dass sie das nicht erfuhr. Sie ahnte, um was es sich dabei handelte, stellte ihn deshalb jedoch nicht zur Rede. Sie wusste, dass er sich auf keine Diskussion mit ihr eingelassen hätte.

Nachdem er sie nach Hause gebracht und sich von ihr verabschiedet hatte, machte sie sich große Sorgen um ihn. Sie liebte ihn und wollte ihn nicht verlieren, schon gar nicht durch einen sinnlosen Tod. Silke fragte sich, ob ihre Vermutung der Wahrheit entsprach und was sie hätte tun können, um ihn von seinem Vorhaben abzubringen. Aber am Ende wusste sie auch, dass Marcel sich nie davon abhalten ließe, das Monster zu jagen, das seinen Vater getötet hatte. Sie verspürte Angst um ihn, große Angst und erlebte eine schlaflose Nacht.

*****

Nachdem Marcel seine Sachen in Ordnung gebracht hatte, war der Triebwagen seinen Blicken entschwunden. In seiner Rechten hielt er das Samuraischwert und in seiner Linken die Stabtaschenlampe. Vorsichtig ging er zwischen den Schienen weiter. Allmählich verbreiterte sich der Tunnel. Vorsichtig kletterte er aus dem Gleis heraus. Nun fühlte sich Marcel sicherer, einen zufälligen Stromschlag mit Starkstrom hatte er zu diesem Zeitpunkt nicht mehr zu befürchten, wenigstens nicht, solange er neben dem Gleis weiterging. Einige Meter vor sich sah er eine kleine Nische.

Er richtete den Lichtstrahl seiner Taschenlampe dort hin und erkannte in der Wand eine Stahltür. Zielstrebig ging er dorthin. Als er die Tür erreichte, lauschte er angestrengt, ob er hinter ihr Geräusche wahrnahm. War es überhaupt möglich, durch eine Stahltür hindurch etwas zu hören, oder war sie dafür zu dick? Er legte sein Ohr an das kalte Metall. Tatsächlich vernahm er kratzende Laute. Zwischendurch auch immer wieder ein Grunzen oder Knurren. Vorsichtig öffnete er die Tür und hielt seine Taschenlampe in den Raum hinein, um besser zu sehen. Verwesungsgestank schlug ihm entgegen. Er begann zu würgen, brachte sich aber schnell wieder unter Kontrolle. Er sah in dem Raum vor sich etwas Unförmiges, Schwarzes. So etwas hatte er schon zweimal gesehen. Einmal wurde er davon angegriffen und einmal sein Vater. Er hatte Glück und überlebte den Angriff des Ungeheuers. Es wurde mit der Salve einer Bordkanone eines Hubschraubers erschossen. Sein Vater hatte kein Glück und starb, als das Untier ihn angriff.

Das Monster grunzte. Marcel hielt das Samuraischwert fest in seiner Hand. Der Teenager erwartete einen Angriff. Das Monster stand in wenigen Metern Abstand unbeweglich vor ihm. Marcels Herz pochte wild in seiner Brust, als wollte es herausspringen. In diesem Moment pumpte es mindestens 180 mal in einer Minute sein Blut in einer wahnsinnig hohen Geschwindigkeit durch den Körper. Seine Nerven lagen blank.

Marcel zwang sich zur Ruhe und hatte seine Körperfunktionen unter Kontrolle. Sollte das Mistvieh nur kommen, es würde sein blaues Wunder erleben. Unbeweglich stand nun auch der Teenager vor dem Monster. Wer bewegte sich zuerst? Wer musste in diesem Kampf sein Leben lassen? Dass es ein Kampf auf Leben und Tod werden würde, war dem jungen Mann bewusst. Mit diesem Ziel war er hierhergekommen. Entweder das Monster starb oder er. Eine dritte Möglichkeit schied für ihn aus. Auf keinen Fall wollte er diesen U-Bahnschacht verlassen, ohne seinen Vater gerächt zu haben.

Marcel konnte die Umrisse des unbekannten Wesens kaum erkennen. Nur schemenhaft nahm er sie wahr. Deshalb konnte der Teenager auch nicht sehen, ob sich das Monster bewegte. Aber er wusste, dass es einen Angriff in sehr hoher Geschwindigkeit eröffnen konnte.

Aber auch Marcel hatte ein gutes Reaktionsvermögen. „Hast jetzt wohl Angst, du blödes Mistvieh!" Musste er seine Aufregung bekämpfen? Wollte er sich selbst Mut zusprechen? Er ließ das Ungeheuer nicht aus seinen Augen.

Endlich erkannte der Teenager, dass das Monster sich in dem kleinen Raum in der Defensive befand. Obwohl Marcel mit seinem Angriff rechnete, war er trotzdem überrascht, als es mit einem lauten Grunzen auf ihn zustürmte. Im letzten Moment schaffte er es, sein Samuraischwert in die Höhe zu reißen und zur Seite zu springen. Das Monster lief an ihm vorbei aus dem kleinen Raum heraus. Aber den ersten Angriff der Bestie hatte er vereitelt.

Das Monster brüllte auf. Blut spritzte. Marcel hatte den Menschenfresser mit seiner Waffe in einer blitzschnellen und fließenden Bewegung verletzt. So erschien es ihm jedenfalls. Leider wusste er nicht, wie gefährlich die Wunde war, die er seinem Gegner zugefügt hatte.

Plötzlich drehte sich das Ungeheuer zu ihm um, stürmte auf ihn zu und packte ihn an der Kehle. Und das in nur einem einzigen Augenblick. So wendete sich das Blatt. Jetzt befand sich Marcel in der Defensive. Und nicht nur das. Er schwebte sogar in höchster Lebensgefahr.

Noch hatte er sein Schwert in der Hand, noch konnte er seine Arme bewegen. Aber er bekam keine Luft mehr. Vor seinen Augen wurde es dunkel. Er musste etwas tun. Panik ermächtigte sich seiner. Der Druck auf seiner Kehle verstärkte sich. Unkontrolliert fuchtelte er mit seiner Waffe durch die Luft. Dabei hieb er eher zufällig als gewollt mit dem Schwert auf das Monster ein. Einmal, zweimal. Der Druck am Hals ließ nach. Noch ein Hieb. Marcel konnte sich befreien. Er versuchte, dem Monster zu entkommen. In der Flucht sah er für sich die einzige Möglichkeit, um zu überleben.

*****

Phil Neumann saß in seinem Büro am Schreibtisch und dachte nach. Der Bürgermeister hatte ihm die Verantwortung für das Institut übertragen und damit auch für die Lösung des Problems der Monster. Aber das war ohnehin seine Aufgabe. Er entschied sich dafür, sein Büro zu behalten. Das seines Vorgängers würde er auf wichtige Akten, Nachrichten und Hinweise durchsuchen und danach einem seiner Abteilungsleiter anbieten.

Die wichtigste aller Fragen für ihn war in diesem Moment: Wie konnte er sicherstellen, dass kein neues Ungeheuer unter dem Hochhaus heranwuchs und die Stadt erneut in Angst und Schrecken versetzte? Das Gleiche traf auf das U-Bahnnetz zu. Mindestens ein fremdes Wesen war dort unterwegs. Das wussten er und seine Männer und die eingesetzten Soldaten mit Sicherheit. Gab es weitere Monster? Wenn ja, wo sollten sie sie suchen? Ein Untier war erledigt, er selbst hatte es obduziert. Dabei hatte er festgestellt, dass es beinahe wie ein Mensch aufgebaut war. Einige seiner Organe hatte er in Formaldehyd eingelegt, um sie für wissenschaftliche Untersuchungen nutzen zu können. Wenn er wusste, wie die Instinkte dieser Ungeheuer funktionierten, und nach welchem Verhaltensmuster sie sich bewegten, was sie mochten und worauf sie aggressiv reagierten, vergrößerte sich die Chance der Monsterjäger, diese Wesen zu vernichten, die die Existenz vieler Menschen bedrohten. Phil Neumann wollte sie verstehen, wollte wissen, was sie zu ihrem grausamen Handeln veranlasste. Darin sah er die Lösung des Monsterproblems.

*****

Marcel hörte hinter sich das Monster näherkommen. Es war schneller als er und holte Meter um Meter auf. Entweder fand er etwas, in das er sich retten konnte, oder er stellte sich dem Monster zum Kampf. Nur einer von ihnen konnte diesen Kampf auf Leben und Tod gewinnen: Entweder er oder das Monster! Selbstverständlich wollte der junge Bursche am Leben und unverletzt bleiben. Er wollte seinen Vater rächen. Dafür reichte es nicht aus, dass er mit einem Wakizashi mehr schlecht als recht umgehen konnte, nein, er brauchte dafür auch sehr viel Glück.

Doch jetzt musste er sich erst einmal das Monster vom Hals halten. Wie ihm das gelingen konnte, wusste er nicht. Aber der Zufall half ihm. Dort! Eine Nische. Eine natürliche Nische im Schacht. Schnell war er darin verschwunden. Leider bemerkte das Monster jedoch, wohin er flüchtete. Es blieb vor der Nische stehen, als wollte es aufpassen, dass ihm Marcel nicht noch einmal entfloh.

Dennoch hatte sich die derzeitige Situation des Teenies verbessert. Das Monster war aufgrund seiner Verletzungen nicht mehr so schnell, wie es noch vor seinem Angriff auf ihn gewesen war. Der junge Mann glaubte, dass es ihm gelungen war, seinem Gegner wenigstens zwei bis drei Wunden zu zufügen. Außerdem hatte der Menschenfresser nicht gerade wenig Blut verloren. Trotzdem fühlte sich der Teenager von dem Monster bedroht. Er prüfte sein Schwert. Es war in Ordnung, hatte nicht einmal einen Kratzer davongetragen. Und es war immer noch scharf wie eine Rasierklinge. Also konnte er sich damit weiterhin verteidigen, oder das Monster angreifen, wenn sich ihm dafür eine Gelegenheit bot. Im Schein seiner Taschenlampe bemerkte er, dass sein Mantel und seine Jeans mit Blut besudelt waren. Da der Jugendliche nicht verletzt war, konnte es nur das Blut des Monsters sein. Ob seine Mutter das Blut aus den Sachen wieder herausbekam?

Marcel machte sich Mut, indem er das Monster nochmals beschimpfte. „Damit hast du Mistvieh nicht gerechnet, dass ich dich verletze, was? Du wirst sehen, ich werde dich auch noch umbringen, so, wie du es mit meinem Vater gemacht hast."

Das Monster steckte eine Gliedmaße in die Nische hinein. Es wollte Marcel ergreifen. Der junge Mann erkannte, wie dumm das Tier handelte. Und er erkannte seine Chance. Sein Vater hatte ihm einmal gesagt, dass man mit den Samuraischwertern Knochen durchtrennen konnte.

Das Monster suchte mit seiner Klaue nach Marcel, denn es hatte einen zu kräftigen Körper, um in die kleine Nische eindringen zu können. Der Gestank, der von ihm ausging, war kaum zu ertragen. Dem Teenager wurde davon schlecht. Er musste unbedingt aus dieser Nische heraus, wenn er sich nicht übergeben wollte. Der junge Bursche sah dafür nur eine Möglichkeit: Er holte mit dem Schwert aus und schlug kraftvoll auf die Klaue des Monsters ein. Er spürte den Widerstand, als sein Schwert auf die Knochen des Monsters traf und es plötzlich abgebremst wurde. Eine der vorderen Extremitäten des Ungeheuers hing verletzt herunter, Blut trat aus der Wunde aus. Das Monster brüllte auf. Noch einmal schlug Marcel blitzschnell zu. Er wollte nicht, dass der Menschenfresser sich zurückziehen konnte. Mit einem dumpfen Geräusch fiel ein Teil der Klaue auf den Boden. Der austretende Blutstrahl wurde kräftiger. Das Monster zog sich zurück.

Vorsichtig schaute der junge Mann, wo es sich aufhielt. Es befand sich noch immer vor der Nische. Aber Marcel konnte sie nun verlassen. Mehrmals versuchte er, auf seinen tierischen Gegner einzuschlagen. Allerdings konnte er bei den herrschenden Lichtverhältnissen nicht erkennen, ob er das Monster traf, denn es wich seinen Schlägen aus, so gut es ihm möglich war.

Plötzlich erklang ein dumpfes Geräusch. Das Monster stürzte zu Boden, rappelte sich aber sofort wieder auf und floh. Marcel gelang es nicht, das Ungeheuer zu verfolgen. Darüber ärgerte er sich sehr, denn er wollte das Monster töten.

Im U-Bahnnetz

Nach einer schlaflosen Nacht, in der sich Silke immer wieder das Gehirn zermarterte, stand sie schließlich früh am Morgen auf. Sie fühlte sich absolut nicht ausgeruht. Der Schlaf hatte sich nicht eingestellt. Dafür kam ihr ein Gedanke nach dem anderen. Und das waren meist keine positiven Gedanken.

Silke quälte ein schlechtes Gewissen. Hätte sie nicht Marcels Mutter über ihre Vermutung informieren müssen? Aber was hätte sie ihr sagen sollen? Es war von ihr doch nur eine Vermutung, dass sich Marcel möglicherweise auf die Suche nach dem Monster begeben hat? Aber dafür hatte sie keine Beweise. Was also hätte sie der armen Frau, die um ihren gerade verstorbenen Mann trauerte, sagen sollen? Sollte sie sie etwa noch zusätzlich in Angst und Schrecken versetzen? Und wenn sie sich irrte und Marcel sicher war? Sie glaubte, dass sie dazu kein Recht hatte und es sich auch nicht so einfach nehmen durfte.

Und doch glaubte sie, dass sie Frau Winter hätte warnen müssen. Selbst dann, wenn sie nur eine Vermutung hatte. Aber diese ließ sich vielleicht überprüfen.

Nach einer ausgiebigen Dusche mit allem was dazu gehörte und nachdem sie sich ihre Haare gewaschen hatte, verließ Silke nach einer Stunde das Bad. Nackt wie sie war, ging sie über den Flur und stellte sich in ihrem Zimmer vor den Kleiderschrank, entnahm ihm ein hellblaues Höschen mit Rüschen und ein kurzes ärmelloses, hellblaues Kleid, das an den Rändern ebenfalls mit hellblauen Rüschen versehen war. Beides zog sie an. Das Kleid bedeckte ihre Brüste und reichte ihr bis kurz über den Po. Danach ging sie zum Frühstücken in die Küche. Hunger verspürte sie nicht, aber ohne etwas zu Essen wollte das Mädchen die Wohnung nicht verlassen.

Zunächst schaltete sie das Radio ein. In den Nachrichten wurde ausführlich über die Vorfälle in der U-Bahn berichtet. So erfuhr Silke, dass das gesamte U-Bahnnetz von den Soldaten eines Bataillons der Armee kontrolliert wurde und auch an diesem Tag kein einziger Zug durch Hamburgs Untergrund fahren würde.

Danach bereitete sie für sich einen Milchshake zu, trank ihn und machte sich auf den Weg zu Marcels Mutter. Gegen acht Uhr morgens klingelte sie an der Wohnungstür der Winters.

Frau Winter öffnete die Tür und forderte das Mädchen mit einer Geste auf, in die Wohnung zu kommen. „Ach, Silke, das ist ja nett von dir, dass du uns schon so früh besuchen kommst, grüß dich. Ich weiß gar nicht, ob Marcel zuhause ist. Er ist gestern Abend zu Frank gegangen und wollte vielleicht bei ihm schlafen." Während sie sprach, trat die Freundin ihres Sohnes ein und verschloss die Tür hinter sich. Frau Winter ging in die Küche, wo sie das Frühstück vorbereiten wollte.

Silke folgte ihr: „Darf ich nachsehen, ob er in seinem Zimmer ist?"

„Ja, klar, mach das nur."

Silke klopfte an Marcels Tür. In seinem Zimmer blieb es stumm. Vorsichtig öffnete sie die Tür und spähte in den Raum hinein, konnte Marcel aber nirgends entdecken. „Er ist nicht da!"

„Dann wird er sicherlich noch bei Frank sein." Silke sah Marcels Mutter an, dass sie ihren Sohn gern bei sich gehabt hätte.

„Soll ich ihn mal anrufen?", fragte Silke.

„Wen? Frank oder Marcel?"

„Vielleicht beide?"

„Tu es einfach, Mädchen!"

Silke entnahm ihrer Handtasche ein Handy, tippte zweimal auf das Display und wählte so Marcels Nummer. Doch der nahm das Gespräch nicht an. Stattdessen erhielt sie folgende Nachricht: „Der Teilnehmer ist zurzeit nicht erreichbar, bitte versuchen Sie es später noch einmal."

Frustriert gab sie Franks Nummer ein. Nur wenige Sekunden später, die ihr wie eine Ewigkeit erschienen, hörte sie seine Stimme: „Hallo, Silke, was gibt's?"

„Hallo, Frank, ist Marcel bei dir?"

„Nein, warum sollte er bei mir sein?"

„Weil er seiner Mutter gesagt hat, dass er bei dir schlafen wollte."

„Nein, Silke, er war nicht hier. Ich habe ihn in der letzten Woche das letzte Mal gesehen." Die Antwort des jungen Mannes am anderen Ende der Leitung ließ keinen Zweifel offen.

Silke verabschiedete sich von ihm und trennte mit einem Knopfdruck die Verbindung. Frau Winter sah sie erwartungsvoll an. Machte sich das Mädchen Sorgen? War Marcel vielleicht nicht bei Frank gewesen? Aber wo war er dann? Machte der Junge etwa doch Dummheiten? Das Einzige, was Silke sagte, war das Wort „Scheiße"!

„Was ist denn los, Silke, nun sag doch etwas!", verlangte Frau Winter. Die Angst hatte sie gepackt, Angst um ihren einzigen Sohn. Sicherlich hatte sie ihn verwöhnt. Aber er hatte sich in den letzten Jahren zu einem guten und liebenswerten jungen Mann entwickelt. Dann plötzlich schoss ihr die Erkenntnis in ihren Kopf: Der dumme Junge ging doch nicht etwa auf Monsterjagd?

Endlich konnte Silke wieder sprechen. „Frau Winter, ich will Ihnen keinen schrecken einjagen, aber Marcel war nicht bei Frank. Ich fürchte, er ist zur U-Bahn gegangen, um das Monster zu töten!"

Sofort wurde Frau Winter von einer tiefen Panik erfüllt. „Du wirst am Ende doch nicht recht behalten? Womit soll der Bengel denn das Monster jagen wollen?"

„Er hat mir mal von einem Samuraischwert erzählt. Er sagte, dass sein Vater es aus Japan mitgebracht hat."

Frau Winter fuhr der Schock in die Glieder. Sie ahnte Böses und schlich angstvoll und kraftlos ins Arbeitszimmer ihres Mannes. Sofort sah sie, dass sich das Wakizashi nicht an seinem Platz befand. Die arme Frau schleppte sich zum nächsten Stuhl und sank darauf nieder. Tränen standen in ihren Augen. Womit hatte sie das verdient, dass sie zuerst ihren Mann an eine Bestie verloren hatte und nur einen Tag später vielleicht auch noch ihr einziges Kind? War seit dem Tode ihres Mannes tatsächlich erst ein einziger Tag vergangen? Ihr kam es wie eine Ewigkeit vor, denn am gestrigen Tage war so viel geschehen wie sonst in einem Monat nicht. Ihre Stimme klang resigniert und kraftlos. „Dieser dumme Junge, wie kann er nur so etwas Dummes tun? Was machen wir denn jetzt bloß?"

„Die Polizei anrufen?", fragte Silke.

„Wenn du glaubst, dass das etwas nützt."

„Vielleicht kann sie ihn suchen?"

*****

„Ja, Herr Neumann, ein Junge, siebzehn Jahre alt. Er soll zu der U-Bahnhaltestelle gegangen sein, an der sein Vater von dem Monster getötet wurde. Er will es jagen und mit einem Samuraischwert seines Vaters umbringen. Vielleicht möchten Sie mitkommen und uns beim Suchen helfen, dachte ich mir." Am anderen Ende der Leitung hörte Phil Neumann einen aufgeregten Kommissar. Erich Steiner be-

196

nötigte die Hilfe des neuen Direktors des Institutes für Forschung an unbekannten Lebensformen.

„Da haben Sie verdammt richtig gedacht. Wir treffen uns in einer Viertelstunde an der U-Bahnhaltestelle, ich weiß, welche das ist. Ich werde Ihnen ein Gewehr von uns mitbringen. Es ist eine Spezialanfertigung. Bestens für diese Mistviecher geeignet. Und noch ein kleiner Hinweis. Wenn wir in die U-Bahnschächte hinabsteigen, sollten Sie nicht unbedingt einen Anzug tragen. Vielleicht haben Sie die Möglichkeit, sich umzuziehen.“

„Gute Idee!“

„Kommt Ihr Kollege auch mit?“

„Wir sind überall und immer zu zweit, Herr Neumann!“

„Okay, dann bis gleich!“

Phil Neumann hoffte, dass sie rechtzeitig dort waren und Marcel fanden, bevor ihn das Monster fand und umbrachte. Er war der Überzeugung, dass ein siebzehn Jahre alter junger Mann zu jung zum Sterben war. Nachdem er das Gespräch beendet hatte, sprang er aus seinem Schreibtischstuhl heraus. Mit einem Satz stand er am Waffenschrank, entnahm ihm drei Gewehre und eilte aus dem Institutsgebäude.

Genau fünfzehn Minuten später traf er an der U-Bahnstation auf die beiden Kriminalpolizisten. „Dass ich noch einmal nach einem Jugendlichen suchen soll, der vielleicht von einem Monster bedroht wird, hätte ich nie im Leben gedacht“, begrüßte Kommissar Steiner Phil Neumann. Kommissar Stiefelknecht nickte ihm kurz zu. Die beiden Polizisten hatten den Hinweis des Monsterjägers beherzigt und trugen jeweils eine alte ausgeblichene Jeans. Der eine hatte eine ebenso ausgeblichene Jeansjacke angezogen und der andere eine Lederjacke, die schon bessere Tage gesehen hatte. Das Leder erschien Phil Neumann schon reichlich abgewetzt. Alte ausgelatschte Turnschuhe vervollständigten das Äußere der beiden Kommissare.

Sie gaben sich die Hand, und Phil Neumann schaute sich das Outfit der Polizisten an. „Super, um unter der Erde herumzukriechen, sind das die richtigen Klamotten. Wenn davon etwas kaputt geht, ist es nicht schade darum."

„Danke für ihren Hinweis, Herr Neumann, auf diese Weise sind die alten Sachen wenigstens noch zu etwas zu gebrauchen." Kommissar Stiefelknecht grinste. „Wenn ich daran denke, dass ich mich in diesen Klamotten einmal wohlgefühlt habe…"

Der neue Institutsdirektor übergab Erich Steiner und Ralf Stiefelknecht ein Gewehr und erklärte ihnen die Handhabung und Funktionsweise der Waffe. Kommissar Steiner staunte nicht schlecht: „Damit kann man das Ding erschießen und gleichzeitig von innen verbrennen?"

„Wenn Sie es so wollen, ja, das wäre möglich, wenn der Schuss in das Monster eindringt und in den Gedärmen stecken bleibt. Eines von diesen Ungeheuern wurde schon getötet. Ich habe es obduziert und festgestellt, dass es tatsächlich ähnlich wie ein Mensch aufgebaut ist. Wenn der Schuss also in die Eingeweide geht, hat es keine Chance mehr, weil das austretende Magnesium das Vieh von innen her verbrennt! Mir gefällt dabei nur nicht, dass es sich dabei um einen äußerst schmerzhaften Tod handelt."

„Dann wollen wir trotzdem hoffen, dass wir dieses Monster erwischen und dass es nur noch eins davon gibt", sagte der Polizist.

Das hoffte Phil Neumann auch. Sie begaben sich zum Eingang der U-Bahn, der von mehreren Soldaten bewacht wurde. Nachdem sich Phil Neumann und die Kommissare ausgewiesen hatten, durften sie passieren. Schnell überquerten sie den Bahnsteig. An seinem Ende holten die Männer aus ihren Jackentaschen LED-Stabtaschenlampen hervor und sprangen vorsichtig vom Rand des Bahnsteigs in das Gleisbett herunter.

„Woher wissen wir, dass das hier der richtige Tunnel ist?", fragte Ralf Stiefelknecht.

„Das Vieh hat den Vater des Jungen getötet, als sie mit der Bahn nach Hause gefahren sind. Das Monster ist mit seinem Vater in Fahrtrichtung verschwunden. Ich habe einen Bericht über den Vorfall gelesen und bin davon überzeugt, dass wir hier richtig sind. Was das Monster außerhalb unseres Gesichtskreises gemacht hat, entzieht sich leider meiner Kenntnis. Haben Sie ein Funkgerät dabei, damit wir zu den Soldaten Verbindung aufnehmen können?", fragte Phil Neumann.

„Ein Funkgerät wird uns nichts nützen, da die Tunnelfunkanlage auf einem eigenen Frequenzband arbeitet. Aber wir können unsere Handys benutzen." Zerstreut zog Kommissar Steiner aus seiner Jackentasche ein Handy heraus, steckte es aber gleich wieder ein. Dann holte er es nochmals heraus und gab Phil Neumann die Nummer, unter der sie die Soldaten erreichen konnten.

Endlich entfernten sie sich vom Bahnsteig und begaben sich in den U-Bahntunnel, um Marcel Winter zu folgen. Irgendwo in diesem Bereich musste sich der Jugendliche aufhalten.

„In der Hochhausanlage am Hans-Duncker-Platz war im letzten Jahr auch etwas los. Wissen Sie davon?" Erich Steiner fühlte sich nicht wohl in seiner Haut und wollte ein Gespräch beginnen. Er hoffte, auf diese Weise seine Angst zu verlieren, die ihn gepackt hatte, als sie in das Gleis sprangen.

„Ja, ich war dabei", begann Phil Neumann zu erzählen, „zwei dreizehnjährige Jungen hatten den Zugang zum unterirdischen Tunnel- und Bunkersystem gefunden. Als das Haus damals gebaut wurde, hatte man aus mir unerklärlichen Gründen diesen Zugang angelegt und es gibt ihn heute immer noch. Wahrscheinlich glaubte man, die Stollen unter dem Haus nutzen zu können. Jedenfalls hätte dieser Zugang schon längst zugemauert worden sein sollen. Die Bunker wurden wahrscheinlich von den Nazis im Zweiten Weltkrieg angelegt.

Dort hatten damals die Kinder nach der Ursache für die Katastrophen gesucht, die im Haus immer wieder passiert waren. Als einer ihrer Mitschüler von Ratten angegriffen worden war und schwer verletzt in ein Krankenhaus eingeliefert werden musste, war ihr Tatendrang nicht mehr zu bremsen gewesen. Sie waren auf ein Monster gestoßen und hatten dessen „Speisekammer" gefunden. Skelette und halb verweste Leichen, denen teilweise das Fleisch von den Knochen abgefressen worden war.

Da sie am Abend von ihren Eltern vermisst worden waren, hatten sich die Väter auf die Suche nach ihren Kindern gemacht. Nach einem Hinweis ihres Mitschülers hatten sie die Väter im Tunnelsystem gesucht.

Ein Tunnel war verschüttet worden und als ich mit einem alten und einem jungen Mann zu ihnen gestoßen war, versuchten sie, die verschüttete Stelle frei zu legen. Wir hatten ihnen dabei geholfen, als es plötzlich ein Erdbeben gegeben hatte. Einer der Väter war dabei verschüttet worden und verstorben.

Wir hatten trotzdem weiter gemacht und die Kinder schließlich gefunden. Der alte Mann war ein Opfer des Monsters geworden. Wir anderen waren ihm entkommen. Dabei war das Monster schwer verletzt worden und mein Chef hatte geglaubt, dass es sterben würde. Er hatte es abgelehnt, es uns suchen und töten zu lassen.

Vor ein paar Tagen explodierte eine amerikanische Fliegerbombe aus dem Zweiten Weltkrieg. Sie brachte die Tunnel teilweise zum Einsturz und zwei Monster konnten entkommen. Eines wurde erschossen, das andere hat hier Marcels Vater umgebracht. Den Rest kennen Sie."

„Oh, Mann, was für eine Geschichte. Um zwei Menschen zu retten, mussten zwei andere sterben", meinte Ralf Stiefelknecht.

„Na, ja und einer von ihnen war außerdem auch noch der Vater von einem der beiden Jungen, was besonders tragisch ist", meinte Phil Neumann.

Plötzlich klingelte Phil Neumanns Handy. Als der Wissenschaftler das Gespräch annahm, ertönte eine männliche Stimme: „Herr Neumann, wo sind Sie? Wir haben ein Monster gesehen. Es müsste direkt auf Sie zukommen, Herr Neumann!"

*****

Marcel ärgerte sich. Jetzt war ihm dieses verfluchte Scheißvieh, das seinen Vater umgebracht und verschleppt hatte, doch entkommen. Er ging in die Nische zurück, um sich anzusehen, was er dem Monster mit seinem Wakizashi abgeschlagen hatte. Schnell fand er es. Es war ein Teil des linken Vorderlaufes, etwa zwanzig Zentimeter lang. Ein Stück der Pfote mit drei Krallen lag vor dem Teenager.

Er besah sich dieses Teil in allen Einzelheiten und gewann die Erkenntnis, dass das Ungeheuer immer noch fähig war, mit dieser Teilamputation der Pfote zu kämpfen. Wie schwer er es mit seinen Hieben und Stichen verletzt hatte, wusste er nicht. Das Ding war sehr groß und massig, es mochte also sehr viel Blut in seinem Kreislauf haben. Die Blutspur, die das Monster hinter sich herzog und der Marcel Winter folgte, konnte er deutlich im Schein seiner Taschenlampe erkennen, aber viel Blut schien das Ding nicht verloren zu haben. Der Jugendliche beschloss, die Augen und Ohren offen zu halten.

*****

Der Soldat erschrak. Vor ihm stand ein Monster. Es war nur drei Meter von ihm entfernt. Von dem Wesen ging ein ungewöhnlich starker und ekelerregender Geruch aus. Schnell richtete er seine Maschinenpistole auf das Ding. Dabei sah er nur einen kurzen Augenblick auf die Waffe herunter. Er vergewisserte sich, dass die Waffe schussbereit war. Als er wieder aufblickte, war das Monster verschwunden. Er schilderte seinen Gefährten, was er gesehen hatte. Gemeinsam mit ihnen nahm er die Verfolgung auf. Er konnte nicht verstehen, wie die Bestie so vollkommen lautlos plötzlich vor ihm stand und schon im nächsten Augenblick genauso lautlos wieder verschwunden war. Nicht einmal eine Sekunde hatte der junge Soldat auf seine Waffe geschaut. Wie konnte das Ding so schnell sein?

Einer der Soldaten informierte über Funk den Oberleutnant, der seinerseits Phil Neumann vom Erscheinen des Monsters in Kenntnis setzte.

„Haben sie den Schießbefehl aufs Monster ausgesetzt? Ich habe keine Lust, durch einen Ihrer Soldaten erschossen zu werden", fragte der Wissenschaftler.

„Ich denke doch mit, Herr Neumann", kam prompt die Antwort des Offiziers.

„Dann wollen wir mal schön auf der Hut sein", dachte Phil Neumann. Einige Minuten später erreichten sie die Nische, in der zuvor Marcel Winter mit einem Monster gekämpft hatte.

„Sehen Sie, Herr Neumann, hier ist Blut!" Die Aufregung stand den Kommissaren im Gesicht geschrieben.

Phil Neumann leuchtete die Nische aus und entdeckte den abgetrennten Teil der Pfote des Monsters. „Hier, sehen Sie sich das an, Herr Steiner, Herr Stiefelknecht! Marcel Winter wird mit dem Monster gekämpft haben. Dabei hat es einen Teil seiner Pfote verloren.

Für seinen Mut hat der Junge meine ganze Achtung und meinen allerhöchsten Respekt verdient. Oder ist er überhaupt nicht mutig, sondern nur dumm?"

„Nein, dumm ist er bestimmt nicht, nur leichtsinnig. Mit siebzehn ist er noch lange nicht erwachsen. Ich glaube eher, Marcel Winter hatte viel Glück, als er mit dem Monster gekämpft hat. Das Samuraischwert seines Vaters hat ihm also tatsächlich geholfen." Erich Steiner ging wieder zum Gleis zurück. Phil Neumann übernahm die Führung. Ralf Stiefelknecht folgte ihnen.

„Vorerst ja, aber ob es ausreicht, wenn das Monster ihn an einem größeren Platz angreift, an dem es mehr Bewegungsfreiheit hat, ist fraglich. Ich frage mich, wo der Junge jetzt stecken mag, damit wir ihn zu seiner Mutter zurückbringen können." Phil Neumann wollte nicht, dass dem Teenager etwas Schlimmes passierte.

„Sind Sie sich sicher, dass das Blut nicht teilweise von dem Jungen stammt?", fragte einer der Kommissare.

Phil Neumann antwortete: „Soweit ich das ohne Hilfsmittel beurteilen kann, stammt das Blut vom Monster. Es hat einen eigenen Geruch. Das Blut von Menschen riecht anders. Außerdem lag doch die halbe Klaue in der Nische auf dem Boden."

Sie gingen weiter. Nach etwa einer halben Stunde erreichten sie ohne Zwischenfälle die Soldaten des Oberleutnants.

„Haben Sie das Monstrum gesehen?", fragte Erich Steiner.

„Ja, es ist uns leider entwischt. Und zwar in die Richtung, aus der Sie eben gekommen sind. Eigentlich hätten sie ihm begegnen müssen", antwortete einer der Männer. Und dann fragte er: „Aber haben Sie schon gewusst, wie schnell dieses Ding ist?"

„Ja, es wurde uns bereits davon berichtet." Kommissar Steiner begann, am gesamten Körper aus allen Poren zu schwitzen. „Wohlfühlen geht anders", dachte er. Er fühlte Angst in sich aufsteigen und wollte Marcel Winter finden und ihn seiner Mutter übergeben, aber auf das Monster wollte er nicht treffen. Doch wie es ihm in diesem Augenblick erschien, war ein Aufeinandertreffen mit dem Ungeheuer nicht zu vermeiden.

Phil Neumann schaute die Soldaten an. „Dann wollen wir mal wieder zurückgehen. Einen Jugendlichen haben Sie hier bestimmt nicht gesehen? Ist das richtig?"

„Nein, wie sollten wir? Ist doch alles abgesperrt!", meinte der Soldat.

„Trotzdem, passen Sie bitte auf! Ein Siebzehnjähriger ist hier eingedrungen und hat nach dem Monster, das seinen Vater umgebracht hat, gesucht. Wahrscheinlich hat er es tatsächlich gefunden und es muss zum Zweikampf zwischen ihnen gekommen sein. Denn wir haben Blutspuren gefunden. Das Blut stammt vom Monster. Der Junge muss es mit einem Samuraischwert verletzt haben. Er hat dem Ungeheuer eine Pfote zur Hälfte abgetrennt. Also immer schön vorsichtig sein", ermahnte Phil Neumann die Soldaten.

*****

„Hoffentlich kommt der Junge heil und gesund wieder nach Hause", klagte Frau Winter.

„Beruhigen Sie sich, bitte", erwiderte Silke der Mutter ihres Freundes, „er wird bestimmt gesund sein, ich fühle es."

„Das hoffe ich ganz stark. Gestern hat das Ding mir meinen Mann genommen, und heute vielleicht meinen Sohn. Das halte ich nicht aus!" Frau Winter begann zu weinen.

Silke ging zu ihr und nahm sie in die Arme. „Bitte, Frau Winter, Marcel wird zurückkommen. Glauben Sie mir das, bitte!" Das Mädchen sprach sehr mitfühlend, aber auch etwas energisch mit der Frau.

„Ich weiß, dass du es nur gut mit mir meinst, Silke, aber die Angst um meinen Jungen kannst du mir nicht nehmen", antwortete Frau Winter traurig.

„Ich habe auch um Marcel Angst", gestand das Mädchen.

„Ja, ich weiß auch das. Vielleicht sollten wir einen Tee trinken. Vielleicht beruhigt der uns ein wenig." Die Frau sah hoffnungsvoll zur Freundin ihres Sohnes hin.

*****

Marcel folgte der Blutspur. Das heißt, dass er mit seiner Taschenlampe nach einzelnen Blutstropfen suchte. Anfangs gab es tatsächlich eine blutige Spur, die das Monster hinterließ. Aber die Blutstropfen, denen er folgte, wurden immer kleiner und die Entfernung zwischen ihnen wurde größer. Es schien, dass sich die Wunde des Monsters allmählich verschlossen hatte, denn der Teenager verlor die Spur seines monströsen Widersachers.

Mit seiner Taschenlampe leuchtete er jede Ecke und jeden Winkel ab, ständig darauf gefasst, dem Ungeheuer zu begegnen. Immer noch war er aufgeregt, aber seine Angst hatte er verloren. Der Zweikampf mit dem Monster hatte ihm Mut und Zuversicht gegeben. Immerhin war es ihm gelungen, das Monster zu verletzen. Selbst hatte er nicht einen Kratzer abbekommen. Trotzdem blieb er vorsichtig, denn er vergaß nicht, dass ihn die Bestie beinahe erwürgt hätte.

Also blieben seine Sinne geschärft. Langsam setzte er einen Fuß vor den anderen. Dabei dachte er über den Verlauf seines Zweikampfes mit dem Monster nach. Gab es irgendetwas Auffälliges, das er beobachtet hatte?

Diese Frage beantwortete er für sich mit einem klaren Ja. Der Geruch, der vom Monster ausging, war ihm sehr unangenehm gewesen. Es roch nach Verwesung. Auch sein Blut hatte einen unangenehmen Geruch. Und er hatte deutlich gehört, dass das Untier kratzende oder schabende Geräusche machte. Auf die Geräusche und den Geruch des Monsters achtete er jetzt besonders.

*****

„Riechen Sie das auch?", fragte Kommissar Steiner.

„Ja, das tue ich. Das Monster ist in unserer Nähe. Diesen Verwesungsgeruch kenne ich schon vom letzten Jahr. Er stammt vom Monster!", antwortete Phil Neumann.

Augenblicklich trat den Polizisten der Schweiß auf die Stirn. Adrenalin schoss durch ihre Körper. Dem einen wie dem anderen schlug das Herz bis zum Hals. Für einen Moment glaubte Ralf Stiefelknecht, dass es so laut schlagen musste, dass Erich Steiner und Phil Neumann es hören konnten.

Der Monsterjäger drehte sich um, konnte aber nichts im Lichtschein seiner Stabtaschenlampe sehen.

„Passen Sie auf, diese Scheißviecher sind sehr schnell", warnte Phil Neumann die Kommissare. Plötzlich kratzte es hinter ihm. Schnell drehte er sich um. Doch er konnte wieder nichts sehen.

„Wo steckt das verdammte Mistding bloß?", dachte Phil Neumann und wurde nervös. Es befand sich ganz in seiner Nähe, das spürte er deutlich. Wenn es dem Ding gelang, sich dicht genug an ihn heranzuschleichen, hatte er keine Chance, das wusste er.

Die Männer hielten ihre Gewehre schussbereit in ihren Händen. Auch Kommissar Stiefelknecht bemerkte seine Nervosität. Er zwang sich zur Ruhe. Er wusste, jeder unkontrollierte Schuss, egal ob ihn Phil Neumann, Erich Steiner oder er selbst abgab, würde mit ziemlicher Sicherheit jemand von ihnen verletzen, vielleicht sogar töten.

Der Geruch des Monsters wurde unerträglich. Der Gestank von Verwesung hing in der Luft. Schmatzen! Kratzen! Grunzen! Das Monster griff an.

*****

Das Wasser kochte. Schnell hatte Frau Winter den Wasserkocher in ihre Hand genommen und goss die siedende Flüssigkeit in eine Glaskanne. Dort hinein hatte sie ein eigens dafür hergestelltes Tee-Ei mit einigen geschnittenen Kräuterblättern gehängt. Das klare Wasser färbte sich goldgelb.

„Noch muss der Tee vier Minuten ziehen, danach können wir ihn trinken." Nun ging sie wieder zu Silke zurück und setzte sich zu ihr.

„Ich freue mich schon jetzt auf ihn, er ist so köstlich. Wo haben Sie den Tee eigentlich her?", fragte Silke. Sie war froh, dass Marcels Mutter aufgehört hatte zu weinen. Das Mädchen hatte erkannt, dass die Frau beschäftigt werden musste. Dafür wollte es sein Bestes tun.

„Ach, der ist ja nichts Besonderes, nur ein Tee. Im Supermarkt um die Ecke habe ich den gekauft. Aber du hast recht, mir schmeckt er auch sehr gut. Den kann man auch sehr gut ohne Zucker trinken."

„Was haben Sie denn heute noch vor? Müssen Sie nicht arbeiten?", fragte Silke.

„Nein, ich muss noch die Wäsche waschen und die Wohnung putzen. Damit sollte ich langsam anfangen, sonst bin ich heute Abend noch nicht fertig", entgegnete Marcels Mutter. Bei diesen Worten erschien ein sanftes Lächeln auf ihren Lippen.

„Ich kann helfen, wenn Sie es möchten, ich habe den ganzen Tag Zeit", erwiderte Silke, sie wollte Marcels Mutter nicht allein lassen.

Diese schaute zur Uhr und sagte: „Es ist nicht schlimm, wenn ich nicht alles schaffe. Morgen ist auch noch ein Tag. Aber wenn du mir helfen möchtest, habe ich nichts dagegen. Dann können wir jetzt erst einmal in Ruhe den Tee trinken, und danach kümmern wir uns um die Wäsche und das Putzen."

Silke war erleichtert.

*****

Die Soldaten langweilten sich. Den ganzen Tag standen sie in den U-Bahnschächten herum. Die Männer waren noch sehr jung, einige von ihnen hatten kaum Marcels Alter überschritten. Sie begannen, Witze zu machen oder sich Geschichten zu erzählen. Auch redeten sie über ihre Vorgesetzten, die nicht mit ihnen zu den U-Bahnschächten kamen. Eine Gelegenheit, die sich ihnen nicht so schnell wieder bieten würde, jedenfalls nicht im Dienst.

„Der Brüllaffe hat sich schnell verpisst, als er hörte, dass wir auf Monsterjagd gehen sollen. Das ist typisch für diesen Idioten. Dieser fette Arsch ist nämlich kaum imstande, hundert Meter zu Fuß zu laufen", sagte einer der Männer, der den Namen Thomas Wurf trug.

Sein Kumpel Bernd Krüger antwortete ihm: „Aber wenn er mit seinem Schweinsgesicht einen von uns anbrüllen kann, dann fühlt er sich wohl! So ein blödes Arschloch!"

„Dass der überhaupt Offizier in einer Freiwilligenarmee sein darf, ist schon erstaunlich. Eigentlich vergrault der doch jeden, mit dem er redet. Allein schon durch seine hässliche Visage", meinte Thomas Wurf.

„He, Thomas, riechst du das auch? Das stinkt plötzlich so übel, kann das sein?"

„Ja, das stinkt nach Verwesung. Der Monsterjäger sagte, dass die Bestien danach stinken!", sagte der Angesprochene und warnte seine Kameraden: „Leute passt auf, irgendwo hier muss so ein Scheißvieh sein!"

Das Lästern und Scherzen hörte schlagartig auf. Die jungen Männer konzentrierten sich nun auf ihre Aufgabe und beobachteten aufmerksam ihre Umgebung. Angst beschlich sie, Angst davor, vielleicht einen ihrer Kameraden zu erschießen, wenn sie auf das Monster schießen mussten. Immer wieder wurde während ihrer Schießübungen darauf hingewiesen, im Umgang mit der Waffe sehr vorsichtig zu sein, um niemanden aus Versehen zu verletzen. Aber die Gefahr, die vom Monster ausging, wurde ihnen auf der Einsatzbesprechung nur einmal erklärt, wenn auch sehr eindringlich. Gerade deshalb war ihnen die Gefahr, in der sie schwebten, nicht wirklich bewusst. Keiner von diesen achtzehn oder neunzehn Jahre alten unerfahrenen Soldaten dachte daran, dass einer seiner Kameraden ein Opfer der Bestie werden könnte. Und niemand glaubte daran, dass es ihn selbst erwischen könnte.

Kampf ums Überleben

Plötzlich schrie einer der Soldaten auf. Sofort hatte er die Aufmerksamkeit seiner Kameraden, die zusehen mussten, wie ihn eines der Monster packte. Es benutzte ihn als Schutzschild, während es ihm seine Kleider vom Leib riss. Der junge Mann schrie in Panik. Er war zu keiner anderen Reaktion mehr fähig. Seine Stimme kippte über, schrill ertönten seine Schreie durch den U-Bahnschacht. Noch eine Station weiter, wo sein Kompaniechef einen vorübergehenden Gefechtsstand aufgebaut hatte, wurden seine Schreie von seinen Kameraden und Oberleutnant Wolke gehört. Ihnen sank das Herz in die Hosen, so schrecklich klangen die Schreie.

Bernd Krüger erkannte, dass sein Kumpel Thomas Wurf dem Ungeheuer zum Opfer zu fallen drohte. Vor Schreck blieb ihm beinahe das Herz stehen. Die Schreie des Freundes lähmten ihn. Was sollte er tun? Schießen? Dann würde er nicht nur das Monster treffen, sondern auch Thomas töten, dessen Schreie für ihn immer unerträglicher wurden. Plötzlich spritzte Blut herüber und verteilte sich auf dem Boden. Bernd Krüger begriff, dass es das Blut seines Freundes war, das vom Monster vergossen wurde. Thomas' Schreie erstarben. Er röchelte. Sein Blut strömte und spritzte in kaum vorstellbaren Mengen aus seinem Körper. Schlagartig hörte das Röcheln auf, als das Monster Thomas Kopf den Soldaten entgegen schleuderte. Als Bernd Krüger realisierte, was geschehen war, wurde ihm übel und er erbrach sich.

Den Kameraden der beiden Freunde erging es nicht anders. Auch sie standen unter Schock. Als sie ihn endlich überwunden hatten, begriffen sie, dass sie Thomas Wurf nicht mehr retten konnten. Einer aus der Gruppe eröffnete mit seiner Maschinenpistole auf das Monster das Feuer und schoss die Salven damit auch auf seinen unglücklichen Gefährten ab, den das Monster noch immer vor sich hertrug. Der Körper des jungen Mannes zuckte bei jedem Treffer. Es war für die jungen Männer ein grausames Erlebnis, sehen zu müssen, dass Thomas Körper mit jedem Schuss ruckartig bebte.

Als die anderen Männer sahen, was ihr Kamerad tat, ergriffen auch sie ihre Waffen und taten es ihm gleich. Auch Bernd Krüger, der seine Nerven zu diesem Zeitpunkt wieder unter Kontrolle gebracht hatte, schoss auf das Monster, das wild zu schreien begann. Beinahe menschliche Schmerzensschreie stieß das Ungeheuer aus. Schließlich brach es im Kugelhagel zusammen. Die jungen Männer stellten das Feuer ein, und standen mehrere Sekunden reglos da. Auch das Monster bewegte sich nicht mehr. Auch Thomas' nun völlig entstellter Körper blieb reglos in den Klauen der Bestie liegen. Keiner seiner Gefährten vermochte ihn und das Monster wirklich anzusehen. Bernd Krüger schluchzte laut auf und begann zu weinen. Der Kamerad, der zuerst auf das Monster geschossen hatte, begann unkontrolliert an seinem gesamten Körper zu zittern. Die anderen beiden sanken dort, wo sie standen, auf den Boden nieder. Dass sie durch ihre Tat das menschenfressende Ungeheuer getötet hatten, war für sie in Ordnung. Aber dass sie nicht besser auf Thomas Wurf aufgepasst hatten und ihm am Ende nicht mehr helfen konnten, lastete schwer auf ihrem Gewissen.

*****

Phil Neumann und die Kommissare der Kriminalpolizei hörten die Schüsse, die die Soldaten auf das Monster abfeuerten. Sofort ließ auch der Verwesungsgestank in ihrer Nähe nach. Sie sahen sich gegenseitig an.

„Haben Sie die Schüsse auch gehört?" fragte Erich Steiner. Sein Gesichtsausdruck verriet Überraschung.

„Haben Sie die Schreie davor auch gehört?", fragte Phil Neumann zurück.

„Sie waren leider nicht zu überhören. Aber riechen Sie es auch?" Ralf Stiefelknecht sah den Wissenschaftler fragend an.

„Was soll ich riechen?", fragte dieser.

„Der Verwesungsgeruch hat nicht nur nachgelassen, er ist sogar verschwunden."

Phil Neumann hob seinen Kopf und schnupperte. Erich Steiner musste unwillkürlich lächeln, weil ihn der neue Institutsdirektor dadurch irgendwie an einen Hund erinnerte. Dieser meinte: „Ja, Sie haben recht. Unser Monster hat sich in Sicherheit gebracht. Wahrscheinlich hatte es vor den Schüssen Angst. Wir sollten zurückgehen und nachsehen, was dort geschehen ist. Vielleicht braucht jemand unsere Hilfe."

Mit ihren Taschenlampen leuchteten die Männer ihren Weg vor sich aus. Vorsichtig gingen sie zurück. Unbehelligt erreichten sie die Soldaten. Scheinwerfer erhellten den Raum um sie herum. So konnten Phil Neumann, Erich Steiner und Ralf Stiefelknecht sofort einen Blick auf den toten Soldaten und das bei ihm liegende Monster erhaschen. Als Erich Steiner den abgerissenen Kopf des Opfers wahrnahm, erbleichte er. Übelkeit stieg in ihm auf. Sein Magen krempelte sich förmlich um. Der Polizist schaffte es gerade noch rechtzeitig, die Wand des Tunnels zu erreichen, bevor er sich übergeben musste. Sein Würgen blieb nicht ohne Folgen. Jetzt lief auch Bernd Krüger zu einer Wand und erbrach sich ebenfalls.

Vor dem Toten hockte mit blassem Gesicht Oberleutnant Wolke. Als er die Schüsse seiner Soldaten gehört hatte, war er sofort mit seinem Auto, das mit Blaulicht und Martinshorn ausgerüstet war, von der einen zur anderen U-Bahnstation geeilt. Er fuhr zu ihnen, um zu erfahren, was dort geschehen war und hoffte, dass seine Männer das Monster erschossen hatten und er mit ihnen aus den U-Bahnschächten abziehen konnte. Eigentlich hätte er heute frei gehabt, aber wegen dieses wichtigen Einsatzes musste er seinen Dienst antreten. Der wirtschaftliche Schaden, den die Stadt wegen dieses Monsters erlitt, war zu hoch, als dass man auf den freien Tag eines Armeeangehörigen Rücksicht nehmen konnte.

Der Oberleutnant schluckte sichtbar. Er nahm dem Toten seine Erkennungsmarke ab, die erstaunlicher Weise noch um seinen Hals hing. „Besorgt eine Decke und deckt ihn zu, bis das Bestattungsunternehmen hier ist. Ich werde dem Bataillonskommandeur Meldung machen. Unser Einsatz hier scheint damit erledigt zu sein."

Nach einigen Schritten drehte er sich nochmals zum Toten um und sagte: „So wollte ich das hier nicht beenden. Scheiße!"

Phil Neumann hörte die Worte des Offiziers. „Moment, Herr Oberleutnant! Sie können gern Ihrem Vorgesetzten eine Meldung über den Tod eines Ihrer Soldaten machen. Aber noch können Sie nicht von hier abrücken. Weiter vorne hatten wir Verwesungsgestank gerochen. Wir sind von einem Monster bedroht worden, dass sich aus dem Staub gemacht hat, als es die Schüsse von hier gehört hatte. Es muss also noch wenigstens ein Menschenfresser gefunden werden. Und Marcel Winter wurde auch noch nicht gefunden. Der Junge hatte aber Kontakt zu einem dieser Mistviecher. Es muss zwischen ihnen sogar zu einem Kampf ge-

kommen sein, denn er hat das Ding mit einem Samuraischwert verletzt, das seinem Vater gehört hat. Wir haben
Blut und Teile einer Klaue gefunden. Aber die Klauen dieses Mistviehs hier sind unversehrt. Daher muss sich hier
noch wenigstens ein weiteres Monster herumtreiben. Es
können aber auch noch mehr sein."

Oberleutnant Wolke sah Phil Neumann ungläubig und
kopfschüttelnd an und ging einige Schritte auf ihn zu. „Das
kann doch nicht Ihr Ernst sein!"

„Doch, leider ist es das." Ohne eine Antwort des Offiziers
abzuwarten, ging der Monsterjäger zur erschossenen Bestie
hinüber, kniete sich vor ihr hin und schaute sie sich an. „Es
ist enorm, wie sehr es uns Menschen ähnelt. Klar die Klau-
en sind anders als unsere Hände, aber auch wieder nicht
anders. Wenn es nicht so schwarz und unförmig wäre …"
Er beendete seinen Satz nicht, denn eigentlich hatte er nur
laut gedacht.

Dann stand er auf und wandte sich dem Offizier zu. „Tut
mir leid. Die Klauen dieser Kreatur sind tatsächlich unversehrt. Ich gehe davon aus, dass wir hier noch lange nicht
fertig sind, denn ich glaube, dass noch zwei weitere Monster hier unten ihr Unwesen treiben. Nämlich das, welches
uns bedroht hat und das, mit dem Marcel Winter gekämpft
haben musste."

Unruhe entstand. Die Soldaten redeten durcheinander.
Laut ermahnte sie ihr Kompaniechef: „Männer, Ruhe, haltet
Ruhe. Seid also weiterhin wachsam. Ihr habt gehört, dass
noch zwei Monster hier sein können. Bevor wir nicht sicher
sind, dass es hier keine Menschenfresser mehr gibt, können
wir die U-Bahnschächte nicht verlassen. Also passt auf,
dass nicht noch einer von uns von solch einem Scheißvieh
umgebracht wird." Murrend formierten sich die Männer.

Sie hatten einen Befehl erhalten und mussten ihn ausführen.

Phil Neumann verständigte Ronny Niebel über das, was im U-Bahnschacht vorgefallen war, und bat ihn, das tote Monster abzuholen. Danach ging er zu Erich Steiner und Ralf Stiefelknecht. „Meine Herren, wir sollten jetzt auch wieder unsere Suche aufnehmen. Vorausgesetzt, dass mit ihnen alles in Ordnung ist."

*****

Auch Marcel Winter hörte die Schüsse. Er kümmerte sich jedoch nicht darum, da er auf der Suche nach seinem Monster war. Etwas später wurde ihm aber doch noch bewusst, dass es deshalb wohl noch ein zweites dieser gefährlichen Wesen geben musste. Er beschloss, vorsichtig zu sein, wollte aber die Jagd nach dem Ungeheuer, dass seinen Vater getötet hatte, nicht abbrechen. Vielleicht starb in diesem Augenblick dieses zweite Untier, weil es von den Soldaten erschossen wurde? Das wollte Marcel gern glauben. Damit lag er beinahe richtig, denn er konnte nicht wissen, wie viele es noch von diesen schwarzen Wesen im U-Bahnschacht gab.

Er überquerte gerade das Gleis, als er einen starken Verwesungsgeruch hinter sich wahrnahm. Er drehte sich um und stand einem Monster gegenüber. Es hatte eine blutverkrustete Klaue, drei Glieder fehlten daran.

Marcel schaffte es gerade noch rechtzeitig, das Samuraischwert seines Vaters hochzureißen. Aber das riesige schwarze Wesen wich ihm aus.

*****

Erich Steiner sagte: „Es beginnt schon wieder, stark nach Verwesung zu riechen."

Phil Neumann versuchte die Quelle des Gestanks, den seine Nase wahrnahm, zu orten. Aber es gelang ihm nicht, obwohl er nach allen Seiten hin schnüffelte. „Ich rieche das auch. Aber woher es kommt, kann ich nicht sagen. Wir sollten sehr vorsichtig sein. Nicht, dass uns eines dieser Scheißviecher verletzt oder gar umbringt. Ich habe im Moment echt ein Scheißgefühl."

Die drei Männer blieben in der Nähe eines Pfeilers stehen, der den U-Bahnschacht stützte. Erich Steiner drehte sich um und hielt sich hinter Phil Neumann. Ralf Stiefelknecht stellte sich neben seine Gefährten. Langsam gingen sie weiter. Dabei beobachteten sie den gesamten Tunnel. Unter ihren Füßen gab der Schotter des Gleises nach, auf dem sie sich befanden. Da sie nicht nur vorwärts gingen, sondern auch seitlich versetzt, mussten sie besonders vorsichtig agieren. Trotzdem rutschte Erich Steiner aus und stürzte. Die stromführende Bodenschiene kam ihm gefährlich nahe. Phil Neumann reagierte als erster und ließ das Gewehr fallen, das er an der Hüfte im Anschlag hielt, drehte sich, so schnell er konnte, zu Erich Steiner um und griff ihm unter die Arme. So konnte er sich mit seinen Füßen abstützen und wieder Halt finden. Phil Neumann half ihm dabei, sich aufzurichten. Danach hob er sein Gewehr auf. Ralf Stiefelknecht stand neben ihm. Sein Gesicht war vor Schreck ganz blass geworden. „Gott sei Dank, haben Sie so schnell reagiert!" Er schaute Phil Neumann an.

Erich Steiner stand der Angstschweiß auf der Stirn. „Danke, Herr Neumann, ohne Sie wäre ich gegen die Stromschiene gerutscht. Sie haben mir das Leben gerettet. Vielen Dank."

„Nicht der Rede wert. Sie hätten für mich das Gleiche getan. Ich hoffe, dass wir drei hier heil rauskommen."

„Klar, das schaffen wir. Aber was war das eben für ein Geräusch?" Erich Steiner sah seine Begleiter nacheinander in ihre Gesichter.

Phil Neumann lauschte angestrengt und leuchtete mit seiner Taschenlampe den Bereich vor sich aus. „Hinter uns kratzt etwas. Von dort kommt auch der Gestank. Gott sei Dank verraten sich diese Scheißdinger damit selbst."

Auch Erich Steiner hörte es rascheln und kratzen. Der Gestank nahm zu, so sehr, dass er den drei Männern beinahe den Atem nahm. Phil Neumann sagte: „Dieser Gestank ist kaum auszuhalten. Wie können sich diese Viecher den ganzen Tag lang selbst ertragen?"

„Die Nase des Menschen gewöhnt sich an Gerüche. Das wird bei den Monstern auch so sein", vermutete Ralf Stiefelknecht.

„Wo mag das Ding nur stecken? Können Sie es sehen, Herr Steiner?", fragte Phil Neumann.

Als Erich Steiner antworten wollte, sprang das Untier hinter dem Pfeiler hervor, den sie vor wenigen Augenblicken passiert hatten. Sofort stürmte es den Männern entgegen, die das Monster nur als schwarzen Schatten wahrnahmen. Das erschwerte ihnen die Orientierung. Obwohl sie damit rechneten, kam der Angriff des Monsters für sie doch so überraschend, sodass sie kaum reagieren konnten. Das Ungeheuer war sehr schnell. Keiner der Männer war fähig auf das Monster zu schießen. Es gelang ihnen lediglich, zur Seite hin auszuweichen, Phil Neumann und Ralf Stiefelknecht nach links und Erich Steiner nach rechts.

In diesem Moment stürmte das unbekannte Wesen an ihnen vorbei, drehte sich jedoch blitzschnell wieder um und eilte auf Erich Steiner zu. Der versuchte nochmals, zur Seite zu springen. Doch schon spürte er einen eisernen Griff an seinem rechten Arm. Das Monster zog ihn mit Gewalt zu sich heran. Erich Steiner schrie panisch auf. Er bemerkte die zweite Klaue des Untieres als sie auf ihn zu schnellte.

*****

Als Phil Neumann erkannte, was in diesen Sekunden passierte, riss er sein Gewehr hoch, um auf die Bestie zu schießen. Genau in dem Moment raste der schwarze Schatten jedoch aus seinem Schussfeld heraus und auf Kommissar Steiner zu. In der nächsten Sekunde sah er seinen Gefährten vom Monster in die Höhe gerissen. Er musste schießen, sonst war Erich Steiner verloren.

*****

Ralf Stiefelknecht sah, wie die Bestie seinen Kollegen in die Höhe riss. Er reagierte sofort und zielte mit seinem Gewehr auf das schwarze Wesen. Als er den Abzug betätigte, sprang plötzlich Phil Neumann vor ihn. Auch er hatte sein Gewehr im Anschlag. Ralf Stiefelknechts rechter Zeigefinger krümmte sich. Doch gerade noch rechtzeitig konnte er ihn vom Abzug entfernen. Dabei fluchte er wie ein Rohrspatz vor sich hin.

*****

Adrenalin flutete Erich Steiners Körper. Der Angstschweiß strömte ihm aus allen Poren. Die Panik, die ihn ergriff, verstärkte sich. Der Kommissar konnte nicht mehr denken. Das Monster ergriff seinen zweiten Arm. Er verlor den Boden unter seinen Füßen. Ein quälender Schrei entfuhr seiner Brust. Der Schließmuskel seiner Blase gab nach und der Urin ergoss sich in seine Hose.

Doch dann hörte er ein leises Plopp. Er begriff nicht, dass es ein Schuss war, den er vernahm. Der Druck auf seine

Arme ließ nach. Plötzlich fiel er einen Meter in die Tiefe und traf hart auf dem Schotter des Gleises auf. Neben sich erblickte er die stromführende Bodenschiene. „Noch einmal Glück gehabt", fuhr es ihm durch den Kopf. Danach hörte er ein dumpfes Geräusch. Jemand stürzte. „Hoffentlich war das nicht Ralf oder Herr Neumann", hoffte der Polizist.

*****

Er hörte das leise Plopp, das durch den Schuss Phil Neumanns ausgelöst wurde. Danach sah er das Monster schwanken. Es ließ Erich Steiner los. Der fiel in das Gleisbett auf den harten Schotter. Sofort sprang Ralf Stiefelknecht zu ihm und half ihm auf die Beine.

*****

Phil Neumann verschwendete keine Zeit und schoss auf das Ungeheuer, als es den Kommissar Erich Steiner an seinen Armen zu sich hochriss. Er konnte die Leuchtspur des Geschosses verfolgen, das dem Untier dort in den Körper eindrang, wo Phil Neumann seine Schulterblätter vermutete. Kurz darauf fiel der Kommissar zu Boden. Auch das Monster stürzte. Phil Neumann rechnete damit, dass es noch lebte, und ging zu ihm, das Gewehr im Anschlag, stets darauf bedacht, dass es noch einmal aufspringen und seinen Angriff fortsetzen könnte. Doch es blieb leblos liegen.

Wenn Phil Neumann es nicht drekt tödlich getroffen hätte, wäre es anschließend an den Verbrennungen qualvoll verendet, die das austretende und verbrennende Magnesium im Inneren seines Körpers verursachte.

Nachdem er sich davon überzeugt hatte, dass das Monster tot war, ging er zu Erich Steiner, dem sein Kollege bereits vom Boden aufhalf.

„Sind Sie verletzt?", fragte Phil Neumann.

„Nein, ich glaube, bis auf meine Hosen ist alles in Ordnung." Beschämt sah der Polizist an sich hinunter.

„Besser eine feuchte Hose haben, als tot zu sein. Ich hätte mich bestimmt auch bepinkelt. Machen Sie sich nichts daraus", meinte Ralf Stiefelknecht gutmütig.

Erich Steiner sah ihn an. „Danke für dein Verständnis, Ralf. Und danke für deine Hilfe."

„Danke nicht mir, mein Lieber, Herr Neumann hat geschossen. Ich bin nur froh, dass ich meinen Finger rechtzeitig vom Abzug bekommen habe, als er mir in mein Schussfeld sprang."

„Entschuldigung, das war ein Reflex!", sagte Phil Neumann.

„Schon gut, zum Glück ist ja nichts passiert." Ralf Stiefelknecht grinste Phil Neumann ins Gesicht.

Dann schaute Erich Steiner zu dem Wissenschaftler. „Jetzt muss ich Ihnen noch einmal für mein Leben danken. Sie haben mich schon zum zweiten Mal gerettet."

„Keine Ursache! Ich hoffe, dass ich Ihren Arsch nicht noch einmal retten muss." Phil Neumann lachte.

Ralf Stiefelknecht und Erich Steiner fielen in sein Lachen ein. Dann sagte Steiner: „Wenn wir hier heil rauskommen, gehe ich nach Hause, ich muss duschen und mir saubere Klamotten anziehen. Und danach gehen wir drei ganz gepflegt essen. Ich hoffe, dass Sie meine Einladung annehmen, Herr Neumann."

„Da ich gutes Essen mag, nehme ich gern Ihre Einladung an. Aber jetzt lassen Sie uns Marcel Winter suchen."

„Aber ich habe dich doch gar nicht gerettet, Erich", meinte der zweite Kommissar.

Erich Steiner sah seinen Kollegen freundlich an. Sein Ton war aber trotzdem energisch, als er sagte: „Ruhe jetzt, du wolltest es doch tun." Dann sah Erich Steiner auf das Ungeheuer herunter. „Ihm fehlen keine Klauen!"

„Nein, leider nicht. Es gibt noch ein Monster hier unten!", sagte Phil Neumann.

„Hoffentlich ist es das letzte!", stöhnten die Kommissare wie aus einem Munde.

*****

„Scheiße, ist das Mistvieh schnell", dachte Marcel Winter, als das verletzte Monster zurück sprang. Es hatte genug Abstand zwischen sich und den Teenager gebracht, um nicht noch einmal mit dem Samuraischwert verletzt zu werden. Den Schmerz in seiner Klaue, die durch die Blutung verkrustet war, spürte es immer noch. Vorsichtig belauerten sich die beiden Gegner. Wenn Marcel versuchte, mit seiner Waffe dem Monster näher zu kommen, rückte es weiter von ihm ab.

Marcel glaubte beinahe, dass er es in diesem Kampf mit einem bösen Menschen zu tun hatte, denn nun konnte er das Ungeheuer schon zum wiederholten Male genauer im Schein seiner Stabtaschenlampe betrachten. Aber die Geschwindigkeit, die dieses Lebewesen entwickelte, war für einen Menschen nicht erreichbar. Der junge Mann versuchte noch einmal, das Monster anzugreifen. Wieder wich es zurück. Und plötzlich übernahm es doch noch die Initiative. Unerwartet sprang das Untier vor und überraschte Marcel damit. Der Teenager war überrumpelt. So schnell konnte er sein Schwert nicht dem Monster entgegenstrecken, wie es über ihn herfiel. Er bekam einen kräftigen Schlag gegen seinen rechten Arm. Das Wakizashi fiel zu Boden.

Er schaffte es nicht, dem Monster zu entkommen. Sein Arm tat ihm höllisch weh und er konnte ihn nicht mehr bewegen. Er wusste, dass er soeben sein Leben verloren hatte.

Trotzdem verspürte er keine Angst. Vor seinen inneren Augen lief sein kurzes und noch junges Leben wie ein Film ab. Er sah seine Mutter. Sie lächelte ihm zu und sagte: „Mein Junge, habe keine Angst, ich beschütze dich. Komm zu mir und habe keine Angst."

Im nächsten Moment erblickte er seinen Vater. Er saß neben ihm im Auto. Die Häuser der Stadt rasten an ihm vorüber. Die Straßenlaternen machten die Nacht zum Tag. Auch der Vater sprach zu ihm. „Mein lieber Junge, egal was passiert, vergiss nie, dass ich immer für dich da bin."

Nach seinem Vater erschien seine Freundin Silke vor seinem geistigen Auge. Sie sah wunderschön aus. Ihr Gesicht glich dem eines Engels. Die Blumen auf ihrem Kleid schienen zu leben. Sie streckte ihm ihre Arme entgegen. „Halte mich fest, Marcel, und lasse mich nie wieder los. Ich liebe dich! Lasse mich nie mehr allein." Dann verschwand sie.

Der Schmerz brachte ihn in die Realität zurück. Weg waren die Eltern, weg war Silke. Tränen der Trauer, aber auch des Schmerzes standen dem jungen Mann in den Augen. Seine Schreie hallten durch die U-Bahnschächte. Er würde seine Mutter und seine Freundin nie wieder sehen. Das Monster, das seinen Vater getötet hatte, hatte jetzt auch den Kampf gegen ihn gewonnen. „Papa, ich wollte dich rächen, aber auch ich werde jetzt sterben! Meine arme Mutti hat uns beide verloren", dachte er, ehe ihm das Ungeheuer weitere Schmerzen zufügte. Er wurde erneut von einem Hieb getroffen. In seinem Brustkorb krachte es gefährlich. Ungeheure Schmerzen paralysierten seinen Körper. Ein weiterer Schrei entwich ihm. Noch konnte er denken und er dachte: „Das war eine Rippe!"

Tränen rannen an seinem Gesicht herab. Dort, wo es vom Staub des U-Bahnschachtes verschmutzt war, hinterließen sie eine feine schmale Spur.

„Mama, ich sterbe, bitte verzeih mir! Ich wollte doch nur Papa rächen!" Das war sein vorletzter Gedanke. Die Luft im Tunnel trug seinen Schmerzensschrei zu den Soldaten, die das U-Bahnnetz der Stadt sicherten, und zu Phil Neumann und den beiden Kriminalkommissaren.

Wieder traf den armen Teenager ein Schlag von ungeheurer Wucht. Wieder brach ein Knochen, dieses Mal war es das Schienbein seines linken Unterschenkels. Marcel gab auf. Er hatte keine Kraft mehr. Er konnte nicht mehr kämpfen. Jetzt wollte er nur noch sterben.

*****

Die Schreie des Siebzehnjährigen drangen an ihre Ohren. Sie mussten sich beeilen, sonst war er verloren. Schon brach der letzte Schrei des Teenagers ab. Was war soeben geschehen?

„Wir müssen den Jungen finden, je schneller, desto besser!", rief Phil Neumann. Das plötzliche Verstummen von Marcels Schmerzensschreien ließ ihn erschaudern. Er lief schneller. „Scheiß auf die stromführende Bodenschiene. Wenn wir das Leben des Jungen nicht mehr retten können, ist mein Leben auch nichts mehr wert!", dachte er voller Verzweiflung. Er hatte mit diesem Gedanken jedoch unrecht. Er hatte eine Aufgabe übernommen und die sollte er auch erfüllen. Das Institut, aber auch der Regierende Bürgermeister brauchten ihn.

Erich Steiner blieb ihm auf den Fersen. Seine Sinne waren geschärft. „Ich höre etwas. Weiter vorn, kann nicht mehr weit sein. Los, laufen wir!" Er überholte den Monsterjäger und riss Ralf Stiefelknecht mit sich.

Auch Phil Neumann schickte sich an, seine Schritte zu beschleunigen. Kaum konnte er mit den Kommissaren mithalten. „Passen Sie auf die stromführende Schiene auf! Ich will Sie nicht noch einmal retten müssen!"

Steiner rief zurück: „Nun kommen Sie schon, ich rieche schon den Verwesungsgeruch und ..."

Der Kommissar brach ab, denn was er sah, wollte er nicht sehen. Der Anblick des Geschehens vor ihm machte ihm Angst. Wut breitete sich in seinem Körper aus, aber er bekam auch einen großen Schrecken. Der arme Marcel lag auf dem Boden. Ein Monster beugte sich mit geöffnetem Maul über ihn. Das Ungeheuer war dabei den Teenager entweder zu töten oder Teile von ihm zu fressen. So genau konnte der Polizist das von seinem Standpunkt aus nicht erkennen oder beurteilen. Aber er wusste, dass diese fremden Wesen Menschenfresser waren. Langsam bewegte das Untier seinen übel stinkenden Kopf zu dem jungen Burschen herunter. Sein fauliger Atem wehte ihm direkt ins Gesicht.

„Oh, nein!", rief Erich Steiner und hoffte, dass der Teenager noch lebte.

Auch Ralf Stiefelknecht konnte dort nicht hinsehen, aber trotzdem musste er es. Wie von selbst richtete er sein Gewehr auf das Monster.

Auch Erich Steiner tat das. Er war froh, dass er ein Gewehr von Phil Neumann bekommen hatte, ehe sie in die U-Bahnschächte hinabgestiegen waren. Er zielte auf das elende schwarze Monster, das er nicht gut erkennen konnte. Auch Phil Neumann erblickte in diesem Moment das Ungeheuer. Zunächst verharrte es regungslos, war aber über Marcel gebeugt. Niemand wusste, was es als Nächstes tun würde. Wollte es Marcel noch einmal malträtieren? Ihn töten, wenn es das nicht schon längst getan hatte? Das aber würde bedeuten, dass sie zu spät gekommen waren. Das durfte nicht sein, auf gar keinen Fall.

Doch dann richtete sich das Ungeheuer zu seiner vollen Größe auf und brüllte laut durch die U-Bahnschächte. Es ließ von dem jungen Burschen ab und wandte sich dem Monsterjäger und den Kommissaren zu.

Die drei Männer überlegten nicht lange, sondern waren zum Handeln entschlossen. Der Junge musste leben. Es war genug, dass Marcels Mutter ihren Mann an diese Bestien verloren hatte. Sie sollte nicht auch noch ihren Sohn beerdigen müssen.

Erich Steiner, Ralf Stiefelknecht und Phil Neumann eröffneten das Feuer auf das Monster. Es hatte keine Chance. Im Kugelhagel brach es tödlich getroffen zusammen. Noch wusste niemand, dass es tatsächlich das letzte Ungeheuer gewesen war, das sein Unwesen in den U-Bahnschächten der Stadt getrieben hatte. Erst zwei Tage später sollte feststehen, dass die Gefahr, die von diesen Monstern ausgegangen war, tatsächlich gebannt war. Dann konnte die U-Bahn endlich wieder ihren Betrieb aufnehmen.

In diesem Augenblick jedoch lag Marcel Winter reglos und übel zugerichtet vor Phil Neumann und den Polizisten. Die Männer gingen zu ihm und knieten sich neben dem Jugendlichen nieder. Phil Neumann fühlte den Puls des jungen Burschen an der Halsschlagader. Nach seinem Empfinden sah Marcel beinahe noch wie ein Kind aus. Schwach fühlte der Wissenschaftler das sanfte Klopfen des noch sehr jungen Blutgefäßes an seinen Fingern. Mit einem sauberen Taschentuch tupfte er dem mutigen jungen Mann den Schweiß von der Stirn. Dann nahm er sein Handy in die Hand, an das er sich erst jetzt erinnerte. Schnell gab er die Nummer ein, die er von Kommissar Steiner bekommen hatte. Ungeduldig fragte er: „Ist jemand auf der anderen Seite?"

„Hier ist Oberleutnant Wolke", hörte er die Antwort.

„Wir brauchen dringend einen Notarzt und einen Rettungswagen. Wir befinden uns kurz vor der nächsten Station. Es handelt sich um einen Notfall. Der Junge ist bewusstlos und hat mehrere Knochenbrüche! Wir bleiben bei ihm."

Schreckliche Verbrechen

Phil Neumann war froh, dass die Stadt Hamburg, in der er lebte, nicht mehr durch die schrecklichen Monster bedroht wurde. Das hoffte er wenigstens. Immerhin mussten insgesamt vier Ungeheuer an der Alster und in den U-Bahnschächten getötet werden. Hätte ihm jemand erzählt, dass sie unter einem Hochhaus in einem Stollensystem lebten, hätte er das für unmöglich gehalten.

Marcel Winter hatte sich zu viel zugetraut und war schwer verletzt ins Krankenhaus eingewiesen worden. Der junge Mann hatte in Lebensgefahr geschwebt. Doktor Smollenko, Mathias und Ali hatten die medizinische Notversorgung im U-Bahnschacht übernommen, der für Marcel zum Ort des Schreckens und grauenvoller Schmerzen geworden war. Der Arzt und die Rettungssanitäter hatten schnell gearbeitet und alles für den Teenie getan, was in ihren Möglichkeiten lag, um sein Leben zu retten.

Phil Neumann und die beiden Kriminalisten hatten ihn bis zum Rettungswagen begleitet. Mit einer Vakuummatratze war er bis zum Bahnsteig der U-Bahnstation getragen worden. Dort hatten sie ihn auf eine fahrbare Trage gelegt, mit der ihn Mathias ins Auto geschoben hatte. Bevor Doktor Smollenko und Mathias sich zum verletzten Jugendlichen ins Auto begeben hatten, um ihn während der Fahrt ins Krankenhaus zu betreuen, hatte der Arzt Phil Neumann und seinen Begleitern mitgeteilt, dass sie den verletzten Teenie ins Unfallkrankenhaus nach Boberg brachten.

Der Teenie tat Phil Neumann leid. Er hoffte, dass er sich wieder erholte und gesund wurde, denn für seine Mutter musste es ein Albtraum sein, nach ihrem Mann auch noch ihren Sohn an diese schrecklichen Bestien zu verlieren.

229

Marcel hatte es gut gemeint und wollte seinen Vater rächen. Hoffentlich begriff der Junge jetzt, dass Rache keine
Lösung war und er es den Fachleuten überlassen sollte, solche Dinge zu klären.

Am nächsten Tag war Phil Neumann dort, um ihn zu besuchen, konnte ihn aber nicht sprechen, weil er gerade ope-
riert wurde. Also versuchte er es am Tag darauf noch einmal und hatte diesmal Glück. Eine halbe Stunde durfte er
sich auf der Intensivstation mit Marcel unterhalten.

„Wie geht es dir, Marcel? Erinnerst du dich noch an
mich?", fragte ihn Phil Neumann.

„Wenn ich nicht lache, geht es. Ja, ich erkenne Sie, Sie
sind von diesem komischen Institut. Den Namen habe ich
schon wieder vergessen."

„Marcel, ich wollte dir mitteilen, dass wir alle Monster getötet haben. Das heißt: die Soldaten, die Kommissare Steiner und Stiefelknecht und ich. Wenigstens scheint es uns
so. Bisher gab es keine weiteren Vorfälle und die U-Bahn
fährt wieder."

Marcel versuchte zu lächeln, aber seine Schmerzen ließen
sein Gesicht dabei zu einer Grimasse erstarren. „Das ist eine gute Nachricht!"

„Du hast Glück gehabt, mein Junge, dass deine Freundin
die Polizei angerufen hat. Du verdankst ihr dein Leben."

„Aber Sie haben mich doch gerettet!" Die Stimme des
Teenies war schwach. Er sprach sehr leise, sodass sich Phil
Neumann anstrengen musste, um ihn zu verstehen.

„Aber nur, weil sie dafür gesorgt hat, dass wir dich suchen. Gott sei Dank haben wir dich gerade noch rechtzeitig
gefunden." Phil Neumann lächelte dem jungen Burschen
freundlich zu.

„So ist sie, meine Silke! Sie macht sich immer Sorgen um
mich. Sie ist ein tolles Mädchen. Deshalb liebe ich sie. Mei-

ne Freunde sind schon sauer auf mich, weil ich sie ihnen oft vorziehe."

„Ich glaube, sie liebt dich ebenso sehr, wie du sie liebst."

„Deshalb ziehe ich sie doch meinen Freunden vor!" Jetzt grinste Marcel seinen Besucher fast an.

„Ich glaube, dass du ihr genauso wichtig bist, wie sie dir. Trotzdem solltest du deine Freunde nicht vernachlässigen."

„Das tue ich nicht. Silke hat Sie wirklich angerufen?"

„Sie hat die Polizei angerufen."

„Aber sie hat dafür gesorgt, dass Sie mich retten?" Marcel war von seiner Freundin tief beeindruckt.

„Das kann man so sagen."

„Danke, dass Sie mein Leben gerettet haben."

„Keine Ursache. Das haben wir gern getan." Phil sah Marcel lächelnd an.

„Ich frage mich die ganze Zeit, woher diese Mistdinger gekommen sind."

„Das frage ich mich auch!" Diese Frage beschäftigte den Monsterjäger schon seit Tagen, nur konnte er Marcel zum jetzigen Zeitpunkt keine Antwort darauf geben.

In den darauffolgenden Tagen und Wochen suchte er in Bibliotheken nach entsprechenden Zeitungsartikeln, um das Rätsel der Monster zu lösen, konnte aber nichts finden. Trotzdem wollte Phil Neumann dieses Rätsel unbedingt lösen. Dabei dachte er immer wieder über die vergangenen Ereignisse nach, auch über die des letzten Jahres. Plötzlich hatte er eine Idee, mit der er vielleicht sein Ziel erreichen konnte, denn er erinnerte sich an die Geschichte, die ihm der alte Herr Waldbusch vor einem Jahr erzählt hatte, als sie das erste Mal im Stollensystem unterwegs waren. Die Nazis hatten die Tunnel für sich schon am Beginn des Zweiten Weltkrieges als Schutzbunker vor eventuellen Bombenangriffen angelegt.

Jetzt hatte der Wissenschaftler ein Ziel vor Augen und besuchte, als seine Zeit es zuließ, an einem der nächsten Tage einige Museen in Hamburg, unter anderem das Heimatmuseum in Wandsbek und das Museum für Hamburgische Geschichte, das direkt an der Parkanlage Planten un Blomen liegt. In beiden Museen fand er Hinweise, die ihm vielleicht erlaubten, das Rätsel über die Herkunft der Monster zu lösen. Diese Hinweise führten ihn in die Mahn- und Gedenkstätte des ehemaligen Konzentrationslagers Neuengamme.

Er fand es sehr erstaunlich, dass die Monster die Explosion der Fliegerbombe aus dem Zweiten Weltkrieg überlebt hatten. Plötzlich hatten sich diese Bestien mit dem Tageslicht konfrontiert gesehen. Das grelle Licht der Sonne hatten sie anscheinend nicht vertragen und waren aus dem nun nicht mehr unterirdischen Tunnelsystem geflohen. Sie hatten einen Ort gesucht, an dem ihre Augen nicht mehr geblendet werden konnten. Im U-Bahnnetz der Stadt hatten sie für sich die besten Bedingungen und somit ihr neues Zuhause gefunden.

Abseits von den Gleisen hatten sie sich eine Schlafstatt gesucht. Das war außerdem der Ort, an dem sie sich ihre Vorräte angelegt hatten. Oder das, was sie als Vorräte für sich angesehen hatten, aber eher war es eine Leichenkammer gewesen. Dafür hatten Ronny Niebel und Holger Dombrowski genug Beweise gefunden.

Aber von wo waren diese grässlichen Monster überhaupt hergekommen? Das war eine der vielen Fragen, die sich Phil Neumann und seine Mitarbeiter des Öfteren stellten. Und in Neuengamme erhielt er endlich einen entscheidenden Hinweis darauf. Er wies sich bei einem Mitarbeiter der Mahn- und Gedenkstätte als Direktor des Institutes zur

Forschung an unbekannten Lebensformen aus und bat ihn um Unterstützung bei einer seiner Arbeiten.

"Wie kann ich Ihnen helfen?", fragte der Mitarbeiter.

„Ich suche Hinweise auf den Verbleib einiger unbekannter Wesen. Ich bekam den Rat, hier danach in ihrem Archiv zu suchen."

„Unser Archiv ist aber nicht öffentlich, junger Mann. Da muss ich erst unseren Chef fragen, ob ich Sie allein ins Archiv lassen darf."

„Wissen Sie was, ich komme am besten mit und kläre das mit ihrem Chef selbst."

Nur drei Minuten später stand Phil Neumann im Büro des Leiters der Mahn- und Gedenkstätte und trug ihm sein Anliegen vor. Der Mann brachte ihn ins Archiv und erklärte ihm, wo er finden konnte, wonach er suchte.

Als Phil Neumann allein war, begann er, nach Hinweisen auf die Monster zu suchen.

Als 1933 der Vorsitzende der nationalsozialistischen Bewegung, Adolf Hitler, der sich selbst großkotzig als Führer bezeichnete, in Deutschland Reichskanzler wurde, baute er ein menschenverachtendes und totalitäres Machtsystem auf. Die bürgerlichen Opportunisten, die glaubten, Hitler und die Nazis unter Kontrolle halten zu können, hatten jämmerlich versagt. Gemeinsam mit seinen Helfershelfern bereitete Hitler das schlimmste Verbrechen der Menschheitsgeschichte mit den schrecklichsten und undenkbarsten Ausmaßen vor. Ein Teil dieser Verbrechen wurde in den Konzentrationslagern vorbereitet und begangen. Mit der Schaffung dieser grausamen Gefangenenlager bekamen Ärzte, die diese Berufsbezeichnung nicht verdienten, sondern vielmehr kriminelle Mörder mit medizinischen Kenntnissen waren, die Möglichkeit, ihre perversen Pseudoforschungen und Verbrechen an Menschen zu begehen. Ihren grausamen Versuchen fielen mehrere Tausend Menschen zum Opfer.

Als Hitler mit seinen Helfershelfern den Zweite Weltkrieg vorbereitet hatte, hatten die KZ-Ärzte ihre Pflicht darin gesehen, ihrem Führer Soldaten zu schaffen, die im Krieg unschlagbar sein würden. Und wenn doch einmal einer von ihnen starb, sollte das kein Verlust für die faschistischen arischen Familien sein, denn niemand würde diese Soldaten vermissen.

Dann fand Phil Neumann einen handgeschriebenen Zettel. Was er las, konnte er kaum glauben. Ein Doktor Bärthel schrieb an eine hochgestellte Nazi-Persönlichkeit, deren Namen er nicht erkennen konnte. Er war ausradiert.

Sehr geehrter Herr Obersturmbannführer!

Mit Freude teile ich ihnen mit, dass ich endlich das Serum herstellen konnte, über das wir auf der Geburtstagsfeier Martin Bormanns gesprochen haben. Die Versuche können also starten. Als ein geeigneter Ort dafür scheint mir die neue Bunkeranlage in Bramfeld zu sein. Ich werde mich mit einigen Gefangenen dorthin begeben und die Versuche beginnen.

Ich freue mich über ihren Besuch, Herr Obersturmbannführer, und hoffe Ihnen dann verwertbare Ergebnisse vorstellen zu können.

Heil Hitler
Ihr Doktor Bärthel

Phil Neumann traf beinahe der Schlag. Entsetzt ließ er die Hand sinken, die dieses Papier hielt. Als er begriff, was er dort in seinen Händen hatte, legte er das Schreiben auf den Tisch und fotografierte es mit seinem Handy. Ihm war bewusst, dass es sich bei der genannten neuen Bunkeranlage in Bramfeld nur um das Stollensystem vom Hans-Duncker-Platz handeln konnte. Nun war er nicht mehr zu halten.

*****

Ronny Niebel und Holger Dombrowski saßen in Phil Neumanns Büro. Vor Staunen wurden ihre Augen immer größer, ihren Mund konnten sie nicht mehr schließen. Was ihnen ihr Chef erzählte, klang so unglaublich, dass auch sie wieder von ihrer Abenteuerlust gepackt wurden. Endlich sagte Phil Neumann den Satz, den sie in diesem Moment von ihm hören wollten. „Ronny, Holger, ich will mit euch noch einmal in diese Stollen hinabsteigen. Wir müssen den Stollen finden, wo dieser Verbrecher Bärthel für seine perversen Versuche Menschen missbraucht hat."

*****

Sie suchten nach einem neuen Stollen, doch fanden sie nur die bekannten. Immer wieder achteten sie darauf, dass sie der Einsturzstelle, die durch die Bombe verursacht wurde, nicht zu nahekamen. „Aber irgendwo muss doch ein Stollen existieren, den wir noch nicht kennen!" Holger Dombrowski war am Verzweifeln.

„Wir sollten die Wände absuchen. Vielleicht finden wir an ihnen Hinweise, dass sie später einmal zugemauert wurden, oder irgend etwas anderes." Ronny Niebel schaute seine Begleiter nacheinander an.

„Gute Idee, aber es kann Tage dauern, bis wir etwas finden", meinte Phil Neumann und Holger Dombrowski nickte dazu.

Wissenschaftler haben Zeit, wenn sie einer vielversprechenden Spur folgen. Auch Phil Neumann und seine Mitarbeiter nahmen sich die Zeit, die sie brauchten, um wissenschaftliche Erkenntnisse sammeln zu können. Aufgeregt suchten sie drei Tage nach einem Eingang in den von ihnen noch nicht gefundenen Bunkerbereich. Akribisch suchten sie alles ab, die Wände, den Boden, auch Bereiche, die durch die Detonation der alten Fliegerbombe verschüttet worden waren. Durch Baufahrzeuge ließen sie die Hindernisse aus dem Weg räumen. Der Bürgermeister hatte doch gesagt, als er Phil Neumann zum Institutsdirektor ernannte, dass er über genug Geld verfügen könne, um seine Aufgaben erfüllen zu können. Und aufzuklären, woher die Ungeheuer kamen, die sie tagelang in Atem gehalten hatten, betrachtete Phil Neumann als eine sehr wichtige Aufgabe.

Endlich sagte Holger Dombrowski: „He, Leute, hier ist etwas. Ich glaube, ich habe den Eingang zu einem anderen Stollen gefunden."

Aufgeregt kamen seine Kollegen zu ihm. Mit ihren Taschenlampen leuchteten sie den Bereich der Wand ab, auf den Holger Dombrowski deutete. Tatsächlich fanden sie Spuren eines anderen Betons, der nachträglich an dieser Stelle aufgetragen worden war. War hier vielleicht etwas zugemauert worden, das nicht gefunden werden sollte?

Mit einer Spitzhacke begann Phil Neumann voller Enthusiasmus die Wand zu bearbeiten. Kleine Betonsplitter flogen gefährlich nah an den Männern vorbei. Doch Phil Neumann verrichtete unermüdlich sein Vernichtungswerk. Endlich brachen mehrere kleine Teile aus der Wand heraus. Holger Dombrowski löste Phil Neumann ab, danach bemächtigte sich auch Ronny Niebel der Spitzhacke. Allmählich entstand ein Loch in der Wand. Das Ende dieser körperlich anstrengenden Arbeit schien in greifbarer Nähe zu sein. Tatsächlich wurde die Öffnung unter den Hieben mit der Spitzhacke schnell größer, denn nun konnten die Wissenschaftler bereits größere Teile aus der Wand herausbrechen. Bald kam eine dicke stählerne Bunkertür zum Vorschein. Sie zeigte eindeutig Spuren von Gewalteinwirkung. Offensichtlich war sie früher einmal aufgebrochen worden. Diese Entdeckung erschien den Monsterjägern sehr vielversprechend. Vielleicht fanden sie hinter der Tür den Bereich, den sie suchten? Trotzdem fragten sie sich, warum die Stahltür zugemauert wurde, und wer das veranlasst hatte. Wurde diese Tür noch während des Zweiten Weltkrieges oder erst danach zugemauert? Phil Neumann fand darauf zunächst keine Antworten, aber dafür vermehrten sich seine Fragen rapide. Als er seine Kollegen ansah, wusste er, dass es ihnen genauso erging wie ihm selbst.

Endlich hatten sie die alte Bunkertür mühevoll freigelegt und konnten erforschen, was sich dahinter befand. Phil Neumann ahnte noch nicht, welches Grauen und welche Abgründe der menschlichen Natur sich ihm und seinen Mitarbeitern offenbaren würden. Ihm erging es wie seinen Kollegen und Freunden auch. Ihn trieben seine menschliche Neugier und sein Drang nach wissenschaftlichen Erkenntnissen an. Sie gingen durch die nun freigelegte Tür hindurch. Neugierig untersuchten sie, was sie dort fanden.

Es musste ein Labor gewesen sein. Verschiedene wissenschaftliche Geräte standen oder lagen auf mehreren Tischen herum, die teilweise verrostet und teilweise zerstört waren. Die Männer erkannten in ihnen ehemalige medizinische Geräte und Hilfsmittel.

Dann sahen sie einen weiteren Zugang zu dem Labor, in dem sie sich in diesem Moment befanden. Er musste durch eine innere Sprengung zerstört worden sein. Dass es sich bei ihre Entdeckung um ein geheimes Nazilabor handelte, war offensichtlich. Warum sonst wurde es damals unter der Erde angelegt? Neugierig schaute sich Phil Neumann alles an, was er gewahr wurde. Sein Entsetzen wurde dabei von einem Anblick zum nächsten größer. Ihm wurde übel. Sein Vorstellungsvermögen weigerte sich, aufzunehmen, was an diesem Ort einmal geschehen war. Seinen Kollegen erging es wie ihm. Sie erblickten mehrere Zellen, in denen die armen Menschen damals gefangen gehalten worden waren. Zerrissene Häftlingskleidung und Knochen von Menschen lagen darin. In einer von ihnen fand Ronny Niebel schwarze Hautreste. Schnell erschloss sich ihnen, dass die Nazis hier Experimente an Menschen durchgeführt hatten, die nichts mit Wissenschaft und Hilfe für Menschen zu tun hatten. Diese sogenannten Versuche waren nichts anderes als grausame Folter und brutaler Mord an Häftlingen.

In einem Nebengang fand Phil Neumann die Überreste von zerfetzten Soldaten, die wahrscheinlich durch die Explosion einer Granate ihr Leben verloren hatten. Leergeschossene Maschinenpistolen und Handfeuerwaffen lagen auf einem Tisch und auf dem Boden.

In einem Raum, der wahrscheinlich als Büro gedient hatte, hing eine mumifizierte Leiche. Neben der Leiche befand sich ein Abschiedsbrief, der noch gut erhalten war. Phil Neumann las ihn seinen Kollegen vor.

Es ist vorbei. Endlich ist alles vorbei. Der Krieg ist verloren. So ein Glück. Trotzdem kann ich nicht weiterleben. Was wir hier mit den Häftlingen getan haben, kann ich nicht beschreiben. Allein der Gedanke daran löst in mir Entsetzen und Grauen aus. Wie die Menschen sich verändert haben! Es war alles so schrecklich. Auch ich trage an dem Tod vieler Männer eine Mitschuld. Aber hätte ich mich geweigert, mitzumachen, wäre ich von diesen Mördern umgebracht worden. Jetzt werde ich es selbst tun, denn meine Schuld ist zu groß.

Neben dem Eingang befindet sich ein Tresor.
Seine Nummer: 3872!

Darin befinden sich die Protokolle zu den Versuchen!
Trotzdem bin ich froh, dass endlich alles vorbei und Hitler tot ist. Ich konnte den Tresor gerade noch rechtzeitig verschließen und mich in Sicherheit bringen, bevor Meier mehrere Sprengsätze hochgehen ließ und alles hier vernichtet hat. Ich hoffe, dass er mit den Protokollen gefunden wird, damit die Welt erfährt, was wir hier getan haben. Wir waren Tiere, aber keine Menschen.

Ich will jetzt nur noch sterben!
Walter Buschmann

Phil Neumann ging zum Safe und öffnete ihn. Er fand die Unterlagen, die Walter Buschmann in Sicherheit gebracht hatte, bevor dieser Meier, den er in seinem Brief erwähnte, die Katastrophe ausgelöst hatte. Ronny Niebel und Holger Dombrowski lasen mit Phil Neumann gemeinsam in den Protokollen.

Dabei entwickelten sie eine unbändige Wut. Das Grauen packte sie. Sie konnten nicht verstehen, was Menschen antrieb, das sie zu Bestien werden ließ. Die Verfasser dieser Protokolle waren nicht nur Mörder, sie waren unmenschliche Bestien.

Nun konnten die Wissenschaftler rekonstruieren, was damals in diesem Labor des Grauens und Verbrechens geschehen war.

*****

Doktor Bärthel richtete im Jahre 1940 in den neuen Bunkeranlagen bei Hamburg Bramfeld ein geheimes medizinisches Labor ein. Sein Ziel war es, für seinen Führer Adolf Hitler aus Untermenschen, für die er alle Menschen hielt, die nichtarischer Abstammung waren, unbesiegbare Soldaten zu machen. Schon in dieser Ausdrucksweise spiegelte sich die Menschenverachtung der Nazis wider. Um dieses Ziel zu erreichen, scharte er mehrere Ärzte um sich, die Hitler treu ergeben waren, um ein Serum zu entwickeln, mit dem er Versuche an Menschen durchführen wollte und es später tatsächlich tat. Für diese besonders grausamen Versuche ließ er Gewaltverbrecher in sein Labor bringen, die in ihrer Vergangenheit nicht vor Mord und Totschlag zurückschreckten.

*****

Der Krieg verlief für die deutsche Wehrmacht im Jahre 1940 recht vielversprechend. Doktor Bärthel hatte seine Ärzte zu einer Besprechung versammelt. „Morgen, meine Herren, kommen die ersten Häftlinge. Mörder und Totschläger, die ihr Leben verwirkt haben. An ihnen werden wir die ersten Versuche vornehmen. Dabei helfen uns selbstverständlich Angehörige der SS! Das Ziel dieser Versuche ist Ihnen bekannt! Darüber haben alle Stillschweigen zu bewahren. Was wir hier tun, unterliegt der höchsten Geheimhaltung. Ich hoffe, ich habe mich deutlich genug ausgedrückt, meine Herren."

Walter Buschmann nickte zustimmend, wie es seine Kollegen auch taten. Die letzten Worte Bärthels empfand er als Drohung. Er verstand sie, wie sie gemeint waren: Wer nicht sein Maul hält, wird mundtot gemacht. Was das bedeutete, war ihm bewusst. Wer über diese Versuche mit Personen sprach, mit denen er darüber nicht zu reden hatte, kam entweder ins KZ oder wurde erschossen.

Einige Tage später hatte Buschmann auf Bärthels Befehl mehrere Spritzen mit einem von Bärthel entwickelten Serum aufgezogen. Die Häftlinge wurden von SS-Angehörigen in Ketten gelegt und in ihren Einzelzellen isoliert. Buschmann brauchte nur noch in die Zellen zu gehen und den Häftlingen das Serum zu verabreichen. Er selbst fühlte keine Gewissensbisse dabei, denn auch er glaubte, dass diese Menschen nur noch deshalb eine Daseinsberechtigung hatten, weil sie so dem Führer dienen sollten.

Er legte die mit dem Serum gefüllten Spritzen in eine Nierenschale und machte sich auf den Weg zu den Zellen, die sich am Ende des Labors befanden und durch eine Wand abgetrennt wurden. Am Eingang zu den Zellen stand ein SS-Mann, der die Häftlinge bewachte. Buschmann glaubte, dass das etwas übertrieben war, denn ausbrechen konnten diese Mörder, angekettet wie sie waren, nicht.

Buschmann ging zum SS-Mann. „Es ist so weit. Die Kerle bekommen jetzt ihre erste Injektion. Machen Sie bitte auf, damit ich sie ihnen verabreichen kann."

Die Gefangenen versuchten, sich gegen die Spritzen zu wehren. Wenn Buschmann sie aufgrund zu heftiger Gegenwehr nicht injizieren konnte, ließ er die unfreiwilligen Probanden vom SS-Mann brutal bewusstlos schlagen. Zufrieden kehrte er nach getaner Arbeit in sein Büro zurück und machte seinem Vorgesetzten Meldung. Danach dokumentierte er für jeden einzelnen Häftling die Serumgabe.

Am nächsten Tag ging er mit Bärthel in den Zellentrakt. Gemeinsam wollten sie kontrollieren, wie ihr Serum wirkte.

Als sie vor den Zellen standen, wurden ihre Insassen unruhig. Sie zerrten an ihren Ketten. Es war ihnen anzusehen, dass sie Schmerzen litten. Sie flehten ihre Folterknechte an, ihnen Schmerzmittel zu geben. Doch das lehnten Bärthel und Buschmann ab. Der Gesundheitszustand ihrer Versuchsobjekte, und nichts anderes waren diese Menschen für sie, interessierte die verbrecherischen Ärzte nicht, die diese Berufsbezeichnung nicht verdienten. Letztendlich entzogen sich viele dieser Mörder und Folterknechte nach dem Krieg durch Selbstmord ihrer gerechten Strafe. Wer seiner Verbrechen angeklagt werden konnte, bekam lange Haftstrafen oder wurde hingerichtet.

Bärthel war begeistert. Übermütig stupste er Buschmann in die Seite. „Buschmann sehen Sie nur, wie sich die Haut der Kerle verändert hat. Und das schon einen Tag nach der ersten Injektion!"

Tatsächlich hatte die Haut ihrer Opfer eine graue Farbe angenommen. Buschmann fragte: „Wussten Sie, dass sich ihre Haut verändern wird?"

„Wissen? Nein, aber ich habe damit gerechnet. Jetzt bin ich davon überzeugt, dass ihre Haut sich weiter verdunkeln wird! Verabreichen Sie den Kerlen eine zweite Injektion, Buschmann!"

Dieser tat, was ihm sein Chef befohlen hatte. Zur nächsten Visite, wie es Bärthel nannte, an der er teilnehmen musste, erschienen auch die anderen drei Ärzte, die Bärthel ebenfalls unterstellt waren. Bärthel ließ sich von ihnen berichten, wie viele Injektionen die angeketteten und wehrlosen Menschen bekommen hatten und welche Folgen das für sie hatte. Buschmann, der wegen einer Grippe einige Tage nicht anwesend sein konnte, war entsetzt, als er sah, was in der Zwischenzeit aus den Gefangenen geworden war.

Sie brüllten in ihren Zellen wie Wildtiere in ihren Käfigen im Zoo. Im Finsteren und im Dämmerlicht war es einem Betrachter nicht mehr möglich, die Form ihrer Körper zu erkennen. Als Buschmann das sah, erschrak er. Erste Zweifel an der Richtigkeit seines Handelns kamen ihm. Aber er traute sich nicht, mit jemandem über seine Zweifel zu sprechen und machte weiter. Außerdem musste er feststellen, dass sich das Sprachzentrum ihrer Opfer zurückgebildet hatte. Nach der Visite ging er noch einmal zu den Häftlingen und versuchte, mit ihnen ein Gespräch zu beginnen. Niemand von den Inhaftierten besaß noch die Fähigkeit, sich sprachlich auszudrücken. Das Einzige, was sie noch konnten, war , Grunzlaute von sich zu geben oder zu zischen.

Am nächsten Tag kam einer der Ärzte nicht zum Dienst. Nach einer Woche versuchte Buschmann, von einem Kollegen zu erfahren, was mit dem vermissten Arzt geschehen war. Vorsichtig drehte sich der Kollege nach allen Seiten um und überzeugte sich davon, dass sie nicht belauscht wurden. Dann flüsterte er: „Was denn, haben sie das nicht gehört? Der Kerl war ein Verräter. Er hat geheimes Material an nichtbefugte Leute weitergeben wollen. Aber er geriet Gott sei Dank an die falschen Leute und konnte unschädlich gemacht werden. Ich habe gehört, dass er erschossen wurde. Erwähnen Sie bloß nicht seinen Namen. Tun Sie das auf keinen Fall. Sonst kommen Sie vielleicht auch noch in Teufels Küche."

Schockiert ging Buschmann in sein Büro. Er konnte kaum glauben, was in diesem Labor geschah. Aber er hatte Angst, vor den Folgen, wenn er dagegen aufbegehrte. Schließlich waren die Gefangenen an ihrem Schicksal selbst schuld, das glaubte er jedenfalls. Sie hätten brave Staatsbürger sein können und dem Führer und dem Volk dienen, wie es sich für einen guten Menschen gehörte.

An seinem unglücklichen Kollegen sah er, wohin das führen konnte, wenn man sich gegen das System wandte. Was blieb ihm anderes übrig, als weiterzumachen und mit dem Strom zu schwimmen? Einerseits bedauerte er, Mitglied der NSDAP geworden zu sein, andererseits hoffte er, dass ihn diese Mitgliedschaft vielleicht einmal schützen konnte. Doch nun wollte er sich mit den Dokumentationen der Versuchsreihe beschäftigen und den Häftlingen ihre Injektionen verabreichen.

*****

Buschmann fuhr zu einer Schulung, die von der Partei organisiert wurde. Er war drei Wochen nicht mehr im Labor gewesen, als er an der nächsten Visite teilnahm. Als er die Häftlinge sah, gelang es ihm kaum noch, den Ekel, den er vor ihnen empfand, aber auch sein Mitgefühl zu verbergen. Ihr Körpergeruch hatte sich drastisch verändert und den Gestank von Verwesung angenommen. Sie hatten ein Stadium erreicht, der von der Entmenschlichung durch das Serum Zeugnis ablegte. Die Häftlinge bekamen das Fleisch von ihren toten Mithäftlingen vorgeworfen, das sie wie Tiere fraßen. Sie wurden tatsächlich selbst zu Tieren. Ihre Hände und Füße hatten sich ebenfalls auf dramatische Weise verändert. Sie nahmen die Form von Pfoten an, ähnlich wie die von Säugetieren, nur konnten sie immer noch ihre Daumen bewegen. Alles das dokumentierten Bärthel und seine ihm unterstellten Folterknechte mit medizinischen Kenntnissen, zu denen auch Buschmann gehörte. Auch wenn er Zweifel und Bedenken verspürte, machte er trotzdem weiter mit und sich damit schuldig.

Die Wochen und Monate vergingen. Hamburg wurde bombardiert, die Wehrmacht zog sich an allen Fronten zurück. Die Menschen wurden stärker bespitzelt als je zu vor. Das Serum entwickelten Bärthel und Co zu einem noch abscheulicheren Gift weiter, als es ohnehin schon war. Es wurde den Versuchspersonen, die nun in Finsternis gefangen gehalten wurden, immer wieder gegen ihren Willen verabreicht. Das Ergebnis hielten die Nazis für sensationell.

Buschmann war davon schockiert, aber er hatte gelernt, seine Gefühle zu kontrollieren.

Durch die Injektionen dieses Giftes wurden die unfreiwilligen Probanden vollends entmenschlicht. Zu den bisherigen perversen Ergebnissen dieser schrecklichen Menschenversuche gesellten sich weitere hinzu. Die Probanden wurden lichtempfindlich. Bei Tageslicht konnten sie kaum noch sehen, ihre Augen schmerzten. Aber in totaler Finsternis hatten sie die Fähigkeit entwickelt, alles beinahe so sehen zu können wie ein Adler am helllichten Tag. Auch wurde nochmals das Wachstum dieser armen missbrauchten Geschöpfe angeregt. Sie erreichten eine Größe von etwa zwei Metern.

Buschmann und seine Kollegen dienten so auf ihre Weise ihrem Führer weiter und begingen dabei weitere Verbrechen an ihren Mitmenschen, denn sie trieben ihre verbrecherischen Versuche auf einen erneuten Höhepunkt.

Die von den Nazis zu menschenfressenden Tieren gemachten Opfer entwickelten die Fähigkeit, Menschen und Tiere zu beeinflussen und sich kleinere Tiere teilweise Untertan zu machen. Als sie dann auch noch beim Laufen sensationelle Geschwindigkeiten erreichten, glaubte der Verbrecher Bärthel, die perfekten Kampfmaschinen für seinen Führer geschaffen zu haben, die in Nachteinsätzen optimale Ergebnisse erzielen konnten.

Buschmann verfolgte das Kriegsgeschehen und wusste, dass der Krieg für die Nazis verloren war. Trotzdem traute er sich nicht, gegen den Strom zu schwimmen. Dann kam der Tag, der alles verändern sollte. Sie bekamen den Befehl, alle Häftlinge zu erschießen und die Dokumentationen über ihre verbrecherischen und menschenverachtenden Versuche und das Labor zu vernichten.

Die Front rückte näher. Die Detonationen der Bomben und Granaten waren im Bunker deutlich zu hören, manchmal bebte der Boden. Mörtel löste sich aus der Decke und von den Wänden und rieselte auf den Boden. Buschmann packte die pure Angst. Meier, ein SS-Offizier, bereitete tatsächlich die Sprengung des Labors vor. Buschmann dachte: „Der Kerl ist imstande und bringt uns alle um!"

Danach begann Meier, die Gefangenen zu erschießen. Es entstand das blanke Chaos im Bunker. Diejenigen, die viele Monate gezwungen worden waren, an den Versuchen der entmenschlichten Ärzte teilzunehmen, hatten die von den Nazis angestrebten Ergebnisse erreicht. Als Meier die Erschießungen begann, entwickelten einige von ihnen in panischer Angst riesige Kräfte und befreiten sich aus ihren Ketten. Danach zerstörten sie die Türen und flohen. Wer sich ihnen in den Weg stellte, wurde von den Flüchtenden mit brachialer Gewalt zur Seite gefegt. Dabei gab es Tote und Verletzte. Meier verfolgte die entflohenen Probanden. Es gelang ihm, einige von ihnen zu erschießen, aber andere fanden ein Versteck und entkamen.

Buschmann suchte in seiner Verzweiflung Bärthel auf. Er fand ihn an seinem Schreibtisch auf einem Stuhl sitzend vor. Sein Oberkörper lag auf der Tischplatte. In seiner rechten Hand hielt er die Pistole, mit der er sich in den Mund geschossen hatte. Sein Kopf lag in einer Blutlache.

Daraufhin entschloss sich Buschmann, die Dokumente zu retten. Die Welt musste erfahren, was an diesem schrecklichen Ort geschehen war. Er verschloss die Akten in einem Tresor, den er zum Ausgang schleppte. Soldaten halfen ihm dabei. Sie stellten ihn dort ab. Danach schickte er seine Helfer wieder weg. Er ging in sein Büro, setzte sich an seinen Schreibtisch und begann, etwas zu schreiben. Plötzlich hörte er aus dem Labor Schüsse, die von einer Maschinenpistole abgegeben wurden. Es entstand eine wilde Schießerei. Buschmann war froh, in seinem Büro in relativer Sicherheit zu sein. Plötzlich gab es eine gewaltige Detonation. Die Tür zu seinem Büro wurde von der Druckwelle der Explosion aus den Angeln gerissen. Buschmann selbst wurde gegen eine Wand geschleudert. Dabei brach er sich zwei Rippen und prellte sich ein Bein. Sein Gehör war gestört, denn er hörte alle Geräusche nur noch gedämpft. Aber weitere Verletzungen erlitt er nicht.

Nach der Explosion kehrte Ruhe ins Labor ein. Buschmann wartete einige Minuten. Dann ging er zurück ins Labor, um nachzusehen, was geschehen war. Er stellte fest, dass es verwüstet war. Überall lagen Tote. Buschmann glaubte, der einzige Überlebende zu sein. Er ging zum Tresor und stellte erleichtert fest, dass er keinen Schaden erlitten hatte. Nun kehrte er in sein Büro zurück und vollendete seinen Brief. Danach band er sich ein Seil um seinen Hals…

*****

Phil Neumann, Ronny Niebel und Holger Dombrowski waren schockiert und sprachlos. Das Entsetzen stand förmlich in ihren Gesichtern geschrieben. Die Monster unter dem Hochhaus am Hans-Duncker-Platz, die das U-Bahnnetz als ihr neues Zuhause okkupiert hatten, waren also das Ergebnis der perversen Versuche der verbrecherischen und menschenverachtenden KZ-Ärzte mit ihren unentschuldbaren Versuchen. Kein Mensch hatte es verdient, so bestialisch missbraucht und zugerichtet zu werden.

Zum Glück endete der Krieg und damit auch die Verbrechen dieser Bestien in Menschengestalt. Die zu Monstern gemachten Menschen lebten aber noch viele Jahre in dem Stollensystem. Das war kein menschenwürdiges Leben, das sie dort führten. Zunächst ernährten sie sich von Tieren. In den Tunneln und Gängen unter der Erde fanden sie optimale Bedingungen, um sich fortpflanzen zu können.

Schließlich wurde in Hamburg nach dem Krieg sehr viel Wohnraum benötigt. Über den Bunkern, die längst in Vergessenheit geraten waren, wurde in den Siebzigerjahren die Hochhausanlage gebaut und bekam den Namen Hans-Duncker-Platz. Während der Bauphase fand der Bauleiter die Bunkeranlage. Ohne zu ahnen, wer darin lebte, ließ er einen Zugang im Haus 23 zu den Tunneln anlegen. Damit war er unwissentlich für einen großen Teil des Leides, das sich dort später entwickelte, verantwortlich.

Am nächsten Tag schrieb Phil Neumann einen Bericht über seine Erkenntnisse und schickte ihn dem regierenden Bürgermeister, dem Leiter der Mahn- und Gedenkstätte und Kommissar Erich Steiner. Seine Mitarbeiter informierte er darüber während einer Dienstbesprechung. Auch Marcel suchte er auf und erzählte ihm von den Verbrechen der Nazis, die noch heute für den Jugendlichen und seine Eltern gravierende Folgen hatten.

Phil Neumann suchte mit seinen Mitarbeitern noch einmal die Bunkeranlagen auf, um die Dokumente der Nazis zu sichern und sie an die entsprechenden Behörden weiterzuleiten. Außerdem wollte er, dass sich die Menschen zu einhundert Prozent sicher sein konnten, dass es in der Nähe der Hochhausanlage keine Menschenfresser mehr gab, die dort ihr Unwesen trieben. Es wurden keine Hinweise darauf gefunden…

Ende

Danksagung

Als ich mich dazu entschloss, den ersten Band dieses Zweiteilers zu schreiben, ahnte ich nicht, wie schwer es mir fallen würde, einen Horror-Roman zu schreiben. Horror ist eben doch ein anderes Genre als Fantasy, in der es um Magier, Fabelwesen und Luzifer geht, wie in meiner Fantasy-Reihe „Die Legende von Wasgo". Erst recht kann man es nicht mit dem Schreiben von wahren Geschichten vergleichen wie etwa bei meinem Roman „Die drei Freunde".

Ich glaube, dass ich mit dem ersten Band dieses Romans bewiesen habe, dass ich ein Buch in guter Qualität schreiben kann. Diese hohe Qualität galt es, im zweiten Band zu halten. Es gab mehrere Momente, in denen ich daran gezweifelt hatte, dass mir das gelingen kann. Umso mehr freut es mich, dass ich es doch geschafft habe, dieses Buch zu beenden. Meine Leser müssen jetzt entscheiden, ob ich beim Schreiben dieses Bandes die Qualität des ersten erreicht habe.

Ich danke meinen Testlesern Sabine und Wolfgang Ernst, Ela Bluhm, Olaf Unterschemmann, Sandra Zachert, Sandra Bräuninger und Hauke Peters für ihre konstruktiven Kritiken, Hinweise und Ratschläge, die sie mir beim Schreiben dieses Romans gaben.

Lutterbek, 08.01.2023   Michael Rusch

Der Autor

Michael Rusch, 1959 in Rostock geboren, ist von Beruf Rettungsassistent und lebte von 2013 bis 2017 in Hamburg, wo die ersten Bände der Fantasy-Reihe „Die Legende von Wasgo" entstanden. Heute lebt er in Lutterbek, in der Nähe von Kiel. Nach einer kreativen Schreibpause veröffentlichte er 2012 seinen autobiografischen Roman „Ein falsches Leben" mit dem Selfmade-Verlag Lulu.

Danach wandte sich Rusch dem Genre Fantasy zu. „Die ewige Nacht" aus der Reihe „Die Legende von Wasgo" erschien im Januar 2014. Im September desselben Jahres folgte die Fortsetzung „Luzifers Krieg". Es folgten „Angriff aus dem Himmel" (2015) und „Bossus' Rache" (2017). Mit dem fünften Band „Wasgos Großvater" endete 2018 „Die Legende von Wasgo".

2014 veröffentlichte Rusch mit dem AAVAA Verlag eine überarbeitete Version seines Romans „Ein falsches Leben" in zwei Bänden, den er im Juli 2020 nochmals überarbeitet mit BoD mit dem Titel „Das Leben des Thomas Schneider" herausgab.

Im Jahre 2015 gründete er seinen eigenen Verlag „Die Blindschleiche" und veröffentlichte 2015 seinen Roman „Die drei Freunde". Im Sommer 2019 entschloss er sich, aus gesundheitlichen Gründen den Verlag aufzulösen und diesen Roman zu überarbeiten und ihn als Selfmade-Autor mit BoD neu zu veröffentlichen.

Im gleichen Jahr beendete Rusch die Zusammenarbeit mit dem AAVAA Verlag und überarbeitete „Die Legende von Wasgo", die er bereits im Januar 2020 mit BoD in zwei Bänden erneut veröffentlichte. Band 1 enthält die ersten drei und Band 2 den vierten und fünften der ehemaligen 5 Bände.

Jetzt wendete sich Rusch einem neuen Bereich der Literatur zu, dem Horror. 2020 veröffentlichte er den ersten Band seines Romans „Das Hochhaus".

2021 erschien sein dystopischer Roman „Der Wegbereiter".

Zurzeit arbeitet Rusch an einem weiteren Fantasy-Roman.